L'HERMITE

DE BELLEVILLE.

TOME PREMIER.

PARIS. — IMPRIMERIE LE NORMANT,
rue de Seine, nᵒ 8.

L'HERMITE

DE BELLEVILLE,

ou

CHOIX D'OPUSCULES

POLITIQUES, LITTÉRAIRES ET SATIRIQUES

DE CHARLES COLNET,

TIRÉS DE LA GAZETTE DE FRANCE ET AUTRES RECUEILS PÉRIODIQUES,

PRÉCÉDÉS

D'UNE NOTICE SUR LA VIE DE L'AUTEUR,

ET DE DEUX FRAGMENS INÉDITS

DE L'ART DE DINER EN VILLE.

> Je ne sais ni tromper, ni feindre, ni mentir,
> Et quand je le pourrais, je n'y puis consentir.
> BOILEAU. *Satire* I.

PARIS.

BUREAU DE LA GAZETTE DE FRANCE, RUE DU DOYENNÉ, N° 12.

Vᵉ LE NORMANT, LIBRAIRE, RUE DE SEINE.

G. DENTU, LIBRAIRE, PALAIS-ROYAL, GALERIE D'ORLÉANS.

—

1833.

NOTICE

SUR LA VIE ET LES OUVRAGES

DE COLNET.

———————

Si Montaigne vivait de nos jours, il emploierait, pour caractériser notre siècle, une de ces expressions pittoresques dont il a doté la langue : il l'appellerait *le Siècle de l'Écrivaillerie*. Cette folie de l'époque est une vraie contagion, qui, par malheur, dégénère en *épizootie*. Des écoliers qui n'ont pas encore fini leurs études ont déjà *lancé* leur volume. Il est vrai qu'il ne leur manque pour bien écrire que deux choses qu'ils regardent comme accessoires, le style et la pensée ; quelquefois même ils auraient besoin que l'on corrigeât leur orthographe ; c'est une de ces minuties qu'ils dédaignent : *de minimis non curat prætor*. L'homme remarquable dont je publie aujourd'hui les œuvres ne se pressa pas autant que ces *gêans de serres chaudes ;* il sut attendre, avant de prendre la plume, que la réflexion et l'étude eussent développé ses idées, mûri son jugement et formé son goût : il avait près de trente ans quand il publia ses premiers articles. Sa réputation se fit tard, et vite ; ses calculs ne l'ont donc pas trompé.

Charles-Joseph-Auguste-Maximilien de Colnet du Ravel naquit à Mondrepuy, en Picardie, le 7 décembre 1768. Son père, d'une des plus anciennes familles de

cette province, était garde-du-corps de Louis XV, et se
conduisit avec distinction à la bataille de Fontenoy.

Colnet fit ses premières études au collége de Rebais,
dirigé par les Oratoriens. Il entra ensuite à l'École militaire de Paris : c'est là qu'il fut le camarade de Bonaparte ; mais, comme il ne se sentait aucune inclination
pour la carrière des armes, il n'y resta que deux ans,
et finit ses classes au collége de la Flèche. Il était toujours le premier dans les compositions de la semaine,
et remportait tous les prix. Ses maîtres avaient peine à
concevoir sa facilité. Son caractère était sérieux et grave :
les amusemens de son âge n'avaient aucun attrait pour
lui, et, pendant les récréations, jamais il ne jouait avec
ses camarades ; lire ou causer de ses lectures avec ceux
de ses condisciples qui partageaient ses goûts, telle était
son occupation favorite. Quand il sortit du collége, la
France était en feu ; il vint à Paris à cette horrible époque
où tous les honnêtes gens attendaient leur tour d'échafaud. Il étudia la médecine sous Cabanis et Corvisart,
moins par goût pour cet art, qui lui déplaisait, que pour
se soustraire à la réquisition ; il y acquit en peu de temps
des connaissances, qu'il appliquait dans l'occasion.

Forcé de quitter la capitale, par suite du décret qui
bannissait les nobles, il se réfugia à Chaulny, chez un
apothicaire ; il y passa deux ans, recommençant pour
ainsi dire, dans la solitude et le recueillement, les brillantes études qui lui avaient valu tant de succès. Il revint
à Paris en 1797, et prit une boutique de libraire, rue du
Bac, près le pont Royal : c'est à cette époque qu'il rédigeait les *Mémoires secrets de la République des Lettres,*
dont le dernier numéro fut saisi, et les *Étrennes de
l'Institut,* qui eurent le même sort. Il attaquait avec la

plus grande énergie, dans ce dernier ouvrage, l'organisation toute récente de ce corps savant, d'où l'on avait banni Delille, La Harpe et Fontanes, pour y admettre de mauvais poëtes et des athées. Son indignation alimentait sa verve, qui ne lui manquait jamais quand il y avait une injustice à combattre, un scandale à signaler, ou une lâcheté à flétrir.

Le 18 brumaire avait donné à Colnet l'espoir que son ancien camarade Bonaparte, prenant pour guide l'intérêt de la France et le sien propre, rétablirait la monarchie des Bourbons, et se couvrirait ainsi d'une gloire immortelle; il en était tellement convaincu, qu'il consentit à insérer dans l'ouvrage périodique qu'il rédigeait alors une ode en son honneur, qui renfermait les strophes suivantes :

> Salut à ce héros qui, dans la fleur de l'âge,
> Aux plaines du Tyrol signalant son courage,
> De l'aigle germanique abattit la fierté;
> Qui, joignant d'un savant les profondes lumières
> A ses vertus guerrières,
> Marche à pas de géant à l'immortalité !
>
> C'en est fait : à leur chef nos phalanges fidèles,
> Ont du temple des lois chassé de vils rebelles*,

---

* Le 18 brumaire, Bonaparte fit entrer ses grenadiers à Saint-Cloud, dans la salle de l'Orangerie, où le conseil des cinq-cents tenait sa séance. Les députés effrayés sautèrent par les fenêtres, et la salle fut évacuée en cinq minutes. L'auteur d'un à-propos sur le 18 brumaire faisait allusion à cette terreur panique, dans ce couplet que l'acteur était toujours obligé de chanter trois fois :

> Leur fuite doit assez prouver
> Que, pour eux, quand le sort varie.
> Ils sont plus prompts à se sauver
> Qu'à sauver la patrie.

(*Note de l'éditeur.*)

Et l'espoir du bonheur luit enfin à nos yeux ;
Tel le fier aquilon, dissipant un orage,
Emporte le nuage
Dont les noires vapeurs obscurcissaient les cieux.

De leur côté, les révolutionnaires se flattaient que Bonaparte n'avait pris les rênes de l'État que pour faire triompher leurs principes, et ne soupçonnaient pas qu'il pût aspirer à régner. Daunou et Garat s'écriaient, dans *la Clef du Cabinet :* « Des milliers de bras l'arrêteraient « avant que le diadème eût déshonoré son front. » Lebrun disait en vers :

Le peuple souverain, qu'un héros sut défendre,
N'obéira qu'aux lois,
Et *l'heureux Bonaparte* est trop grand pour descendre
Jusqu'au trône des rois.

L'heureux Bonaparte trompa également les révolutionnaires qui croyaient à la république, et les royalistes qui croyaient à son désintéressement. Il releva le trône, mais ce fut pour y monter.

Déçu dans ses espérances, et voyant que le plus grand capitaine des temps modernes n'avait d'autre conseiller que son ambition, Colnet lui déclara la guerre et ne consentit jamais à poser les armes. Le général Bertrand, qui avait été dans la même classe que lui à l'École militaire, essaya vainement sa conversion. Il lui adressa un de ses mis pour l'engager à venir le trouver aux Tuileries ; mais Colnet répondit à l'ambassadeur assez sèchement : « Dites-lui où je demeure, et, s'il veut me voir, qu'il « vienne. »

En 1813, il réunit son magasin de librairie de la rue du Bac à celui qu'il avait déjà quai Malaquais, et qui n'était séparé que par un mur mitoyen du ministère de la police générale. Son cabinet, que ses amis appelaient *la Caverne,* était le rendez-vous des mécontens. Réal y venait lui-même quelquefois, et leur disait : « *On sait que vous clabau-* « *dez ; mais vous n'êtes pas dangereux, on vous connaît* « *pour des principiers.* »

Dès le commencement de la restauration, les royalistes marquans accouraient tous les jours à *la Caverne,* surtout dans les momens de crise : les uns pour apporter des nouvelles, les autres pour en apprendre. *Le voisin*★ voyait avec inquiétude ces réunions quotidiennes, dont il connaissait l'esprit hostile : il employa plus d'un moyen pour engager le chef de ces comités à les dissoudre ; mais c'était un motif puissant pour le *voisin* du *voisin* de les conserver.

Une anecdote authentique prouvera à quel point Colnet poussait l'inflexibilité de caractère. Un des ministres de la police, qui se sont succédé rapidement en 1814 et en 1815, lui envoya des émissaires qui s'introduisirent chez lui sous prétexte d'acheter des livres, et ne négligèrent rien pour le corrompre. Ayant déjà son projet en tête, il causa longuement avec eux, et les remit au lendemain pour une réponse définitive : il avait fait exprès coïncider l'heure du rendez-vous avec celle de son dîner, qui consistait en un potage, qu'il mangeait dans une écuelle de terre, et un morceau de bœuf. M. de L★★★, son ami intime dont il avait exigé la présence, était témoin de l'entrevue. Les deux messagers du ministre arrivèrent au moment

★ Les articles si remarquables, intitulés *le Voisin de Son Excel-* *lence,* ont été réunis dans *l'Hermite du faubourg Saint-Germain,* publié par Pillet, rue des Grands-Augustins, n° 7.

fixé. « Eh bien, monsieur, lui dirent-ils, avez-vous réflé-
« chi à notre conversation d'hier? — Non, messieurs,
« parce qu'il n'y a qu'un homme corrompu qui puisse ré-
« fléchir en pareille occasion; mais je vous ai priés de
« revenir, pour vous donner devant un tiers la réponse
« que vous pouvez faire à votre maître. Dites-lui de ma
« part que vous m'avez vu dîner, et que mes repas n'an-
« noncent guère que je puisse me laisser tenter par son
« or; ajoutez qu'après celui qui accepte des propositions
« semblables et celui qui les fait, l'homme le plus vil est
« celui qui se charge de les transmettre. »

Les messagers ne trouvèrent pas un mot à placer ni
une réplique à faire.

Colnet cultivait la poésie avec autant de succès que les
lettres. Il publia en 1800 deux satires très-spirituelles,
intitulées : *La Fin du dix-huitième siècle,* et *Mon Apologie,* où les saines doctrines littéraires sont revêtues des
formes les plus piquantes. On trouvera ces deux pièces
dans ce recueil.

Il fit paraître en 1810 un poëme qui eut le plus grand
succès : *l'Art de dîner en ville, à l'usage des gens de lettres;* trois éditions consécutives et de bon aloi, que cet
ingénieux badinage obtint en peu de temps, suffisent à
son éloge. Le lecteur trouvera à la suite de cette Notice
deux fragmens inédits de ce joli poëme : l'auteur les des-
tinait sans doute à une édition nouvelle. On y retrouve
toute sa verve et toute sa gaîté. Il donnait, au reste, aux
poëtes, dans cet ouvrage, des conseils dont il ne profitait
pas pour lui-même, car c'est à peine si, dans le cours de
sa vie, il a dîné dix fois en ville. Deux raisons l'en empê-
chaient : l'étiquette, dont il était l'ennemi; et l'emploi
du temps, qu'il appelait *sa richesse.* Quelquefois, de

vieux amis venaient l'enlever à ses travaux pour le conduire au cabaret, et toujours il animait ces repas *im-
promptu* par des saillies pleines de verve et des anecdotes
fort gaies. Cet homme, qui recevait tant de visites, n'en
rendait jamais aucune. On a dit de Poinsinet, qui a retracé
dans *le Cercle* les mœurs des salons sans y être admis,
qu'il avait écouté aux portes; on peut dire de Colnet,
qui a si bien peint les travers de la société sans la fré-
quenter, qu'il avait plutôt deviné le monde qu'il ne l'a-
vait connu.

Une chose digne de remarque, c'est que cet écrivain si
piquant, habitué à ne saisir que le côté ridicule des objets, pour les immoler à sa gaîté moqueuse, était doué
de la sensibilité la plus profonde. Deux traits, entre
mille, prouveront ce que j'avance. A la mort de sa mère,
qu'il idolâtrait, sa douleur fut si vive, qu'il tomba dans
une espèce de marasme, suspendit ses travaux, ne voulut
plus voir personne, et fut menacé d'une maladie grave. A
ceux qui diront que cela n'a rien de concluant, et qu'à
moins d'être un monstre on éprouve une grande affliction
quand on perd sa mère, je répondrai que je les prie d'é-
couter ma seconde preuve.

Le nom de Colnet était sorti de l'urne dans l'affaire
Bouton et Gravier (1820). Il avait eu beau prier, supplier,
on l'avait maintenu sur la liste : on procède au tirage, le
sort le désigne; le voilà *juré.* Il fait assez bonne conte-
nance pendant la lecture de l'acte d'accusation; l'interro-
gatoire a lieu, il prend des notes avec calme : jusque-là
tout allait bien. Mais le lendemain, lorsque les déposi-
tions des témoins à charge donnent aux débats une gravité
qui l'effraie; lorsqu'il prévoit qu'il sera peut-être obligé
de faire, *sur son honneur et sa conscience,* une déclara-

tion qui entraînera la mort de deux hommes, sa physionomie se rembrunit, son front devient soucieux. J'assistais aux débats comme curieux, et j'étais près de lui. Je
vois encore sa figure s'altérer d'heure en heure et de moment en moment : bientôt ses traits se crispent et se
décomposent ; enfin, d'émotions en émotions, il est saisi
d'un tremblement nerveux, sa vue s'obscurcit, ses yeux
se voilent, il tombe. L'audience est suspendue : on
l'emmène, pour lui prodiguer des secours ; la cour lui
donne un suppléant, et il échappe, par ce bouleversement
subit de tout son être, à l'horrible nécessité d'une sentence qu'il redoutait pour son cœur.

En 1810, Colnet fit insérer des articles très-remarqua-
bles dans le *Journal des Arts*. En 1811, il passa au *Journal
de Paris*. Il y travaillait à l'époque des cent-jours, lorsqu'il fut arrêté comme prévenu de correspondance avec
Gand. On le conduisit à la préfecture de police, et,
quoiqu'il fût estimé des hommes les plus influens de tous
les partis, il aurait pu rester long-temps en prison, si
M. Jay, qui en fut averti, ne se fût empressé de l'en faire
sortir, en s'adressant à M. Réal. Colnet n'a jamais oublié
ce service, et je suis sûr de remplir ses intentions en donnant de la publicité à ce trait d'obligeance d'un de ses
adversaires politiques.

Forcé de quitter le *Journal de Paris,* après la seconde
restauration, parce que les principes de cette feuille ne
se trouvaient pas en harmonie avec les siens, Colnet écrivit dans le *Journal général,* dont l'esprit était excellent ;
mais en 1816, ce journal étant devenu ministériel,
il s'attacha à la rédaction de la *Gazette de France,* dans
le mois d'octobre de cette année. Il y a travaillé jusqu'à
sa mort, et pendant près de seize ans il a fait paraître

des articles tous les lundis. On se rappelle avec quelle impatience ils étaient attendus.

Les rédacteurs de toutes les feuilles périodiques apposaient tout au plus leurs initiales au bas de leurs articles ; Colnet mettait aux siens son nom en toutes lettres. Une chose digne de remarque, c'est que la seule signature qui se trouvât dans les journaux fût celle d'un homme que l'on aurait reconnu, lors même qu'il n'aurait pas signé ; il y avait, en effet, dans son style quelque chose de la bonhomie de La Fontaine, de la moquerie incisive de Rabelais, de l'abandon philosophique de Montaigne, et de l'étrangeté de Sterne : il s'était fait de tout cela une manière à lui, un genre propre, un cachet inimitable.

Persuadé que la plupart des hommes n'ont d'autres besoins que ceux qu'ils se créent, il ne chercha jamais à augmenter les siens ; il ne dépensait presque rien pour ce qui le regardait personnellement. On aurait même pu lui reprocher la négligence qu'il mettait dans sa toilette et son ameublement ; ceux qui ne le connaissaient pas pouvaient le croire plus qu'économe ; le fait est qu'il ne l'était que pour lui. Il convenait que c'était son défaut ; les autres n'avaient pas à en souffrir, et l'on pourrait citer plusieurs traits de sa générosité.

Sa vie était uniforme comme celle des hommes laborieux : il se couchait tous les jours entre huit et neuf heures du soir ; à quatre heures du matin il était au travail. Il revoyait avec sévérité tout ce qui sortait de sa plume.

En 1829 il se retira à Belleville : c'est là que la révolution de juillet le surprit. Depuis plusieurs années il avait prévu que l'esprit d'indépendance et de désordre, en pénétrant dans toutes les classes, amènerait en France un grand bouleversement ; il était fermement convaincu que tout finirait par le sabre, et je lui ai entendu répéter plusieurs fois cette prophétie politique : « Celui qui doit « nous gouverner un jour fume à présent sa pipe dans « quelque corps-de-garde. »

Il partageait, dans son manoir champêtre, tout son temps entre la composition de ses articles et la culture des fleurs : c'était, après le travail, sa seule passion, et il lui arrivait souvent de revenir de Paris en tenant à la main un myrte ou un géranium.

Un jour qu'il descendait de Belleville pour se rendre à Paris, un commis de l'octroi l'arrêta à la barrière, et l'engagea, d'un ton assez brusque, à entrer au bureau. Très-surpris d'une pareille invitation, Colnet refusa d'abord; mais on insista avec force, et il céda. Il fut tâté, fouillé, examiné de la manière la plus rigoureuse; et, l'opération terminée, on lui *permit* de se retirer. Ne pouvant concevoir un acte aussi arbitraire (nous n'étions pas encore sous Louis-Philippe), il demanda qu'il en fût dressé procès-verbal, ce qu'il obtint avec peine. Le lendemain il écrivit au directeur général de l'octroi, pour l'instruire de la conduite étrange qu'on avait tenue envers lui, ajoutant « qu'il « aimait mieux l'informer confidentiellement de cette aven« ture désagréable, que d'en faire retentir les journaux. »

M. le comte d'Audifret lui répondit avec beaucoup de politesse; il lui offrit toutes sortes de satisfactions, et lui proposa même de destituer l'employé qui s'était rendu coupable d'un pareil procédé : l'administrateur chercha cependant à l'excuser, en racontant qu'au moment où Colnet passait, un mauvais plaisant l'avait désigné au commis en lui disant : « Vous voyez bien cet homme-là? vous « ne risquez rien de l'arrêter; il est plein *d'esprit.* » Le pauvre commis, qui n'était pas fort sur le *calembourg,*

avait pris la chose au sérieux, et n'avait pas hésité à traiter le poëte en contrebandier. Le plaignant remercia
M. d'Audifret de l'explication ; il sourit du jeu de mots,
et l'affaire n'eut aucune suite.

On conçoit qu'animé des principes politiques qu'il avait
professés toute sa vie, Colnet dut voir avec un extrême
déplaisir la révolution de juillet : le renversement d'une
dynastie à laquelle il avait voué toutes ses affections aurait
suffi pour motiver sa *répugnance*. Un fait dont le hasard
le rendit témoin vint encore ajouter à son indignation et
donner plus de vigueur à sa haine. Je dois dire d'abord,
pour être mieux compris, qu'à l'époque où le cardinal Fesch
devait être archevêque de Paris, Colnet fut chargé de
mettre en ordre la bibliothèque de l'archevêché, et d'en
faire le catalogue ; il y avait environ trente mille volumes.
Qu'on se figure donc ce qu'il éprouva le 13 février 1831,
au moment où, traversant la place de Grève pour retourner
à Belleville, il vit flottant sur la rivière tous les volumes
qui composaient cette bibliothèque ! Que dut-il penser de
ces bandits, de ces barbares, qui déclaraient aux lettres
une guerre à mort pour assouvir leur rage insensée ?...
Il regagna son hermitage le cœur navré et la tête remplie
des plus sinistres présages. Un de ses amis l'y attendait :
après lui avoir raconté avec toute l'énergie qu'il avait dans
l'âme l'horrible scène dont il venait d'être le témoin,
« Sommes-nous donc réduits, lui dit-il, à regretter
« l'homme de Sainte-Hélène ! En effet, si l'on compare le
« temps où nous vivons avec les premières années du
« gouvernement de ce grand capitaine, on verra qu'il ré-
« tablit la religion, fit respecter ses ministres, rebâtit
« ses temples et releva les autels ; qu'il rappela les émi-
« grés, en leur rendant tous les biens dont il pouvait dis-

« poser, et qu'il pacifia la Vendée. S'il substitua ses aigles
« aux faisceaux de la république et aux armes de la vieille
« monarchie, au moins il ne souffrit pas qu'on traînât
« les lis dans la boue! D'ailleurs, quand il s'empara du
« pouvoir, il était déjà couvert de lauriers; ses mains
« n'étaient pas encore teintes du sang d'un Bourbon : au-
« cun de ses parens ne s'était souillé de cette tache inef-
« façable... Enfin, dans les cent-jours, à une époque où il
« pouvait craindre pour sa tête, il respecta l'inviolabilité
« d'un prince, et ne voulut pas même garder le duc d'An-
« goulême pour otage. »

C'est à peu près en ces termes que Colnet exprimait son
indignation. Il la répandit depuis dans une foule d'articles qui ont répondu à toutes les sympathies des royalistes; il n'a négligé aucune occasion de donner, tantôt
avec sévérité, tantôt avec une gaieté railleuse, d'excellens
conseils au *roi-citoyen :* la France serait plus heureuse
s'il en avait profité !

J'ai dit que les dépenses personnelles de Colnet étaient
à peu près nulles ; on juge donc qu'il devait se croire im-
mensément riche avec les 5,200 fr. qu'il recevait tous les
ans pour ses articles, et deux pensions de 1,200 fr. chacune, dont il jouissait sans les avoir sollicitées : il touchait l'une au ministère de l'intérieur, et l'autre sur la
cassette de Charles X. Le dernier trimestre de celle-ci,
quoique échu, ne fut pas payé par le trésor de Louis-
Philippe. Quant à sa pension de l'intérieur, M. Guizot la
supprima quelques jours après son avènement; il n'avait
pas oublié les excellentes épigrammes de notre poëte
contre le *canapé doctrinaire*, et contre les principes de
ces hommes qui, en nous parlant sans cesse de *quasi-légi-
timité,* de *quasi-paix,* de *quasi-lois,* ont mis la France

dans un état qui ne ressemble pas même au *quasi-bonheur.*

Quoiqu'il cherchât à vivre dans l'obscurité, Colnet ne pouvait se dérober à l'empressement des hommes distingués qui s'honoraient d'être ses amis; il conserva jusqu'à ses derniers momens des relations intimes avec un des plus vénérables pasteurs de l'Église de France, connu de tous les gens de lettres par des traductions aussi élégantes que fidèles de Claudien, des *Sylves* de Stace, de la *Christiade* de Vida, et de l'*Enfantement de la Vierge* de Sannazar. Ils avaient été camarades au collége de la Flèche, et leur amitié d'enfance ne s'est jamais refroidie. Un homme auquel son talent de tribune et sa probité ont valu un portefeuille, un homme qu'il est permis de louer depuis qu'il n'est plus ministre, M. de Corbière, qui joint l'esprit le plus piquant à une érudition prodigieuse, avait aussi pour Colnet une affection sincère ; il terminait ainsi une lettre qu'il lui écrivait en 1829 :

« Continuez, mon cher Colnet, d'exprimer tout le mé-
« pris des honnêtes gens pour ces incroyables Mémoires
« qui sont aujourd'hui à l'ordre du jour chez vos libraires;
« et, puisque ces vilenies trouvent des lecteurs pour les
« encourager, qu'elles trouvent aussi des juges qui ne se
« lassent pas de les flétrir. C'est une bonne œuvre que vous
« nous devez pour la réputation future de notre pauvre
« siècle : je ne puis mieux la recommander qu'à vous.

« Conservez-moi, mon cher ami, une part dans votre
« souvenir en faveur de notre vieille amitié. »

La mort vint surprendre *l'Hermite de Belleville* au milieu de ses travaux*, dans la petite chaumière qu'il avait

---

* Colnet travaillait encore, à soixante-trois ans, par goût et par nécessité. La révolution de juillet, qui l'avait privé de ses deux

fait bâtir, et dont il n'a joui que deux mois. Il conserva
sa raison jusqu'au dernier moment; un ami de trente ans
lui ferma les yeux, et il s'éteignit, le 29 mai 1832, sans
douleur, sans agonie, et consolé par l'espoir d'un monde
meilleur*. Il avait pris, toute sa vie, pour base de sa conduite et pour règle de ses actions, cette maxime si vraie,
si profonde, de Bacon : « *Un peu de philosophie éloigne*
« *de la religion; beaucoup de philosophie y ramène.* »

Ce fut une singulière destinée que celle de Colnet. Fils
d'un officier, il devint, par vocation, journaliste, homme
de lettres et poëte. Juge, par état, de toutes les productions littéraires, il ne fut membre d'aucune académie.
Quand on l'engageait à se mettre sur les rangs pour l'Institut, il répondait : « J'aime mieux que l'on demande
« pourquoi je n'en suis pas, que si l'on demandait pour-
« quoi j'en suis. » Appelé, par son esprit gai, malin et
frondeur, à jouer un rôle brillant dans la société, il pré-
féra toujours l'étude à la dissipation. Pendant que tout le
monde s'occupait de lui, il ne s'occupait que de ses livres,
et sa vie entière réalisa, presque à son insu, ce vœu si
bien exprimé par un poëte moderne :

Du calme pour ma verve et du bruit pour mon nom.

pensions, lui fit perdre en outre une somme assez considérable,
fruit de ses épargnes, qu'il avait confiée à une maison de commerce
engloutie dans les glorieuses journées....

* Ses principes religieux ne l'abandonnèrent à aucune époque de
sa vie. Il eut un jour une discussion assez vive avec un homme
dont il aimait l'esprit, et il termina l'entretien par ces mots :
« C'en est assez, monsieur, nous ne pouvons plus nous entendre :
« je crois en Dieu, moi. »

L'HERMITE

DE BELLEVILLE.

LA RISSOLLÉIDE.

A peine respirant de ses nobles travaux,
Le visage noirci du feu de ses fourneaux,
Armé d'un coutelas, escorté de sa suite,
De ses aides de camp, l'espoir de la marmite,
Le cuisinier paraît. Quel port majestueux !
Mais d'où vient cet air sombre et ce front nébuleux ?
C'est qu'un dîner fini, pour un autre il s'apprête :
Son loisir est utile ; et cette forte tête,
Qui de tant de repas combine le destin,
Médite dès le soir le rôt du lendemain ;
Et lorsque le sommeil, d'une main bienfaisante,
Vient fermer dans la nuit sa paupière brûlante,
Tout plein d'un seul objet, il rêve ses perdrix,
Son bifteck à l'anglaise et ses poulets rôtis ;
Et, l'esprit caressé par d'aimables mensonges,
Croit voir tourner encor la broche dans ses songes.
   Pour chanter ses talens, trouve, si tu le peux,
Trouve un rhythme assez noble, un vers assez pompeux ;

Moi je n'en connais pas : la mesure ordinaire,
Bonne pour les héros, est ici bien vulgaire ;
Pour louer dignement un si grand cuisinier
Le vers alexandrin est par trop familier.
O talent créateur ! Avant lui la cuisine,
Sottement asservie au joug de la routine,
Et de l'esprit humain ignorant les progrès,
N'osait imaginer de nouveaux entremets,
Végétait sans calculs, et même à l'analyse
Dans le siècle dernier ne fut jamais soumise :
On réformait l'Église, on réformait les rois ;
La cuisine, debout, conservait tous ses droits.
On eût craint d'importer des sauces étrangères :
Nous suivions tristement les traces de nos pères ;
Nous digérions encor leurs ragoûts éternels,
Et leur bœuf-à-la-mode obtenait des autels ;
Tant les vieux préjugés ont de force et d'empire !
    Enfin naît La Rissolle ! Un feu divin l'inspire !
Sous ses lois la cuisine offre un aspect nouveau :
Le potage au coulis éclôt de son cerveau ;
Il donne un goût plus vif aux légères paupiettes,
D'un surtout de papier couvre les côtelettes,
Panache le gigot ; son esprit inventif
Dérobe au fier Anglais le secret du rosbif ;
Et, secouant le joug d'une sauce barbare,
Étale aux yeux surpris l'anguille à la tartare ;
Mélange les saveurs, et, plein d'un noble orgueil,
Dit : « Que ce veau devienne un filet de chevreuil ! »
L'insipide chapon, la poularde affadie,
Languissaient dans leur jus : par un trait de génie

Il conçoit (cela seul rend son nom immortel!),
Il conçoit le cresson, invente le gros sel.
Que n'a-t-il pas créé! Ce lièvre en galantine,
Ces œufs au parmesan, ces pigeons en crépine,
C'est à lui qu'on les doit; le premier il a mis
La morue en beignets, l'alouette en salmis;
Les meringues, enfin, et les crêmes glacées
Sont encore le fruit de ses grandes pensées;
Et ces macaronis, aujourd'hui si vantés,
S'il fût venu plus tôt il les eût inventés!

Muses, qui des hauts faits conservez la mémoire,
Du dieu de la cuisine éternisez la gloire!
Bardes, pour le chanter gravissez l'Hélicon :
Que les échos du Pinde et le sacré vallon
Du nom de La Rissolle à jamais retentissent;
Que pour le célébrer toutes les voix s'unissent;
Que l'odeur de ses mets et le bruit de vos vers
S'élèvent à la fois, et, portant dans les airs
Le gage du bienfait et la reconnaissance,
Du premier des talens consacrent la puissance!

Voilà le digne objet de tes nobles efforts :
Livre-toi sans réserve à tes bouillans transports,
Abreuve tous tes sens d'un sublime délire,
Et jusque dans les cieux ose accorder ta lyre;
Sois rapide en ta course, impétueux, fécond,
Et de Pindare atteins le style vagabond!
Tel qu'un torrent fougueux, nourri par les tempêtes,
Dans sa course entraînant ses fatales conquêtes,
Roule, en grondant, ses flots dans l'abîme des mers;
Tel par bonds inégaux précipite tes vers,

Et, dédaignant ces lois, entraves du génie,
Va des divins concerts savourer l'harmonie;
Mais si le dithyrambe et ses mâles fureurs,
Si les élans de l'ode et ses écarts trompeurs
Épouvantent ta muse et glacent ton courage,
Descends à l'épopée; elle est un peu plus sage,
Suit des sentiers connus, marche moins au hasard,
Exige moins de feu sans exiger moins d'art,
Et peut, chez les Français trop long-temps étrangère,
Ceindre aujourd'hui ton front de la palme d'Homère:
C'est pour les cuisiniers, les héros et les dieux
Que le poëme épique est descendu des cieux.
La Grèce a *l'Iliade* et Rome *l'Énéide;*
Eh bien! fais mieux encor, fais *la Rissolléide!*
Le sujet est fécond, nos tables en font foi;
Le héros est trouvé; le poëte, c'est toi:
C'est toi qui chanteras cette grande merveille.
La Rissolle! ce nom, fait pour plaire à l'oreille,
Offre je ne sais quoi de doux et de flatteur
Qui charme également le palais et le cœur;
Il semble qu'à ce trait on distingue un grand homme;
Pour nous plaire d'abord il suffit qu'on le nomme!
Aussi tous ces grands noms, dignes de l'épopée,
Alexandre, César, La Rissolle et Pompée,
Ainsi qu'à la Victoire aux Muses toujours chers,
Provoquent à la fois la gloire et les beaux vers.
  Mais ne demandons plus aux poudreuses chroniques
Des guerres, des combats, des exploits héroïques;
Sur ces brillans sujets nous sommes bien blasés;
A force d'être vieux les héros sont usés :

On les a tant chantés ! Quant à moi, cette gloire
Qui toujours dans les vers rime avec la victoire ;
Ces coursiers effrayés, encor plus effrayans,
Qui sans vous avertir prennent le mors aux dents ;
Ces guerriers renversés qui mangent la poussière,
Et meurent en jurant sans faire leur prière,
Je les estime fort ; mais je ne sais pourquoi,
Même en les admirant, je bâille malgré moi :
Tout cela ne vaut pas les sauces aux tomates,
Ces précieux coulis parfumés d'aromates,
Ces pigeons en timbale, et ce nouveau civet
Qui fit à La Rissolle obtenir un brevet.
Adieu donc, fier époux de la tendre Andromaque,
Adieu, coquin madré, qui régnais dans Ithaque ;
Adieu, grand roi des rois, superbe Agamemnon,
Égorge tes enfans, pour l'amour de ton nom.
Lorsque la mère est jeune, et même assez aimable,
Une fille de moins, la perte est réparable ;
Mais quand de Ménélas tu cours venger l'affront,
Prends garde, mon ami, prends bien garde à ton front.
Adieu, roi de Pylos, adieu, vieille commère,
Qui jases sur des riens, et ne saurais te taire.
Vous tous, enfin, vous tous, héros intéressans,
Qui prenez, par la ruse, un gros bourg en dix ans ;
Adieu, cent fois, adieu ; vous voudrez bien attendre
Que j'aille vous chercher sur les bords du Scamandre,
Torrent impétueux que l'on passe à pied sec,
Et qui serait ruisseau, s'il n'avait un nom grec.
Changeons, changeons d'idole : allons à la Rapée
Chercher les beaux sujets d'une riche épopée,

De vers harmonieux, d'un poëme excellent;
Le feu de la cuisine est l'âme du talent.
Poëtes, je vous ouvre une mine féconde,
Chantez les cuisiniers qui nourrissent le monde!

CONSEILS A UN AMI.

Azaïs a dit vrai ; c'est un esprit fort sage :
Quelqu'un aurait-il lu son excellent ouvrage ?
Qu'en pensent les journaux ? Il n'est pas gai ! dit-on ?
Eh ! que m'importe à moi s'il est plein de raison !
Oui, les biens et les maux, chez nous tout se compense.
Vois ce riche Mondor, au sein de l'opulence,
Ébloui d'un éclat qui fatigue ses yeux,
Regretter l'humble toit où vivaient ses aïeux,
Aux soucis, aux remords, asile inaccessible :
On y dormait du moins, et d'un sommeil paisible ;
Le pauvre dort si bien ! il dort d'un si bon cœur !
Mais depuis que Mondor, lassé de son bonheur,
Contre un hôtel brillant, d'élégante structure,
De son père échangea l'honorable masure,
Et la crainte de perdre et la soif d'acquérir,
De ses jours plus sereins le cruel souvenir,
Lui font de vains projets expier l'avarice :
C'est de l'or qu'il voulait, cet or est son supplice ;
Il déchire son cœur, corrompt ses faux plaisirs,
Ainsi que de remords le ronge de désirs.
Pour lui plus de repos ! De l'heure fugitive
Il accuse souvent la marche trop tardive ;
Et, durant tout le cours de la plus longue nuit,
Son œil appelle en vain le sommeil qui le fuit.
Il se lève : l'ennui l'accompagne sans cesse,
Près des sacs entassés va s'asseoir sur sa caisse,

Et poursuit, à travers des salons somptueux,
Ce grand infortuné que l'on appelle heureux.
Ah! par combien d'efforts il cherche à se distraire!
Pour amuser un sot que de frais il faut faire!
Veut-il se dissiper, il vide son trésor,
S'étourdit, ou plutôt s'ennuie au poids de l'or;
Et, malgré ce fracas, que le vulgaire admire,
Pauvre riche, il gémit sur son sort; et ce rire
Qui nous coûte si peu, qui ne nous coûte rien,
Souvent pour l'obtenir il donnerait son bien!
Ah! laissons-lui cet or dont l'éclat l'importune;
Gardons notre gaîté, qu'il garde sa fortune :
Les ris ne siégent pas dans les gros coffres-forts,
Et leur troupe a toujours déserté les Mondors.

    Pour égayer le nôtre, une femme pédante,
Vrai fléau de ménage, une prude galante,
Dans un salon Minerve et Vénus au boudoir,
Philosophe le jour, Messaline le soir,
Maudit les mœurs du siècle et ses fausses maximes,
Plaint ces pauvres maris, innocentes victimes,
Vante la chasteté; puis, regardant Blinval :
« Dites-moi, mon ami, vous verra-t-on au bal? »
Blinval sourit. Madame à l'instant monte en chaire,
De nos sensations dévoile le mystère,
Explique l'homme entier, qu'elle connaît fort bien,
Ne voit après la mort que peu de chose, ou rien;
Commente Helvétius, dont elle est fort éprise;
Épluche Condillac; et même elle analyse
Certain passage obscur qu'elle a lu dans Rousseau...
Qu'une femme savante est un pesant fardeau!

Mondor l'éprouve : il bâille, et l'ennui qui le gagne
Bientôt se communique à sa docte compagne ;
Car le sermon agit sur le prédicateur ;
Madame bâille aussi. Déjà chaque auditeur
Se met à l'unisson : par un doux véhicule
De fauteuil en fauteuil le bâillement circule ;
A tant de profondeur chacun paie un tribut ;
Chacun va s'endormir : c'est comme à l'Institut,
Lorsqu'un nouveau venu complète les quarante...
Enfin, tout ébahis et la bouche béante,
Les laquais même, atteints d'un mal contagieux,
S'accoudent l'un sur l'autre et se frottent les yeux.
De la métaphysique effet trop ordinaire,
Son flambeau nous endort avant qu'il nous éclaire !
Et notre auteur aussi, que je vois sommeiller,
Ne sait pas qu'à lui seul ou défend de bâiller :
On l'aurait invité pour le mettre à son aise,
Pour que, nonchalamment appuyé sur sa chaise,
Monsieur prît les grands airs, ne dît plus un seul mot,
Et, tranchant du banquier, digérât comme un sot !
Debout, mon cher, debout ! ton rôle ici commence :
C'est à toi d'égayer cette épaisse finance,
Et ce savant femelle, excellent discoureur,
Poëte, romancier, philosophe, orateur,
Mais qui n'est éloquent que dans le tête-à-tête.
A les désennuyer je veux que tout s'apprête,
Le perroquet, le singe et l'auteur : les dînés
Ont des droits éternels sur tous les cœurs bien nés !

. . . .

Raconte-leur du jour la scandaleuse histoire ;

Fais passer devant eux, dans un tableau piquant,
Ce qu'aujourd'hui Paris offre de plus marquant :
Le grave magistrat devenu petit-maître,
Le médecin qui fait tout ce qu'il peut pour l'être,
Prescrit ses potions d'un air insouciant,
Fredonne un air léger, et vous tue en riant ;
Peins ces auteurs d'un jour, passager météore,
Ceux que l'on a sifflés, ceux que l'on siffle encore,
Et qui vont le matin, de chutes tout meurtris,
D'un superbe histrion dévorer les mépris,
Embrasser les genoux d'un fat qui les rebute,
Et mendier l'affront d'une nouvelle chute ;
Peins les rivalités de nos premiers danseurs ;
Imite en te jouant la pucelle des chœurs,
Dont la vertu brutale et le regard sévère
Intimident l'amant, qu'elle envoie à sa mère ;
Enfin, que tous les rangs de la société
Apportent un tribut à la malignité.
Pourquoi dire du bien? le mal plaît davantage ;
La satire est plus gaie, elle amuse à tout âge :
Telle est notre nature et tels sont nos penchans ;
Le monde est fait ainsi : nous sommes tous méchans !
    Tu l'emportes! déjà ton récit satirique,
Dissipant les brouillards de la métaphysique,
Ranime de Mondor les esprits abattus.
Le singe est renvoyé; le perroquet, confus,
Malgré tout son babil et son joli plumage,
Par l'ordre de Madame enfermé dans sa cage,
En ronge les barreaux de son bec irrité ;
Et le champ de bataille à toi seul est resté.

Ce triomphe est brillant : j'applaudis à ta gloire ;
Mais, non content de vaincre, assure ta victoire :
De tes Amphitryons consultant les plaisirs,
Prodigue les bons mots au gré de leurs désirs ;
Enfin, par politique ou par reconnaissance,
Console ces gens-là de leur triste opulence.
Le métier n'est pas gai, j'en conviens ; mais, crois-moi,
Cela vaut encor mieux que de dîner chez soi.
Il n'est pas, mon ami, de galères aimables :
Ton lot est d'amuser des sots inamusables ;
Amuse-les, ou bien deviens riche un beau jour :
Tu te feras alors amuser à ton tour *.

---

* *L'Art de dîner en ville, à l'usage des gens de lettres*, poëme en quatre chants, parut en 1810, et ce badinage poétique fut accueilli avec faveur. L'auteur, pour prouver que ses conseils étaient fondés sur la *nécessité*, publia, à la suite de son poëme, une notice biographique fort curieuse de tous les auteurs morts de faim. On y voit figurer Homère, *le Prince des Poëtes* et *le Roi des Gueux*, qui allait de ville en ville réciter ses vers pour avoir du pain ; Milton, recevant du libraire Thompson dix livres sterlings pour *le Paradis Perdu* ; le Camoëns, mort à l'hôpital ; Dufresny, épousant sa blanchisseuse pour acquitter son mémoire ; Boissy, traînant sa chétive existence dans la plus affreuse détresse ; Vaugelas, laissant son corps aux chirurgiens, à la charge par eux de payer ses dettes ; Diderot, l'athée, bien heureux de toucher cinquante écus pour six sermons ; d'Alainval, auteur de *l'École des Bourgeois*, et le satirique Gilbert, finissant leurs jours à l'Hôtel-Dieu, etc., etc., etc.

C'est pour épargner aux gens de lettres cette cruelle destinée, que Colnet leur donne d'utiles préceptes, dont plusieurs ont profité. Son poëme eut trois éditions consécutives, et il est probable qu'il avait des projets pour une quatrième : les deux fragmens que nous venons de donner autorisent à le croire.

HOLY-ROOD.

(SOUVENIRS.)

Mon pays sera mes amours
Toujours.
Devise du cachet de Henri-Dieu-Donné.

Vous ne sauriez croire combien aujourd'hui
on trouve de gens qui veulent voyager, et à qui
un voyage en Angleterre et dans les montagnes
d'Écosse paraît moins pénible qu'un voyage à
Neuilly ou à Saint-Cloud. J'ai un ami, qui était
autrefois d'humeur si casanière, qu'il me fallait
beaucoup de temps pour le déterminer à faire
avec moi une promenade de quelques heures
dans les environs de Paris. Nos barrières étaient
pour lui les colonnes d'Hercule; mais à mon grand
étonnement, cet ami, depuis la révolution de
juillet, ne cessait de me dire : Je veux absolument
aller à Holy-Rood; je ne mourrai content qu'après
avoir fait ce pieux pèlerinage. Et moi, qui ap-
prouvais fort sa bonne résolution, je lui demandais toujours pourquoi il différait tant de l'exécuter; mais j'avais beau le presser de partir, le
pèlerin ne partait pas.

La prudence, ou, si l'on veut, la peur le retenait; il craignait d'appeler sur lui les soupçons de
l'autorité, et force est d'en couvenir, cette autorité est aujourd'hui fort ombrageuse. Il faut peu
de chose pour l'alarmer... Est-ce que, par hasard,
elle ne se croirait pas très-bien affermie? En vérité, je ne sais qu'en penser. Quoi qu'il en soit,
mon ami ne doit lui inspirer aucune inquiétude.
Oncques on n'a vu un citoyen plus paisible et
moins propre à faire un conspirateur. Il n'est
bruit, depuis quinze jours, que de la conspiration
de la rue des Prouvaires, autrement dite la conspiration des *affamés*. On y mêle ensemble, alliance assez bizarre, des républicains et des royalistes, des membres de la société des *Amis du
Peuple*, et trois marmitons de Mme la duchesse
de Berry; mais, à coup sûr, mon ami n'y a pas
trempé, j'en donnerais mon billet à M. Gisquet,
s'il en était besoin. C'était d'ailleurs une conspiration nocturne, et mon ami, parisien de la vieille
roche, n'aime point à se désheurer. Jamais il ne
rentre chez lui à heure indue.

L'autre jour encore, nous causions ensemble
de ses projets de voyage et des motifs qui en retar-
daient l'exécution. Eh bien, lui dis-je, puisque les
peureux te font peur, et que tu crains qu'il n'y ait
pour toi du danger à aller à Holy-Rood, il faut
lire les relations des voyageurs qui en reviennent.

Voici les *Nouveaux Souvenirs*, de M. de***; en les lisant, tu t'associeras aux généreux sentimens que l'auteur y a exprimés. Il y a mieux : tu verras, ou du moins tu croiras voir tout ce qu'il a vu; et ce roi si calme, si digne et si noble; et cette princesse toujours souffrante, mais qui souffre moins de ses maux que des nôtres; et ces enfans!... Enfin tu feras, sans sortir de ta chambre, le voyage d'Holy-Rood. Il prit le volume; il le lut, ou plutôt il le dévora dans la nuit, et cette lecture n'ayant fait que rendre plus violente encore l'envie qu'il avait d'aller à Holy-Rood, il vint le lendemain matin m'annoncer son départ. Sa place était déjà retenue dans la malle-poste de Calais. Je l'ai prié, s'il voyait à Londres M. le prince de Talleyrand, de lui faire mes baise-mains et de lui demander quand finirait la comédie des protocoles.

Je ne l'ai chargé que de cette commission; je ne lui ai pas donné une seule lettre, et pour cause : M. Casimir Périer est si curieux! Imaginez-vous que ce ministre, qui ne rêve que conspirations, et qui voit dans la forme d'un chapeau un complot contre l'État, a donné l'ordre de visiter les papiers de tous les voyageurs qui vont à Holy-Rood : mais que cette mesure n'effraie personne; si elle est peu agréable, du moins est-elle exécutée avec beaucoup de politesse. M. de S***, que je me garderai bien de nommer, puisqu'il s'obstine à garder le plus strict incognito, nous assure « qu'il n'y a pas au monde un commissaire « de police plus aimable que celui de Calais, et « que c'est à Calais qu'il prétend toujours être « fouillé désormais. » Quoi qu'il en soit, cette mesquine vexation de M. Casimir Périer est passablement absurde, et M. de S*** a raison de la juger ainsi ; mais quand il s'agit de vexer les royalistes, *la stricte justice* de M. le président du conseil des ministres n'y regarde pas de si près. D'ailleurs, il est bon qu'ils le sachent, leurs voyages à Holy - Rood lui déplaisent fort. Que vont-ils faire là? disait- il dernièrement à un de ses affidés; est-ce pour voir un roi, qu'ils courent si loin? Qu'ils aillent aux Tuileries, ils en verront un. Oui, sans doute; mais, d'après toutes les apparences, ce n'est pas celui-là que les voyageurs qu'on *fouille* à Calais sont affamés de voir, c'est l'autre, et il ne faut pas disputer des goûts.

Les *Nouveaux Souvenirs* de M. S*** ne sont pas moins intéressans que les premiers. Je ne puis mieux les louer. On doit lui savoir d'autant plus de gré de les avoir publiés, qu'ils feront apprécier à leur juste valeur les bruits ridicules que certains journaux de ce pays-ci se sont plu à recueillir, et qu'ils nous ont donnés comme de précieux «documens pour l'histoire comtemporaine.»

Un de ces journaux n'a-t-il pas dit qu'il n'y avait pas qu'un seul roi à Holy-Rood, qu'il y en avait trois bien comptés ; que Charles X et son fils prenaient tous deux le titre de Majesté, et que lorsque le duc de Bordeaux paraissait, on annonçait le roi ? enfin, n'a-t-il pas dit encore que ces trois royautés avaient beaucoup de peine à s'entendre ? Rien de plus faux : la plus parfaite union règne à Holy-Rood ; M. le dauphin et M. le duc de Bordeaux y sont traités comme ils l'étaient en France ; Charles X porte seul le titre de roi, et, qu'on le sache bien, ce roi découronné paraît moins touché de ses propres infortunes que de celles qu'il ne peut plus soulager. Cependant, si on voulait en croire ses ennemis, il méditerait dans son exil d'affreux projets de vengeance ; il ne songerait qu'à allumer en France le feu de la guerre civile. Ah ! n'est-ce donc pas assez de l'avoir proscrit ? faut-il encore le calomnier ?

A d'odieuses imputations, à de lâches outrages, opposons le témoignage de l'auteur des *Nouveaux Souvenirs*, dont la sincérité n'est point révoquée en doute. « Charles X, dit M. de S***, nous a parlé « de la France, de sa position, de ses désastres, « et de la misère du peuple qu'il ne peut plus « adoucir... » Ce prince a abdiqué ; c'est un sacrifice qui lui a peu coûté : il l'a fait au bien de son pays. Mais, comme l'observe M. de S***, « sa pen-

« sée peut-elle se reporter sans regret vers ces
« temps où sa famille et lui distribuaient chaque
« année 9 millions en pensions et en bienfaits ?
« Quand de toutes parts il apprend la détresse
« profonde du peuple qui fut le sien, ne s'afflige-
« t-il pas d'être réduit à le plaindre ?» Aujourd'hui
que le règne des prodigalités est passé, on crie
beaucoup contre celles de Charles X. Oui, il fut
prodigue, et voilà pourquoi il est aujourd'hui si
pauvre; il fut prodigue, et les malheureux surtout le savent bien, eux, dont une grande partie
de sa liste civile était en quelque sorte le patrimoine.

Que les ennemis de la fille infortunée de
Louis XVI soient contens : cette princesse est,
M. de S*** nous l'apprend, profondément affligée;
elle a perdu ce noble courage qu'ils étaient eux-
mêmes obligés d'admirer. Naguère la bienfai-
sance l'aidait à se consoler de ses malheurs; aujourd'hui cette consolation lui manque, elle n'a
plus rien à donner. Toutefois aucune parole amère
ne sort de sa bouche. « Les Français sont incons-
tans. » Voilà, dit M. de S***, la seule expression
que lui permette sa douceur; jamais elle ne prononce le mot d'*ingratitude*. M. de S*** demande
si elle ne pourrait pas trouver des ingrats dans
sa propre famille ? C'est une question délicate que
je laisse à ses lecteurs le soin de résoudre. Je me

bornerai à observer qu'à Holy-Rood on ne sait
pas haïr.

De temps à autre on y parle de Louis-Philippe,
et, ce qui t'étonnera peut-être, on y parle de lui
sans aigreur et avec une grande impartialité.
Ainsi on ne lui impute pas cette odieuse et ridicule protestation qui, à l'époque de la naissance
du duc de Bordeaux, parut dans les journaux anglais, et qu'après la révolution de juillet nous
avons entendu crier pendant plusieurs jours sous
les fenêtres du Palais-Royal. En effet, il suffit de la
lire pour se convaincre qu'il n'en est point l'auteur, et qu'on ne peut, sans lui faire une grossière
injure, lui attribuer de si dégoûtantes absurdi-
tés. Voici, au reste, ce qu'il y a de plus curieux
dans cette ignoble pièce : « S. A. le duc d'Orléans
« est convaincu que la nation française et tous les
« souverains de l'Europe sentiront toutes les con-
« séquences d'une fraude si audacieuse et si con-
« traire aux principes de la monarchie héréditaire
« et légitime. La France et l'Europe ont été vic-
« times de l'usurpation de Bonaparte; certaine-
« ment une nouvelle usurpation d'un prétendu
« Henri V ramènerait les mêmes malheurs sur la
« France et sur l'Europe. »

Cet appel aux souverains en faveur de la monarchie héréditaire, cette crainte d'une *nouvelle
usurpation* dont la France est menacée, ce pré-

tendu Henri V qui doit un jour *usurper* le trône
de M. le duc d'Orléans, « tout cela, dit M. de S***,
« n'était que ridicule en 1820 ; mais il faut avouer
« qu'en 1830 c'est devenu singulièrement remar-
« quable.» Oui, sans doute, et on le remarque-
rait bien davantage, si on pouvait supposer un
instant que M. le duc d'Orléans fût l'auteur de
la protestation; mais très-certainement il ne l'a
ni composée, ni signée. Elle est l'ouvrage d'un sot
et imprudent ami; et si cet ami était aujourd'hui
auprès du roi citoyen, je conseillerais fort à S. M.
de l'éloigner, et de donner sa place à un sage ennemi qui le servirait mieux.

Que la naissance du duc de Bordeaux, qui nous
a tant réjouis, n'ait pas été agréable à M. le duc
d'Orléans, je le conçois : il n'aime point à perdre;
et il perdait tant ce jour-là, qu'il ne pouvait être
de très-bonne humeur. Je vois même, dans les
Souvenirs de M. S***, que S. A. ne put cacher,
quand elle vint au château, le déplaisir que lui
causait cet événement. Mais, comme le dit le len-
demain Mlle Adélaïde à Mme de Gontaut, « il faut
« pardonner à un premier mouvement bien natu-
« rel; on ne perd pas sans regret une couronne
« pour ses enfans. » Un peu plus tard, M. le duc
d'Orléans disait, lui, à cette même dame : « Vous
« ne croyez pas à mon intérêt pour cet enfant,
« vous avez tort. *J'ai pour lui le plus vif attache-*

« *ment, et je le lui prouverai dans toutes les occa-*
« *sions.* » Mme la duchesse de Berry n'en doutait pas,
puisqu'elle disait souvent : « Ce sont de si bonnes
« gens que ces d'Orléans ! » Je suis bien sûr que
Mlle Adélaïde portait aussi , elle , un très-vif intérêt
au duc de Bordeaux; mais un des souvenirs de
M. de S*** me ferait croire qu'elle aimait encore
mieux la sœur que le frère. « MADEMOISELLE parlait
« ce soir des anciennes prévenances de Mlle d'Or-
« léans; elle se souvenait du bon chocolat et des
« confitures qu'elle en avait reçus. — Pour moi ,
« dit le duc de Bordeaux, je n'ai pas de pareils
« souvenirs à oublier. » Le pauvre enfant! il en a
d'autres , et qui sont bien amers; mais peut-être
que le ciel les adoucira.

On trouve dans l'ouvrage que j'annonce des détails pleins d'intérêt sur l'éducation de ce prince.
Il a d'excellens maîtres, et tous sont étonnés non
seulement de la rapidité de ses progrès, mais encore de la finesse et de la profondeur de ses réflexions. « Sa mémoire, dit M. de S***, n'est pas
« cette mémoire d'enfant, neuve, facile, ouverte
« pour ainsi dire , qui apprend et qui oublie; mais
« une mémoire d'homme secondée par l'intelli-
« gence et appuyée par le raisonnement. »

Ses connaissances historiques sont déjà éten-
dues ; c'est l'histoire qui a toujours été son étude
favorite, et voici un fait qui le prouve. Il était

bien jeune alors, et suivait les leçons de sa sœur.
Le professeur racontait qu'Alexandre s'était en-
dormi la veille de la bataille d'Issus ; aussitôt M. le
duc de Bordeaux prend sa plume et écrit : Alexandre—Issus. Enghien—Rocroi.

L'auteur des *Souvenirs d'Holy-Rood* rappelle,
à cette occasion, qu'un jeune prince, beaucoup
plus âgé que M. le duc de Bordeaux, suivait un
cours d'histoire, et que, dans un moment où le
professeur citait un de ces traits d'héroïsme qui
commandent l'admiration, ce prince, qui paraissait très-attentif, saisit vivement son crayon. « Un
« de ses voisins, dit M. de S***, cherche à décou-
« vrir ce qu'il écrit... *il dessinait un petit bon-*
« *homme.*»Vous me demanderez peut-être quel est
ce jeune prince si sensible aux beaux traits historiques ? Devinez. M. de S*** ne le nomme pas, et je
soupçonne qu'il a craint de blesser sa modestie.

M. le duc de Bordeaux tourne souvent ses regards vers la France. « Connaissez-vous, dit-il un
« jour à M. de S***, la devise de mon cachet ? li-
« sez...»C'était ce refrain touchant de la romance
de M. de Chateaubriand :

> Mon pays sera mes amours
> Toujours.

Vous pouvez bien croire que M. de S*** désira
très-vivement d'obtenir une empreinte de ce ca-

chet. Au lieu d'une, il en eut dix. Le prince joignit à ce présent plusieurs coquilles ramassées par lui sur les bords de la mer, et quelques unes de ces pierres que l'on trouve dans les environs d'Édimbourg, et qu'à ses heures de récréation il s'amuse à polir. Offrez un de ces objets à un homme du mouvement, il vous dira : Que voulez-vous que j'en fasse ? Je connais tel homme du juste milieu qui l'accepterait pour le montrer dans l'occasion ; il dirait, lui, prenons toujours, on ne sait pas... Quant aux royalistes, leur avidité a été si grande, que M. de S*** n'a pu la satisfaire : cachets, cheveux, pierres, coquilles... ils ont tout enlevé en un instant. J'arrive donc trop tard ; mais, comme il doit incessamment *retourner à la source*, je le prie de ne pas m'oublier, et de vouloir bien m'inscrire d'avance pour une coquille. La veille de son départ d'Holy-Rood, MADEMOISELLE le chargea d'une commission pour Paris : c'était un paquet renfermant quatre de ses robes, sur lequel elle avait écrit : *Pour mes pauvres filles de France.* « Ce cas, dit M. de S***, n'a point été prévu par la « proposition de M. de Bricqueville. » Cela est vrai ; mais ne pourrait-on pas en faire le sujet d'un article additionnel ?

Du 22 février 1832.

L'ANTI-DOCTRINAIRE.

> Si la secte des doctrinaires est redoutable,
> ce n'est pas par le nombre de ses membres,
> car ils tiendraient tous sur un canapé*.
>
> JOSSE BEAUVOIR.

On n'est pas plus poli, je dirai mieux, on n'est pas plus modeste que l'auteur de cette réfutation. Loin de déprécier le mérite de son adversaire, il se plaît à lui rendre hommage et à reconnaître, dans le docte professeur dont il combat les opinions, un homme de beaucoup d'esprit et « un « écrivain célèbre dans la carrière des lettres; » il s'humilie devant une si haute renommée; enfin il se fait si petit et fait M. Guizot si grand, qu'en le voyant attaquer ce colosse, j'ai redouté un instant l'issue d'une lutte aussi inégale, du moins selon les apparences. Mais bientôt je me souvins que David autrefois avait vaincu Goliath; cet exemple me rassura un peu. Je craignais encore, mais en même temps j'espérais, et mon espoir n'a pas été déçu; j'ai vu tomber le Goliath des doctrinaires.

---

* Aujourd'hui, ils tiendraient tous sur un banc, que l'on pourrait nommer *le banc des renégats.* (*Note de l'éditeur.*)

On est donc bien fort quand on a pour soi la
vérité. Avec elle, il n'est point d'adversaire dont
on ne puisse triompher, fût-ce, comme l'a dit il
y a long-temps le divin Platon, qui, quoique
divin, s'est trompé fort souvent, fût-ce M. Guizot lui-même, qui se trompe quelquefois, et dont
les erreurs sont d'autant plus dangereuses, qu'un
nom « célèbre dans la carrière des lettres » leur
donne beaucoup d'autorité.

L'anti-doctrinaire a prévenu une objection
qu'en lisant le titre de son ouvrage je me dispo-
sais à lui faire. Où est donc, me disais-je, l'ennemi qu'il combat? Où sont ces philosophes
connus naguère sous la dénomination de doctrinaires, et qui mettaient dans leurs livres et leurs
discours toute l'obscurité des oracles sibyllins?
Le grand pontife de la secte, M. Royer-Collard
lui-même, s'exprime aujourd'hui en termes plus
clairs, plus à la portée des humaines intelligences; et, d'honneur! je commence à le déchif-
frer. Il n'est donc pas doctrinaire. M. Guizot ne
l'est pas davantage; car vous prouvez, en le réfutant, que vous l'avez très-bien compris.

Il ne reste de ce parti, aujourd'hui imperceptible, que le fameux canapé de maroquin noir
où il tenait ses séances; et l'on m'a assuré qu'il
allait être incessamment placé à la bibliothèque
du roi, en face du zodiaque de Dendérach, pour

la commodité des savans qui viennent contem-
pler tous les matins et expliquer aux curieux ce
monument égyptien, beaucoup plus ancien que
le monde, créé bien long-temps avant la création. L'idée de ce rapprochement est heureuse :
on a remarqué que ces docteurs s'embrouillaient
fort dans leurs explications, et on espère que le
canapé des doctrinaires, qui a fait ses preuves
et dont la vertu est bien connue, leur donnera
des idées un peu plus nettes.

Les lecteurs sont donc avertis que *l'anti-doctrinaire,* qui peut-être devrait s'appeler *l'anti-li-
béral,* ne s'adresse pas exclusivement aux doctrinaires; mais « qu'il embrasse tous les amis des
« révolutions, vétérans et conscrits; tous ceux
« surtout qui, s'appuyant sur la déclaration des
« droits qui servait de frontispice à la constitu-
« tion de 1791, veulent en faire revivre les doc-
« trines. » A la bonne heure, voilà du moins des
ennemis dignes de ses coups! Ce parti n'est pas
éteint comme celui des doctrinaires; il est au
contraire très-vivace, et il l'est d'autant plus,
que les dogmes qu'il professe flattent également
les passions et l'ignorance de la multitude. Prêchez *la souveraineté du peuple*, prêchez *l'égalité absolue*, et vous ne manquerez pas de prosélytes, si surtout on est assez aimable pour vous
laisser faire !

C'est à réfuter ces funestes doctrines que l'auteur, qui n'arrive qu'assez tard à M. Guizot, consacre les premiers chapitres de son ouvrage : il en fait sentir à la fois l'absurdité et le danger ; il démontre très-victorieusement qu'à l'insu d'une partie de ceux qui les propagent, elles ne tendent à rien moins qu'à bouleverser l'ordre social. Mais, si bon logicien que soit l'anti-doctrinaire, qu'il ne se flatte pas de ramener à son opinion beaucoup de dissidens : c'est un triomphe sur lequel, malgré la solidité de ses raisonnemens, malgré l'évidence de ses preuves, il ne doit pas compter ; on ne l'obtiendra que lorsque les esprits, devenus plus calmes, ne résisteront plus à toute conviction, et que ce siècle de lumières, qui raisonne tant, sera plus raisonnable et plus sagement éclairé.

Il est d'abord des enthousiastes, gens assurément de très-bonne foi, mais qu'il ne faut pas espérer de convertir : en vain leur prouverez-vous que les doctrines qui séduisent leur ardente imagination n'ont jamais attiré sur les peuples que d'affreuses calamités ; en vain, pour rendre cette vérité plus palpable, en appelez-vous à leur propre expérience ; ils vous disent : « On s'y est « mal pris, et une autre fois nous réussirons « mieux. » Ainsi, vous les trouvez toujours prêts à recommencer : la société en périra, qu'im-

porte ! Assis sur ses débris, ils diront encore :
« C'est la faute des hommes, et non des doctrines :
« on s'y est mal pris ! » Or, je le demande, l'anti-
doctrinaire corrigera-t-il ces entêtés ?

D'autres, plus fins, plus habiles, mais moins
excusables, savent très-bien à quoi s'en tenir sur
ces vaines théories ; mais ils savent aussi quel
parti l'ambition et la cupidité peuvent en tirer ;
ils savent surtout à qui ils ont affaire ; ils disent
avec certain philosophe : « Le peuple est une
« bonne bête de somme que chacun monte à son
« tour ; » et c'est à qui mettra le pied à l'étrier.

Il semble cependant que ce peuple, du moins
chez nous, est payé pour être désormais moins
docile et pour ne plus permettre qu'on le monte
si facilement. Jamais, qu'il s'en souvienne ! il n'a
été plus malheureux, jamais il n'a plus souffert
que lorsqu'on lui fit accroire qu'il était souverain : on ne daignait même pas s'occuper de ses
premiers besoins ! Comblé d'honneurs et de misère, la famine n'était pas le moindre de ses
maux... Pauvre majesté, qui ne mangeait pas son
soûl !

Puis, comme l'anti-doctrinaire le rappelle fort
à propos, une femme célèbre, que les libéraux
ne citent que lorsqu'elle est de leur avis, n'a-
t-elle pas dit : « Dans les occasions périlleuses,
« le courage prend sa place ; la multitude se range

« et obéit. » Or c'est, je crois, ce que nous avons
vu : l'occasion se présenta ; le courage, aidé, j'en
conviens, de la violence, prit sa place : aussitôt
la multitude et les idéologues retournèrent à la
leur ; et je vous demande si pendant quinze ans
ils eurent envie d'en sortir ? Le pouvoir, ce premier besoin des sociétés, se fit sentir, et tout fut
dit : on sut gouverner, et le peuple sut obéir.
Voilà comment finit sa souveraineté ; voilà comment elle finira toujours !

Les événemens nous apprendront si cette leçon doit être perdue pour nous ; mais il paraît
qu'elle a peu profité à nos voisins. Dernièrement
encore, on proclamait en Italie ces doctrines
anti-sociales que l'auteur de cette brochure a si
justement frappées d'anathème ; et aujourd'hui
même, pendant qu'on sonne l'agonie de leur
règne, vous entendez les *exaltados* d'Espagne
crier : *Vive le peuple souverain !* ce qui doit
épouvanter également et les peuples et les souverains.

Ces derniers se réunissent, et vont, à ce qu'il
paraît, chercher les moyens d'assurer notre tranquillité et la leur. Fasse le ciel qu'un esprit de
prévoyance et de sagesse préside à toutes leurs
délibérations ! Il ne m'appartient pas de leur indiquer le parti qu'ils doivent prendre dans les
circonstances critiques où nous nous trouvons,

nous et leurs majestés : ce serait de ma part une
témérité inexcusable ; mais j'aurais grande envie
de leur envoyer l'anti-doctrinaire ; il leur ferait
très-bien comprendre que le danger est pressant,
le moment décisif ; qu'il n'y a plus à reculer ; et
que, s'ils peuvent encore aujourd'hui décider des
destinées de l'Europe, c'est probablement pour
la dernière fois !

Plus tard, la contagion aura fait trop de progrès pour qu'on puisse raisonnablement espérer
de l'arrêter : ainsi, tout congrès après celui-ci serait inutile, même ridicule ; et je ne serais pas
surpris s'il fournissait à la malignité le sujet d'une
pièce satirique, dont quelques auteurs de nos petits théâtres tracent peut-être déjà le canevas. Ces
souverains doivent donc y aviser ; cela les regarde autant que nous : leur va-tout comme le
nôtre est sur table !

L'anti-doctrinaire, qui n'a pas moins de bonne
foi que de politesse, convient M. Guizot, fait bon
marché de ses ouvrages, et de la souveraineté du
peuple et du dogme chimérique de l'égalité absolue ; il a même cru s'apercevoir que, si, abju-
rant tout souvenir, nous pouvions ne dater que
d'aujourd'hui, ou si la France était le même jour
et à la même heure que M. Guizot, ce publiciste
se réconcilierait facilement avec les *supériorités
sociales*. Mais le passé pèse sur nous, et ce passé

est odieux à M. Guizot et à ses amis : c'est leur
bête noire !

M. Guizot veut donc « que les supériorités na-
« turelles et les prééminences sociales ne reçoi-
« vent de la loi aucun appui factice. » M. Guizot
veut que « les institutions sociales ne fixent per-
« sonne dans une situation supérieure. *La pen-*
« *sée publique*, dit-il, va jusque-là. » Mais la
charte y va-t-elle ? Je ne vois vraiment pas comment nous pourrons concilier quelques uns de
ses articles, et notamment l'hérédité de la pairie,
avec ce que veut M. Guizot. En serait-il donc de
la charte comme de l'Évangile, que chaque sec-
taire croit avoir le droit d'interpréter à sa manière ? Alors celui qui l'a faite aura bientôt lui-
même assez de peine à la reconnaître, et lui dira :
« Ma fille, vous êtes bien changée ! la pensée pu-
« blique de M. Guizot ne vous a pas embellie ! »

Ce serait, au reste, comme l'observe judicieu-
sement l'anti-doctrinaire, ce serait un gouvernement fort étrange que celui que l'on verrait « con-
« stamment aux aguets, sinon pour contenir les
« prééminences sociales, du moins pour ne leur
« prêter ni *appui* ni *secours*. » Que ces moyens
sont favorables au développement de la vie morale des peuples ! Que d'émulation, de travaux,
de dévouement pour acquérir la considération
générale, quand elle sera si fugitive ! C'est, en

morale, la solution de la loi agraire. L'anti-doctrinaire ne connaît pas de gouvernement qui ait
montré une si tendre sollicitude pour les médio-
crités. Je crois cependant qu'en imaginant l'ostra-
cisme, les Athéniens entrèrent un peu dans la
pensée publique de M. Guizot; mais qu'en ad-
vint-il? Athènes eut quelques grands hommes
de moins et elle eut quelques sophistes de plus :
c'étaient les doctrinaires de ce temps-là.

L'auteur prouve à M. Guizot et à tous les libéraux que l'hérédité des honneurs, qu'ils regardent comme une révoltante absurdité, est
juste, raisonnable, et enfin très-politique. Ne
connaît-on donc que des propriétés matérielles?
Quoi! l'homme qui, à vos dépens, par des voies
que l'équité réprouve, a acquis une fortune considérable, la transmet à ses héritiers; et vous dé-
fendrez à celui qui s'est ruiné pour vous servir
de transmettre aux siens la seule fortune, la seule
propriété qui lui reste, ces stériles honneurs que
la reconnaissance nationale lui a décernés en ré-
compense de ses travaux! Les enfans de Turcaret
seront riches; les enfans de Turenne ne seront pas
honorés!!!

En vérité, il y a lieu de s'étonner qu'un
homme du mérite de M. Guizot prenne sous sa
protection, et nous offre comme « moyen de gou-
« vernement » un système si peu libéral et si peu

propre à contribuer au perfectionnement moral de la société, qu'il tend, si je puis m'exprimer ainsi, à matérialiser. Heureusement que nos mœurs et nos lois le repoussent! M. Guizot a beau faire, les honneurs qu'il pourra devoir un jour à l'emploi de ses talens ne seront pas perdus pour ses descendans; et, moins encore dans leur intérêt que dans l'intérêt général, il transmettra malgré lui aux Guizot futurs ce noble et glorieux héritage!

Qu'il n'y ait aucune exclusion légale, que la carrière des honneurs soit ouverte à tous, voilà, et les libéraux de bonne foi en conviendront, voilà tout ce que la justice exige; voilà aussi ce qui constitue la véritable équité. A cette occasion, l'anti-doctrinaire justifie l'ancien régime de quelques reproches que M. Guizot lui a fort injustement adressés. Cet ancien régime, qui pouvait avoir ses abus, que je n'entends pas défendre, n'était pas aussi *exclusif* que le pensent ses ennemis. M. Guizot aurait pu, comme Fabert, y devenir maréchal de France, en attendant l'épée de connétable.

Mais la noblesse? Qui donc vous empêchait de l'acquérir? on la vendait à si bon compte, qu'elle était à la portée des fortunes les plus médiocres! Il ne tenait encore qu'à vous de devenir, en vingt-quatre heures, *très-haut et très-puis-*

sant seigneur, et de jouir pleinement de tous les droits *féodaux* attachés à votre seigneurie. Un ancien tondeur de chiens sur le Pont-Neuf, le fameux Honnet, qui n'était pas un de ces *Francs* que M. Guizot poursuit avec tant d'acharnement, acheta la terre de Vermanton, en Bourgogne. Le curé du lieu lui ayant refusé l'encens, plainte fut portée au parlement; et la cour ordonna que ledit curé encenserait le seigneur Honnet jusqu'à le faire éternuer. Aurait-elle fait plus pour le premier baron chrétien que pour le tondeur de chiens?

Un juif... oui, un juif! fait en 1775 l'acquisition du duché de Pecquigny, et aussitôt il entre en possession de tous les droits honorifiques dont avait joui l'ancien propriétaire : on le voit même, malgré le ridicule, on le voit, *lui, juif,* nommer des curés, des chanoines... il aurait nommé des évêques, si ce droit eût appartenu à son duché! Voilà pourtant ce qui se passait dans cet ancien régime dont les libéraux ne peuvent pas parler de sang-froid; dans cet ancien régime si *exclusif*, si *intolérant*, et qui, dit M. Guizot, avait pour vice radical *le mensonge;* expression qui a sans doute ici un sens très-profond, mais que j'ai le malheur de ne pas comprendre.

L'auteur, après avoir réfuté d'autres assertions extraites de l'ouvrage de M. Guizot, examine ce que doit être *l'opposition* dans un gouvernement représentatif. La véritable opposition, suivant lui, a un but patent et légitime; elle ne proclame pas à la tribune sa haine pour la dynastie régnante, et son admiration pour un autre gouvernement, objet de ses regrets; elle ne fait pas de coupables appels à la sédition et à la révolte... L'anti-doctrinaire laisse à ses lecteurs le soin de tirer la conséquence; et j'imiterai sa discrétion, car je ne veux pas plus que lui que ces gens-là me mandent à leur barre.

Du 2 septembre 1822.

MON ADHÉSION

A LA DÉCLARATION DE LA GAZETTE DE FRANCE DU 28 MARS.

Tout pour et par la France.

Plaisantez-vous? va-t-on me dire. Quoi! votre adhésion? — Oui, s'il vous plaît. — Mais, de bonne foi, la croyez-vous nécessaire? — Non, vraiment, je n'ai point cette étrange présomption; je sais que mon opinion pèse bien peu dans la balance. — Pourquoi donc l'y mettez-vous? — Je vous attendais là. Écoutez. Si la déclaration de la *Ga-*

zette de France peut très-bien se passer de mon
adhésion, moi, j'ai besoin de la donner. Tous les
hommes raisonnables ont été, ne le savez-vous
pas? invités à s'y rallier. Un bon nombre a répondu à cette invitation, et je n'ai pas voulu arriver
le dernier au rendez-vous. Maintenant j'y appelle
tous nos amis, qui, je leur en donne l'assurance,
seront beaucoup mieux là que sur ce petit coin
de terrain où la révolution de juillet les a comme
acculés, et où ils ne resteraient pas plus long-
temps sans danger pour leur cause. Comment,
je le leur demande, pourraient-ils se flatter de
vaincre dans une si mauvaise position, qui ne
leur permet même pas de combattre à armes égales? Il faut qu'à tout prix ils en sortent.

Nos ennemis ne s'y sont pas trompés : ils ont
vu à l'instant tous les avantages que pouvait nous
fournir contre eux une exposition de principes si
sage, si opportune et si politique. L'alarme s'est
d'abord répandue dans le camp des hommes du
monopole. Des *états-généraux!* se sont-il écriés ;
vous voulez donc rétablir les trois ordres, le
clergé, la noblesse et le tiers? Non, nous ne voulons pas ce qui, nous le sentons très-bien, est
chose impossible; les trois ordres sont morts depuis long-temps, et songer à les ressusciter, vouloir ranimer une froide poussière, ce serait folie.
En nous prêtant si gratuitement cette bizarre in-

tention, le juste-milieu, pardon du terme, nous place trop près de la déraison et de l'absurdité; il nous fait trop à son image.

Hommes de notre temps, nous prenons la France telle que nous la trouvons, telle que les révolutions politiques l'ont faite. Mais on l'a tenue assez long-temps en tutelle, et nous croyons que le moment de l'émanciper est venu; c'est pourquoi nous demandons que l'impôt et les lois soient librement votés par les représentans de la nation convoqués en assemblées de communes et de provinces... Nous regardons comme acquises à la France l'indépendance des communes et des provinces, en ce qui concerne les intérêts locaux, l'élection de leurs magistrats par les citoyens contribuables et domiciliés... En un mot, nous voulons qu'il soit enfin permis à la France, que la centralisation ruine et dévore, de faire elle-même et à très-peu de frais ses affaires, qu'un parti auquel elle n'a point donné sa procuration fait aujourd'hui si chèrement et qu'il fait si mal. Au reste, que ce système déplaise aux hommes du monopole, qu'ils l'attaquent avec acharnement, qu'ils le regardent même comme le fruit de perverses et criminelles intentions, on le conçoit sans peine. Détruire le monopole sur lequel leur cuisine est fondée, c'est les blesser au cœur; mais si, comme ils le disent, aussi eux, ils veu-

lent la gloire et la prospérité de leur pays, qu'ils
le montrent en adhérant à la déclaration de la
Gazette de France. Voilà pour le juste-milieu une
belle occasion de prouver à ceux qui en doutent,
et le nombre, il le sait bien, en est grand, qu'il
préfère à son intérêt particulier l'intérêt général,
et qu'il a encore plus de patriotisme que d'appétit.

Ce parti est bien malavisé : il n'y a pas, le
croirait-on? jusqu'à notre doctrine sur les insurrections qu'il ne condamne, et c'est sans doute
par reconnaissance pour l'insurrection à laquelle
il doit tout, richesses, *honneurs* et fortune. La
partie, il faut en convenir, a été bonne pour lui.
Il a fait rafle; mais qu'il y prenne garde, la Fortune est inconstante : il ne jouerait pas toujours
aussi heureusement, et s'il a recueilli seul tous
les fruits d'une insurrection, un autre pourrait
très-bien les lui enlever et le faire descendre encore plus vite. Quand donc nous disons que « la
« révolte n'est jamais permise, » il devrait nous
applaudir, au moins tout bas. Mais comment, il
nous le demande, comment, sans le droit d'insurrection, viendrait-on à bout de corriger les
abus quand le pouvoir y met opposition? Car le
juste-milieu, personne ne l'ignore, a une horreur
invincible des abus.

Malheureusement les insurrections les corrigent

toujours assez mal; nous sommes aujourd'hui bien payés pour le savoir. Après elles, pas un abus de moins, et vous avez en outre tous les maux qu'elles entraînent nécessairement à leur suite. N'est-ce pas, je le demande aux amateurs, payer un peu trop cher le plaisir de briser les réverbères et de jeter des pavés à la tête des gens? Ne vaut-il pas mieux, pour la réforme des abus, avoir, comme nous le proposons, recours au vote national qu'à l'insurrection et aux barricades, si glorieuses qu'elles puissent être? Je serais curieux de savoir ce qu'en pense Louis-Philippe. Vous seriez bien étonnés si S. M. citoyenne allait, aussi elle, envoyer son adhésion à la déclaration de la *Gazette de France* : eh bien, moi, je l'attends, et peut-être ne tardera-t-elle pas à arriver.

On nous dit, d'un autre côté: le vote national, les franchises des communes et des provinces, la centralisation détruite... tout cela est fort bon; mais vous voulez la royauté, et, qui pis est, une royauté inviolable : c'est la base sur laquelle votre déclaration repose. Mais n'est-ce donc pas au peuple, et à lui seul, qu'il appartient de déterminer sous quelle forme de gouvernement il veut vivre? et s'il lui plaisait de choisir la république ou même le despotisme, n'en serait-il pas le maître? Qui pourrait s'opposer à cet acte de sa toute-puissante volonté? n'est-il pas, quoi que vous en puissiez penser et dire, le véritable souverain ? Nous répondrons d'abord aux hommes du parti du mouvement, à qui, on l'a déjà deviné, nous avons ici affaire, qu'ils ont l'air d'oublier que la royauté et même la royauté irresponsable, qu'ils nous reprochent de vouloir imposer à la nation, est consacrée par leur charte, et *à toujours* : qu'ils notent bien ce point. Est-ce que, par hasard, ils en seraient déjà dégoûtés ? A eux très-permis : les goûts, comme les opinions, sont libres ; mais un parti, qui se dit le parti national par excellence, devrait au moins savoir que la nation repousse également la république et le despotisme, et il ne doit s'en prendre qu'à lui seul ; il a voulu aller et si vite et si loin, que, de bonne heure, elle a senti qu'il y avait du danger à le suivre.

Quant à la souveraineté du peuple, qu'on nous accuse de ne pas reconnaître, il importe très-peu de savoir ce que nous en pensons. Mais, s'il faut le dire, nous ne voyons pas trop à quoi elle peut être bonne. Qu'a gagné le peuple à être déclaré souverain ? En lui accordant, avec une juste mesure, des droits politiques réels, dont, grâce à de sages précautions, il ne pourra pas abuser, nous croyons faire beaucoup plus pour lui que ceux qui l'ont investi d'une souveraineté nominale à laquelle il a raison de n'attacher aucun prix, puisqu'elle n'a pas apporté le moindre soulagement à sa misère. Pauvre souverain, qui donnerait volontiers sa souveraineté pour une légère diminution dans le prix du pain, qui est toujours un peu cher!

Maintenant, à vous, nos amis. Ce qui prouverait, au besoin, la sagesse de la déclaration de la *Gazette de France*, ce sont les reproches contradictoires qu'on lui adresse : ainsi, lorsqu'on pense à gauche qu'elle a été beaucoup trop généreuse envers la royauté, on trouve à droite qu'elle a trop accordé à la liberté et pas assez au pouvoir. Ne faut-il pas en conclure que la royauté et la liberté doivent être contentes, et qu'on fait à l'une et à l'autre toutes les concessions nécessaires pour former aujourd'hui entre elles une alliance indissoluble? Je me souviens que, pendant la restauration, le chef des doctrinaires disait naïvement qu'il se chargeait de marier la légitimité et la révolution : certes, le dessein était beau et digne de l'esprit vigoureux qui l'avait conçu; mais l'exécution en était bien difficile. M. R. C., quoiqu'il ait la vue longue, ne voyait pas que, pour que ce mariage eût lieu, il aurait fallu que la révolution y eût consenti; et, comme on a dû le remarquer, elle s'y est constamment opposée, malgré toutes les avances que la légitimité lui a faites. Vous ne pouviez donc pas espérer de former entre elles une de ces alliances passagères que l'on rompt lorsqu'on est fatigué, et qu'on appelle aujourd'hui, je ne sais trop pourquoi, *mariage à la Schonen.* Nous voulons tous, et les royalistes nous comprendront, unir ensemble la royauté et la liberté; et nous ne voyons pas ce qui pourrait empêcher cette union, puisque, plus heureux que M. R. C., nous avons, chose essentielle dans cette affaire, le consentement des deux partis.

De toutes les libertés, celle qui effarouche le plus une partie de nos amis, c'est la liberté de la presse; elle rend tout gouvernement impossible, et, avec elle, Dieu lui-même, s'il n'y mettait tous ses soins, aurait assez de peine à gouverner la France. Voilà ce que nous avons entendu, et il est certain, on ne peut en disconvenir, que la presse est aujourd'hui une puissance bien terrible. Mais faut-il s'en étonner? Comment la presse ne serait-elle pas puissante et forte, quand le parti qu'elle attaque est si faible, si en dehors des intérêts généraux? Les hommes du monopole, pour être plus sûrs d'être élus, n'ont voulu qu'un très-petit nombre d'électeurs : deux cent mille, dont la moitié manque toujours à l'appel; c'est, ont-ils dit, le seul moyen d'avoir les plus capables. Et remarquez bien que, pour avoir *les plus capables,* ils ont commencé par exclure les *capables.* Cela suffit pour expliquer l'exorbitante influence de la presse. Quelques journaux représentent à eux

seuls plus de lecteurs que toute la chambre des
députés ne représente d'électeurs, et la presse,
qu'on a appelée la seconde tribune, est réellement
la première; elle oblige l'autre de s'incliner devant elle. Toutefois, que cette puissance si redoutable n'effraie pas les royalistes : elle est acciden-
telle, elle cessera avec la cause qui la produit.
On parle de lois d'exception : les amis du ministère l'invitent fort à y recourir; il n'osera, il sera
plus sage que ses conseillers. Vous n'avez aujour-
d'hui qu'un seul coup d'État à faire contre la
presse, et je m'étonne que les auteurs des ordonnances n'y aient pas songé : substituez la volonté
générale à celle d'une imperceptible minorité,
supprimez le monopole électoral, et la presse sera
désarmée.

Un protestant disait à Henri IV, qui avait alors
son quartier-général sous les murs de la capitale :
« Sire, vous n'entrerez pas dans Paris, et, si vous
y entrez, il vous sera impossible de gouverner un
peuple que la presse et la chaire rendent ingou-
vernable; ses pamphlétaires et ses prédicateurs
vous en empêcheront bien. — Ventre-Saint-Gris,
répondit le roi, laissez-moi faire; je saurai bien
mettre ces gens-là à la raison. » Quelques jours
après, il alla à la messe, et tout fut fini. La presse
et la chaire, privées d'une arme qui seule faisait toute leur force, furent vaincues. C'est un

remède tout aussi sûr que vous offre la *Gazette de France.* Employez-le, et vous n'aurez plus rien à craindre de la presse; ses traits, qui aujourd'hui blessent à mort, seront émoussés, et on pourra lui dire : Presse, naguère si puissante, qu'est devenu ton aiguillon !

Au reste, la *Gazette de France* s'est sagement bornée à poser, ou plutôt à rappeler des principes depuis long-temps reconnus, et elle a laissé aux états-généraux le soin d'en régler l'application. « Les états-généraux, a-t-elle dit, détermineront dans quelles bornes et à quelles conditions les droits énoncés dans cette déclaration seront exercés. » Il n'en faut pas davantage pour rassurer les plus timides. Leur sécurité sera encore plus entière s'ils veulent relire la déclaration de Louis XVI, du 23 juin 1789, que la *Gazette de France* paraît avoir pris pour modèle, et qui, si elle eût été adoptée, aurait sauvé à la fois le trône et la liberté. On craint que le pouvoir royal ne soit affaibli; mais ne trouvera-t-il pas plus de force dans la volonté nationale que dans un parti dont l'existence est toujours précaire et qui peut tomber demain? Poser une pareille question, c'est la résoudre.

Que les royalistes se pénètrent bien de leur position. Ils n'ont pas été vaincus. Le dire, c'est une insolence et une absurdité. Quand il n'y a point de combat, il n'y a ni vainqueurs ni vaincus ; mais à l'aide des plus fausses imputations, on s'est attaché pendant quinze ans à éloigner d'eux l'opinion publique, et à les séparer en quelque sorte de la nation. On les accuse d'être les partisans du gouvernement absolu, et de vouloir faire rétrograder la société jusqu'à ces siècles d'ignorance où la couronne des rois était humblement soumise à la tiare des papes. *Absolutistes, ultramontains :* ces deux mots ont suffi pour les perdre et amener une révolution. Au temps où nous vivons, la calomnie est une arme redoutable, et on s'en est servi contre eux, et on s'en sert encore avec habileté ; mais, quand ils le voudront, il leur sera facile de la briser dans les mains de leurs ennemis. La recette qu'on leur propose est infaillible, et le moment est venu de l'éprouver.

Qu'ils se montrent tels qu'ils sont, les amis, non d'une liberté sans règle et sans frein qui tue les gouvernemens et les peuples, mais de cette sage liberté qui, réglée par les lois, fortifie le pouvoir et ennoblit l'obéissance. Ne dit-on pas qu'ils soupirent après une nouvelle restauration ? Je ne sais ce qui en est ; mais, en raisonnant dans cette hypothèse, je leur dirai que la première qu'ils ont à faire pour arriver à celle qu'on s'imagine qu'il attendent, c'est la leur. L'opinion, que les événemens éclairent, commence à se rapprocher d'eux. Elle voit que leurs principes peuvent seuls offrir à l'ordre public une sûre garantie; qu'ils ne laissent donc pas échapper cette occasion de la reconquérir. Les voies nationales leur sont ouvertes, qu'ils y entrent franchement, ils ne tarderont pas à s'en féliciter; la France sera pour eux le jour où ils pourront la convaincre qu'ils veulent avant tout son bonheur et sa gloire. Alors tomberont ces odieuses accusations dont ils ont été l'objet, et il ne restera à leurs ennemis que la honte de les avoir lâchement calomniés.

Ce sont les royalistes que la *Gazette de France* a cru devoir inviter à adhérer à sa déclaration; mais plus tard, quand les passions politiques seront enfin éteintes, elle recevra, et je ne m'abuse pas, d'autres adhésions. Les hommes raisonnables des deux partis, convaincus de la vanité et de l'impuissance de leurs doctrines, se rallieront aux siennes; et, je le demande d'abord au juste-milieu, qu'aurait-il de mieux à faire? Il veut une royauté, on n'en doute pas; il veut même que la royauté soit forte et puissante; mais l'expérience a déjà dû lui apprendre que c'est seulement de nos doctrines que la royauté peut tirer sa force et sa puissance. Il veut l'ordre et la paix publique; mais il voit qu'il n'est pas en son pouvoir de nous les procurer. M. Casimir Périer annonçait dernièrement aux préfets que l'émeute, chassée de la capitale, s'était réfugiée dans les provinces : il peut leur annoncer aujourd'hui qu'elle est rentrée dans Paris.

Il y a pourtant un moyen sûr de rétablir l'ordre et la paix publique, et ce moyen, la déclaration de la *Gazette de France* le fournit aussi. Le juste-milieu y adhérera quand il sera devenu sage ; il y a mieux, tous les bons esprits du parti du mouvement finiront eux-mêmes par reconnaître qu'elle leur donne toute la liberté qu'ils peuvent raisonnablement espérer, et alors cette déclaration sera celle de la France, les fous exceptés : mais, pour l'honneur du pays, je me plais à croire qu'ils n'y forment pas encore la majorité.

Avant de terminer cet article, deux mots au *Globe.* Ce journal a demandé à la *Gazette* pourquoi, avant tout, elle n'avait pas songé à *refaire la société chrétienne;* elle lui a répondu qu'elle croyait que la société chrétienne était fort bien faite. Cette réponse ne l'a pas contenté, il revient toujours à la charge. Mais plus on y réfléchit, moins on voit la nécessité de refaire la société chrétienne avant de rétablir les assemblées communales et provinciales. C'est d'ailleurs un travail dont nous savons que les pères saint-simoniens, au risque de mourir à la peine, s'occupent très-sérieusement, et nous ne voulons pas aller sur

leurs brisées; mais, comme l'entreprise est des
plus difficiles, nous espérons qu'on n'attendra
pas qu'elle soit exécutée pour nous rendre nos
assemblées de communes et de provinces : ce serait un ajournement indéfini.

Du 8 avril 1832.

———————

ALMANACH NATIONAL

POUR L'ANNÉE 1831.

> Ma foi, sur l'avenir bien fou qui se fiera :
> Tel qui rit vendredi, dimanche pleurera.
> RACINE, *les Plaideurs*.

L'*Almanach national!* ce titre m'a d'abord, je
l'avoue, fort scandalisé; mais, en y réfléchissant
un peu, je l'ai trouvé très-convenable, et j'y ai
vu une conséquence rigoureuse de notre révolution : ils ont déplacé la souveraineté; le peuple
est le souverain, et le roi qu'il a fait, ou qu'on a
fait pour lui, n'est que son délégué ou son homme
d'affaires. Or, il suit de tout cela qu'au lieu du
vieil *Almanach royal*, qui serait aujourd'hui une
anomalie, un contre-sens, nous devons avoir un
Almanach national : c'est, depuis le mois de

1.   5

juillet, un besoin de l'époque, et ils l'ont bien
senti ; leur révolution pourrait avorter, et quel
malheur s'ils ne mettaient pas en harmonie avec
son principe leurs institutions politiques, et surtout leurs almanachs !

Trève donc à vos jérémiades, Messieurs les
progressifs ! A vous entendre, nous n'avançons
pas, nous sommes stationnaires ; mais n'est-ce
donc pas un progrès qu'un *Almanach national ?*
Il vous faut des institutions républicaines : en
voilà une très-remarquable que je vous signale ;
prenez-en note, et ne dites plus que le peuple
n'a rien gagné à faire une nouvelle révolution.
De quoi a-t-il à se plaindre ? il y a gagné un almanach : le reste viendra plus tard... ou ne viendra jamais ; ce n'est pas notre affaire, car nous
n'avons rien promis, nous autres, et partant
nous n'avons rien à tenir.

On a tant menti depuis six mois, qu'il est
agréable de rencontrer un livre qui ne mente
pas, et qui même, de tous les livres, soit, comme
on l'a dit avant moi, celui qui renferme le plus
de vérités. C'en est d'abord, vous le savez bien,
une très-grande que la charte constitutionnelle :
aussi se trouve-t-elle en tête de mon almanach,
et tout à côté du calendrier pour l'année 1831.
Autrefois, quand nous changions de constitution
aussi souvent que d'almanachs, ce rapproche-

ment, qu'un long usage a consacré, m'amusait beaucoup : je demandais si la constitution survivrait au calendrier de l'année courante, ou le calendrier à la constitution ; mais Dieu me garde de faire aujourd'hui une pareille question ! Mᶜ Persil, avec lequel je ne veux avoir aucun démêlé, ne me la passerait certainement pas, et il aurait raison ; ce serait une impertinence vraiment impardonnable !

La charte de 1830, quoiqu'elle ait été faite en moins de temps qu'il n'en faut pour la lire, a les reins forts : l'ordonnance de promulgation nous dit que ce sera chose *ferme et stable à toujours.* Soyons donc sans inquiétude sur son compte : celle-là, plus heureuse que ses aînées, durera long-temps ; nous la transmettrons dans toute sa pureté à nos enfans, et elle passera, toujours vierge, aux enfans de nos enfans, qui ne l'useront pas. Si pourtant, un jour ou l'autre, il plaisait au peuple, qui aime assez les nouveautés, de se constituer différemment, je ne vois pas trop ce que vous auriez à lui dire : il est souverain, et il peut faire toutes les sottises qu'il voudra ; mais probablement il trouve qu'il n'en a déjà que trop fait. Ce n'est pas à lui que les révolutions, ou, si l'on veut, les grandes journées, sont profitables ; il est bien payé pour le savoir ! Voyez un peu : pour lui quel triste carnaval ! on dirait le vendredi - saint, tant cette année les jours gras du souverain sont maigres!

« A tout seigneur tout honneur! » ce sont MM. les députés des départemens que je trouve les premiers dans mon *Almanach national ;* ils ouvrent la marche : la chambre des pairs ne les suit que de fort loin. Cela est bien dans les convenances du gouvernement populaire : là où le peuple est souverain, ses représentans ou ses mandataires doivent avoir le haut du pavé et de l'almanach... Passez donc, MM. de Corcelles, Marschal, Demarçay, Pataille : Louis-Philippe ne passe qu'après vous ; Sa Majesté sait ce qu'elle vous doit!

Les 221 sont là; et, en les voyant, je me suis écrié avec le sage : *O vanité des vanités ! tout n'est que vanité !* Vous savez sans doute dans quel discrédit ils sont tombés, et avec quelle dureté l'opinion démocratique, qui les a tant caressés lorsqu'elle croyait avoir besoin d'eux, les traite aujourd'hui. J'ai vu le moment où les feuilles libérales allaient mettre au concours les statues de ces députés sauveurs; et à l'heure qu'il est il n'y a point d'outrages qu'on ne leur prodigue; on ne trouve pas de verges assez piquantes pour les fustiger : d'autres, à notre place, diraient : « Ne les ménagez pas; frappez, frappez « fort; les sauveurs l'ont bien mérité! »

Moi, je ne le dis pas; il y a mieux, je compatis à leurs peines : leur cas me touche, et même si vivement, que je ne demanderai pas à ces hommes, qui prétendent qu'ils nous ont sauvés comment ils s'y seraient pris s'ils eussent voulu nous perdre. Mais j'espère qu'une si bonne leçon leur profitera, et qu'ils apprécieront mieux cette misérable popularité qu'ils ont si ardemment recherchée : ils la connaissent aujourd'hui; ils voient que bâtir sur elle, c'est bâtir sur un sable mouvant. Deux illustres avocats, Cicéron et M. Dupin, l'ont appris à leurs dépens; et quand on a de si grands exemples devant les yeux, n'y aurait-il pas de la folie à se fier encore à la faveur populaire, surtout dans ce pays-ci, où les héros des Deux-Mondes ne sont pas eux-mêmes à l'abri du sifflet?

Je faisais ces réflexions en parcourant la liste de nos députés, et vous voyez comment un livre qui n'offre aux esprits frivoles qu'une sèche et aride nomenclature, fournit à l'observateur, au moraliste, le sujet de graves méditations. Diriez-vous que j'ai trouvé parmi les officiers de la chambre un aumônier? J'en suis, comme vous pouvez le croire, très-édifié : cela m'a donné beaucoup à penser. J'ai cherché ensuite le confesseur; mais celui-là je ne l'ai pas trouvé; et n'en soyez pas surpris, on ne veut plus de sinécures.

Après MM. les députés des départemens viennent, dans mon almanach, toutes les maisons
souveraines de l'Europe : on vous fait connaître
leurs alliances ; on vous dit quel est l'âge des
princes ; on vous donne même, car c'est un livre
plein de vérités que j'annonce, on vous donne,
ce qui est peut-être très-indiscret, l'âge des princesses ; voire, ce qui est un scandale, celui des
douairières. Ne cherchez pas sur ce tableau la
branche aînée des Bourbons, vous la cherche-
riez inutilement ; on n'en fait aucune mention.
Serait-elle donc éteinte ? non, grâce à Dieu ! mais
de grands, de terribles événemens se sont pas-
sés dans ce pays-ci l'année dernière, et Louis-
Philippe Ier a été, le 7 août, proclamé roi des
Français : c'est donc lui qui est aujourd'hui dans
l'almanach à la place de Charles X, qui n'y est
plus... Résignons-nous aux décrets de la Provi-
dence, sans même demander s'ils sont définitifs
ou seulement provisoires.

Quelle nombreuse famille ! j'en fais mon compliment à notre roi-citoyen : cinq garçons et trois
filles, cinq princes et trois princesses ! Il faudra
les pourvoir, mais cela ne sera pas difficile : le
père est riche et très-riche, et il lui arrive de tous
côtés des successions qu'il n'attendait pas. La
part du fils aîné est faite, et elle est bonne : le
duc d'Orléans héritera infailliblement du trône

de son père ; puis voilà les Belges qui, très-gra-
cieusement, à la majorité d'une voix, prient le
duc de Nemours de vouloir bien accepter le leur ;
les Polonais en ont aussi un qui vaque, et je les
attends d'un moment à l'autre ; ils vont, je le
présume, nous l'offrir ; et peut-être que d'autres
seront mis encore à notre disposition ; mais, prenons - y garde ! l'affaire est de grande conséquence ; elle mérite de sérieuses réflexions : fai-
sons-les.

Tous ces trônes, excepté le nôtre, sont-ils bien
fermes, bien solides ? Avant de les accepter,
parti que probablement nous ne prendrons pas,
il serait, suivant moi, très-sage de les faire assurer : ces institutions républicaines sur lesquelles
on les place sous le prétexte de les affermir, ne
sont-elles pas autant de barils de poudre qui, un
jour ou l'autre, les feront sauter en l'air ? J'en ai
peur ; et, si j'avais voix au chapitre, je conseillerais, dans l'intérêt des aimables princes auxquels on les offre, de les refuser tous. Le cahier
des charges est si onéreux ! les événemens sont
si incertains ! Je dirais aux députés belges, après
les avoir bien hébergés : « Messieurs, je suis très-
« sensible à votre politesse, et je m'en souviendrai
« dans l'occasion ; mais je suis père et j'aime fort
« mes enfans : cherchez donc un roi ailleurs, il
« n'y en a point ici pour vous. » Pourtant il leur

en faut un, et où le trouveront-ils? Les princes
en disponibilité ne manquent pas; mon almanach
en foisonne; mais tous appartiennent à des maisons qui règnent *par la grâce de Dieu*; et, dans
l'affaire qui nous occupe, c'est une difficulté. Le
congrès belge s'adressera-t-il encore au prince
de Leuchtenberg? Je ne l'exclus pas; il ne m'inspire à moi aucun sentiment de répugnance;
mais ce que nous refusons, l'acceptera-t-il?
voudra-t-il de nos restes? cela est au moins fort
douteux.

Je ne vois plus pour les Belges qu'un moyen
de se tirer d'embarras. Un roi indigène, à ce qu'il
paraît, leur répugne : eh bien! il y a chez nous
de grands citoyens qui sont fort à leur service;
qu'ils offrent leur trône à celui qu'ils jugeront
le plus digne de s'y asseoir. J'en connais un qui
serait bien leur fait, et je le leur céderais très-
volontiers. Ils veulent comme nous l'ordre et la
liberté; c'est précisément sa devise : comme nous
encore ils veulent avoir, sous un roi, la meilleure
des républiques; il la leur donnera, elle est dans
son programme. Enfin, avec lui, ils éviteront les
très-graves inconvéniens d'une régence : M. de Lafayette est majeur. Si on a aujourd'hui beaucoup
de peine à trouver des rois, on en a bien peu à
trouver des ministres : qui donc ne veut pas
l'être? Les portefeuilles sont plus courus que les

trônes, et cependant on ne les garde pas long-
temps, au moins dans ce pays-ci; il suffit pour
s'en convaincre de lire l'*Almanach national*. J'y
ai cherché M. Guizot; il n'y est plus : c'était cependant une bien belle capacité! J'ai cherché
M. le duc de Broglie, M. l'abbé Louis; ils n'y
sont plus. J'en ai vu d'autres, et ceux-ci, voulez-
vous parier que je ne les verrai pas dans l'almanach de l'année prochaine? Ils seront partis : on
les en prévient afin qu'ils ne fassent pas de grands
frais d'établissement. Je ne sais ce que Dieu me
garde, mais si jamais je suis nommé ministre, je
conserverai mon logement en ville et sans dé-
coucher; l'hôtel de *mon Excellence* ne sera pour
moi qu'un pied-à-terre : quand on ne doit être
ministre que cinq ou six mois, est-ce la peine de
déménager?

Voyez ce que déjà ils disent du ministère actuel! Quant à moi, je n'ai que du bien à en dire;
il y a là de bien bonnes têtes. Notre ministre de
l'intérieur est très-jeune, j'en conviens; mais
d'abord il a pour précepteur un homme très-ca-
pable et qui a fait ses preuves dans le juste-milieu; puis

Le talent n'attend pas le nombre des années.

M. Pitt était aussi, lui, très-jeune quand il fut

nommé ministre : vous avez peut-être au ministère de l'intérieur un Pitt en herbe; laissez-le
donc croître, ne l'étouffez pas. Un journal prétend que M. de Montalivet ne sait pas l'administration; patience! voilà pour lui une belle occasion de l'apprendre , et très-certainement il
l'apprendra si vous lui donnez le temps de faire
son apprentissage.

Je suis encore très-content de M. Sébastiani :
ce ministre de nos affaires étrangères répond
fort bien aux interpellations qui lui sont faites à
la tribune : lui demande-t-on sur quel pied nous
sommes avec les puissances de l'Europe? lui
adresse-t-on cette question : «Aurons-nous la
« guerre ou ne l'aurons-nous pas? » il ne dit ni
oui ni *non*, ou bien il dit *oui* et *non;* il sort du
sujet; il y rentre pour en sortir encore; il sau-
tille à droite, à gauche, et s'esquive par les broussailles. Voilà de l'habileté et de la bonne diplo-
matie... M. Mauguin est bien curieux!

N'est-ce donc pas un bon ministre des finances
que M. Jacques Laffitte? On dit que depuis les
derniers événemens ses affaires vont mal : eh!
que m'importe à moi? il fait fort bien les nôtres;
son impôt de quotité, si habilement défendu
par M. Thiers, son orateur, m'a donné une très-
haute idée de sa capacité. Quant à son budget
pour l'année 1831, il m'a paru bien chétif, bien

mesquin! il nous fera peu d'honneur : 1200 millions! qu'est-ce que c'est que cela? Dans l'état de prospérité où se trouve la France depuis sa glorieuse révolution, nous pourrions, sans nous gêner le moins du monde, payer beaucoup plus! M. Laffitte le sait; et, comme il le dit, il est tout honteux de n'avoir pu faire mieux; mais c'est votre faute, vous ne prêchez qu'économie. M. Laffitte vous sert suivant vos goûts; vous voulez à toute force un gouvernement à bon marché; il vous le donne; et, après tout, je ne veux pas trop m'en plaindre : excusons M. Laffitte, puisque, malgré ses bonnes intentions, il n'a pas pu faire mieux.

Toutefois je lui reproche d'avoir, dans son budget, trop réduit le traitement des ministres : 100,000 francs et 12,000 francs d'épingles! ce n'est pas assez pour ces hauts fonctionnaires; ils vont mourir de faim! La chambre sans doute y ajoutera quelque chose; elle ne voudra pas abuser de leur désintéressement. Vous allez me dire qu'aux États-Unis on a, pour 30,000 francs, des ministres qui valent encore mieux que les nôtres: je le sais bien; mais autre pays autres mœurs. Il faut que chez nous les ministres donnent des dîners à MM. les députés, et de bons dîners, entendez-vous? Il faut qu'ils aient une certaine représentation; il faut enfin que M. Mérilhou ait un chasseur. Nous le voulons parce que cela est dans l'ordre, et qu'il y aurait clameur publique si M. Mérilhou n'avait pas un chasseur. Je propose de porter à 200,000 francs le traitement de MM. les ministres : c'est, entre la prodigalité et une excessive parcimonie, *le juste milieu.*

On ne cesse de répéter que les *carlistes,* ou, comme ces gens-là nous appellent encore, les *henriquinquistes,* occupent toutes les places de l'administration. Je les ai cherchés, une loupe à la main, dans l'*Almanach national,* et je n'ai pu les y découvrir : s'il y en a, du moins il n'y en a guère. Aussi l'éditeur de cet almanach oppose-t-il avec orgueil les noms nouveaux qu'il renferme aux anciens qu'on trouvait dans l'*Almanach royal;* et même, voyez où l'impertinence va se nicher! il parle très-légèrement de ces derniers : passe pour cette fois; mais, s'il récidive, il aura sur les doigts.

Que la révolution de juillet, qui devait être si modeste, s'appelle toujours *glorieuse, sublime, immortelle...* nous ne nous en fâcherons pas; c'est sa monomanie! mais qu'elle n'aille pas jusqu'à l'outrage, qu'elle ne soit pas trop insolente envers les vaincus, sinon nous la corrigerons, et nous lui dirons très-sévèrement toutes ses vérités.

Ce sont donc, mon almanach le prouve démonstrativement, ce sont les libéraux qui mangeront le mesquin budget de M. Laffitte, et je leur souhaite bon appétit; mais, avant que le banquet soit terminé , plus d'un convive sera obligé de se lever de table et de plier sa serviette. Diriez-vous que tel qui, pendant qu'on imprimait cet almanach, était préfet, ne l'est déjà plus? Tel autre qui l'est aujourd'hui recevra demain en déjeunant son congé de réforme. Nous compterons à la fin de l'année tous les acteurs qui auront disparu de la scène, et, Dieu soit loué! le nombre en sera grand... C'est que la Fortune, qui sait que nous avons besoin de consolations, ne les a élevés que pour nous procurer le plaisir de les voir tomber.

Du 14 février 1831.

LES SOCIÉTÉS SECRÈTES
DE FRANCE ET D'ITALIE.

Le droit des rois consiste à ne rien épargner ;
La timide équité détruit l'art de régner.
P. CORNEILLE, *la Mort de Pompée.*

LA légitimité a aujourd'hui d'étranges ennemis à combattre ! Lorsqu'ils l'attaquent avec fureur, ils ne veulent même pas qu'elle se mette
en défense et veille à sa propre conservation :
ainsi, ils se plaignent sans cesse des poursuites
que les souverains dirigent contre les sociétés secrètes et révolutionnaires, qui, sous des noms
différens, mais dans les mêmes intentions, se sont
formées dans leurs États, comme si ces souverains pouvaient ignorer le sort qu'elles leur ré-
servent. *Être ou ne pas être !* voilà pour eux
toute la question : il faut que les sociétés secrètes
soient détruites ou que les trônes s'écroulent.

L'ouvrage que j'annonce convaincra de cette
vérité les incrédules les plus obstinés. Si malheureusement l'auteur ne nous dit pas encore tout
ce qu'il sait, du moins nous en dit-il assez pour
nous faire connaître le but que les sociétés secrètes se proposent, ainsi que les infâmes moyens

qu'elles emploient pour y parvenir ; et je crains
même que ses révélations n'aient pour lui de fâcheuses conséquences. Où est-il, le pauvre jeune
homme? qu'il se cache bien ! Ce n'est pas impunément, il est payé pour le savoir, qu'un affilié
aux sociétés secrètes, et surtout un agent investi
de leur confiance, peut dévoiler leurs trames
criminelles. On a déjà tenté plusieurs fois de l'assassiner : je n'en suis pas surpris ; les souverains
pardonnent souvent, les carbonari jamais.

C'était l'époque où un esprit de vertige révolutionnaire venait de s'emparer des têtes alle-
mandes. Jeune étudiant dans l'université d'Iéna,
à peine âgé de dix-huit ans, M. Jean de Witt était
alors, comme il nous l'apprend, le plus exalté
des hommes. Quelques membres influens des sociétés secrètes virent tout le parti qu'ils pourraient
tirer de son exaltation, et il ne leur fut que trop
facile de le séduire et de le faire concourir à leurs
vues : il avait pour eux une si vive admiration !
Le professeur Follénius était son héros : « Je le
« croyais, dit-il, indispensable à la régénération
« de l'Allemagne. » Et veut-on savoir quelles
étaient les doctrines morales et politiques de ce
fameux professeur, qui, si je m'en souviens bien,
a été fort vanté dans certains journaux de ce
pays-ci? M. de Witt lui déclara un jour qu'il serait tout disposé à tuer un tyran, mais qu'immé-

diatement après il se poignarderait lui-même, parce que celui qui tue doit être tué. Le professeur Follénius, indigné de ces scrupules, fit un pas en arrière et lui dit avec colère : *Je te croyais plus de force d'âme! Pourquoi donc ne couperais-tu pas un morceau de pain avec le couteau qui t'aurait servi à tuer, même le meilleur des princes, et ne le mangerais-tu pas tranquillement? Tous les moyens sont indifférens en eux-mêmes : un prince ne doit pas seulement mourir parce qu'il est mauvais, mais par cela seul qu'il est prince!* Quel terrible régénérateur que M. le professeur Follénius! quelles leçons il donnait à la jeunesse allemande! Malheur aux princes qui fussent tombés dans ses mains! ils auraient, comme on voit, mal passé leur temps avec lui : bons ou mauvais, Néron ou Trajan, peu lui importait, il ne faisait grâce à aucun; ils étaient princes, et par cela seul ils devaient mourir...

En 1818, notre jeune adepte fut envoyé à Paris pour lier, comme il le dit, les révolutionnaires français aux révolutionnaires allemands; et il remplit cette mission avec un zèle qui lui mérita les éloges de ceux qui la lui avaient confiée. Grâce à ses soins, l'alliance entre les révolutionnaires allemands et les révolutionnaires français fut bien cimentée; mais à quels personnages présenta-t-il ses lettres de créance? dans quels con-

ciliabules fut-il admis? Ne le lui demandez pas;
c'est un secret qu'il croit devoir garder. Crain-
drait-il de nous conduire par la main dans le lieu
même où tient ses séances ce fameux comité-
directeur, qui en ce moment même dirige nos
élections, tout en soutenant, pour se moquer
de nous, qu'il n'existe pas et qu'il n'a jamais
existé?

L'année suivante, il passa en Angleterre, s'y
donna pour un patriote persécuté, pour une victime du despotisme des princes allemands; et la
calomnie étant alors comme aujourd'hui à l'ordre
du jour, il fit insérer dans les feuilles anglaises
un grand nombre d'articles fort injurieux à l'honneur de ces princes. Mais bientôt sa présence fut
jugée plus nécessaire à Paris qu'à Londres; il re-
passa le détroit, et fut presque le témoin de l'assassinat du duc de Berry. Ce crime exécrable était
évidemment le fruit des doctrines qu'il propa-
geait; il ne put se le dissimuler, et dès lors son
esprit cessa d'approuver ce que son cœur repous-
sait avec horreur. S'il continua d'être l'agent des
révolutionnaires allemands, au moins ne les ser-
vit-il pas comme quelques uns d'entre eux l'eussent désiré; et, à ce qu'il paraît, nous avons à
nous en féliciter.

« J'ai, dit-il, empêché le mal toutes les fois que
« je l'ai pu : c'est moi, par exemple, qui ai fait

« rejeter l'offre que faisaient les Allemands,
« en 1820, d'assassiner le roi de France. » Grâces
lui en soient rendues! On voit qu'il n'était pas à
la hauteur des principes du professeur Follénius:
tous les moyens ne lui semblaient pas indifférens;
il désirait bien, comme ses commettans, une régénération morale et politique, mais il voulait
qu'elle s'opérât par des voies un peu plus douces
que le meurtre; enfin, il ne croyait pas que pour
régénérer les peuples il fallût assassiner tous les
princes.

Quoi qu'il en soit, il fut nommé un peu plus
tard inspecteur général des carbonari de l'Allemagne et de la Suisse. La place était belle, et
pourtant il la refusa d'abord avec obstination, et
ne consentit enfin à l'accepter que lorsqu'il apprit qu'à son refus elle serait donnée à l'avocat
Joachim Prat, homme altéré de sang et ennemi
de tout ordre établi. On a beaucoup écrit sur les
carbonari, mais ils sont encore très-peu connus:
ce sont des gens habiles, qui ne livrent pas facilement leurs secrets. N'êtes-vous admis que dans
un des trois premiers grades? vous ne savez rien;
on n'a exigé de vous que des vœux fort innocens,
que des engagemens qu'un honnête homme peut
prendre, même sans être carbonaro; et voilà
comment cette secte a fait tant de dupes et s'est
si rapidement propagée en Europe. Mais lorsque

après de longues épreuves on parvient aux grades supérieurs, alors plus de mystère ; tout est révélé. « L'initié, dit M. de Witt, jure la ruine de « toute religion et de tout gouvernement posi- « tif... Tous les moyens d'exécution sont permis, « le meurtre, le poison, le faux serment... » On ne peut douter de l'exactitude de ces renseignemens ; c'est un inspecteur général des carbonari, un des hauts dignitaires de l'ordre, qui veut bien nous les communiquer. Qu'on s'étonne donc encore que les souverains ne voient pas de très-bon œil cette société et toutes celles qui, sous d'autres noms, font cause commune avec elles ! S'ils les toléraient, les *summi maestri*, les grands-maîtres du carbonarisme, riraient fort de tant d'imbécillité !

La puissance des carbonari s'est surtout très-clairement manifestée dans les troubles qui, en 1820, ont agité l'Italie. Il ne leur fallut qu'un instant, M. de Witt nous le rappelle, pour mettre le feu aux deux extrémités de la péninsule. Pendant que le ministère français, on sait quel il était alors, pressait les rois de Naples et de Sardaigne de donner une constitution à leurs peuples, et même leur conseillait fort de prendre la nôtre, comme s'il eût été fort difficile de faire mieux, les cortès d'Espagne offraient la leur aux factieux napolitains et piémontais ; et celle-là fut proclamée : elle avait en sa faveur un argument irrésistible, si, comme l'assure l'auteur de ces révélations, une grande partie de l'emprunt d'Espagne fut envoyée en Piémont. « Les consti-« tutionnels piémontais et espagnols, ajoute-t-il, « devaient mutuellement se soutenir en incen-« diant la maison du voisin, et en se tendant des « bras fraternels dans la France déchirée... » Ce projet, qu'une insurrection française devait se-conder, et qui fut heureusement déjoué à Lay-bach, dans un de ces congrès dont les souverains ont, je ne sais pourquoi, perdu la salutaire ha-bitude, avait été conçu à Paris. Mais par qui ? c'est une révélation que l'auteur n'a pas jugé à propos de nous faire; du moins l'ai-je vainement cherchée dans son ouvrage. D'autres seront peut-être plus heureux, surtout s'ils veulent aider un peu à la lettre, ce que je ne me permets jamais, quoique souvent la tentation soit bien forte. Au reste, M. de Witt n'a pas compté un seul instant sur le succès des révolutions de Naples et de Tu-rin; il savait par quels hommes elles étaient di-rigées, et il n'en attendait rien de bon : ces gens-là songeaient bien plus à leurs intérêts qu'à ceux du peuple; l'ambition les dévorait. Ils van-taient fort les idées libérales; mais ils se sou-ciaient fort peu de la liberté. C'était donc comme chez nous. Ils parlaient sans cesse du gouvernement constitutionnel, d'Etats représentatifs, de bien public... « Mais le bien public, dit M. de « Witt, était un masque qui servait à couvrir « leur égoïsme. » Vous le voyez, c'était bien comme chez nous; car, je le demande, que veulent ces hommes qui, malgré toutes les concessions qu'ils ont arrachées à la faiblesse du dernier ministère, crient toujours au despotisme et à l'arbitraire? Ce qu'ils veulent! vous le saurez si, pour vous châtier, le ciel permet qu'ils arrivent au pouvoir, unique objet de leurs vœux! Alors ces hommes insatiables de liberté trouveront que vous en avez trop, et beaucoup plus que vous n'en pouvez supporter : c'est un fardeau dont ils vous soulageront; et vous l'aurez bien mérité, puisque après avoir été si souvent trompés par eux, vous pouvez encore être leurs dupes * !

Si l'auteur de l'ouvrage que j'annonce juge assez bien les principaux insurgés piémontais, en revanche il juge fort mal le roi Victor-Emmanuel; il le taxe de faiblesse. Le reproche me paraît peu fondé : si ce prince avait été aussi faible qu'on voudrait nous le faire croire, il eût accepté

* Cet article, écrit six semaines avant les *glorieuses journées*, n'annonçait-il pas de la manière la plus exacte le sort que réservaient à notre pauvre France tous ces hommes insatiables de liberté, qui, depuis qu'ils sont au pouvoir, trouvent *que nous en avons trop*? (*Note de l'éditeur*.)

la constitution que les conjurés lui présentaient. Ils s'y attendaient ; ils savaient que leur triomphe dépendait de cette acceptation ; mais le roi prit un parti plus généreux : il ne voulut à aucune condition transiger avec la révolution ; et, en abdiquant, il lui porta un coup mortel. Voyez ce qu'en dit lui-même M. de Witt : « L'armée per-« dit sa force morale; en dépit des sophismes des « conjurés, elle reconnut dans la conduite du « roi le mécontentement que lui avait causé la « sédition. Les anciens généraux se retirèrent, « et furent remplacés par des jeunes gens qui « n'inspiraient point de confiance parce qu'ils « n'en méritaient aucune. » Mais la conduite de Victor-Emmanuel n'eût-elle pas produit ces heureux résultats, elle n'en serait pas moins digne d'éloges, et il faudrait toujours la proposer pour modèle : mieux vaut pour un roi renoncer au trône qu'à l'honneur; car l'un est plus facile à recouvrer que l'autre.

Toutes les sociétés secrètes avaient à Genève des agens secrets. M. de Witt voulut y faire sa résidence; mais on lui signifia l'ordre d'en sortir dans les vingt-quatre heures. Il se réfugia imprudemment dans les États du roi de Sardaigne, où il fut bientôt arrêté, comme il aurait dû le prévoir, car un inspecteur général des carbonari était de très-bonne prise. Conduit à Turin, il fut

enfermé dans une maison de correction, et il y
trouva plusieurs insurgés piémontais, notamment
le colonel Bévilacqua, avec lequel il se lia
étroitement, et dont il se plaît à retracer les
hauts faits dans son ouvrage. C'était un homme
né pour conspirer : du fond de son cachot, il méditait
une nouvelle révolution dont le succès lui
paraissait infaillible. Il ne s'agissait que de poignarder
un guichetier et un factionnaire, et le
colonel s'en chargeait : « Pourtant, dit l'auteur,
« on ne pouvait pas lui reprocher d'être sangui-
« naire, ni même d'être insensible; mais la vie
« d'un homme n'avait pas une grande importance
« à ses yeux, et il disposait de celle de ses enne-
« mis et même de ses amis aussi facilement que
« de la sienne. » Quelle sensibilité! peu s'en fallut que M. de Witt n'en fît une assez triste
épreuve... Quelques soupçons s'étaient élevés
contre lui : on tint un conseil secret dans la prison, et on décida qu'il serait empoisonné; son
ami intime, le colonel Bévilacqua, fut lui-même
de cet avis. Au reste, c'est ainsi qu'en usent les
carbonari. Ils avaient à cette époque fort à se
plaindre du préfet de Modène : après une mûre
délibération, ils le condamnèrent à mort; et l'auteur nous apprend qu'un *summo maestro* mit ce
terrible jugement à exécution : *ab uno disce omnes!*

Sur la demande du gouvernement autrichien,

M. de Witt fut conduit à Milan, et il n'eut qu'à
s'en féliciter. Nos feuilles libérales reprochent
tous les jours à ce gouvernement d'user d'une
excessive sévérité à l'égard des prisonniers d'É-
tat; ne les en croyez pas : croyez-en plutôt M. de
Witt, qui en parle par expérience, et qui vous
dit « que nulle part les prisonniers de cette es-
« pèce ne sont traités avec autant de douceur que
« dans les États soumis à la domination de l'Au-
« triche : on pourvoit généreusement à tous leurs
« besoins; ils ont le nécessaire et même le super-
« flu. A Milan, continue M. de Witt, on fournit
« à chaque habitant de la prison une chambre
« petite, mais saine, un bon lit, de la lumière, le
« combustible et même l'habillement, si la né-
« cessité l'exige. Chaque prisonnier reçoit 3 fr.
« par jour, somme plus que suffisante pour vivre
« en raison du bas prix des denrées. Quant aux
« prisonniers d'une sphère·plus élevée, on ne
« leur donne point d'argent, mais ils ont carte
« blanche pour tout ce qu'ils désirent. » Voilà
comment le gouvernement autrichien traita un
inspecteur général des carbonari, et pourtant ce
gouvernement avait plus que tout autre à se
plaindre de lui !

On se souvient des articles que, pendant son
séjour à Londres, M. de Witt inséra dans les
journaux anglais contre les princes allemands.

L'empereur d'Autriche y avait sa bonne part
d'outrages et de calomnies. Puis on avait trouvé
dans les papiers de ce jeune homme si exalté
cette petite note, qu'il se repent bien aujourd'hui
d'avoir écrite : *Les magnanimes carbonari ont
allumé en Italie un incendie que le sang des tyrans autrichiens peut seul éteindre!* Mais malgré
sa petite note et ses articles, on n'en eut pas
moins pour lui à Milan, comme vous le verrez
dans son ouvrage, les attentions les plus délicates; et, sauf la liberté, on lui accorda tout ce
qui pouvait lui être agréable. Cela est bon à savoir, et je ne l'oublierai pas : si jamais je suis
arrêté, n'importe où, je prierai le barbare gouvernement autrichien de me réclamer.

Il n'y a point de belles prisons : M. de Witt,
qui était de cet avis, s'échappa de la sienne aussitôt qu'il le put; et après avoir erré long-temps
en Suisse et en Allemagne, il fut arrêté sur le
territoire prussien : c'est donc de la citadelle de ***
que sont datées les révélations qu'il nous fait aujourd'hui. Il nous en promet d'autres: nous les attendons avec impatience; mais que celles-là soient
bien complètes; point d'omissions, point de réti-
cences. Pour que la confession soit bonne, il faut
qu'elle soit entière : l'absolution est à ce prix.

Du 14 juin 1830.

MÉMOIRES

POUR SERVIR

A L'HISTOIRE DE FRANCE SOUS NAPOLÉON.

> On dit, en parlant d'un habitant des bords
> de la Garonne : il est menteur comme un
> bulletin de la grande armée.
> MARTAINVILLE, 1816.

Il nous promit, en nous quittant, de publier
un jour les Mémoires de son règne. Mais s'il
doit en être de cette promesse comme de beaucoup d'autres qu'il nous a faites, consolons-nous-
en d'avance, la perte n'est pas aussi grande qu'on
pourrait le croire. On sent bien que ce n'est pas
l'écrivain que je prétends juger ici; l'exemple de
César est fort beau, mais il ne doit pas tirer à
conséquence. On peut gagner des batailles, et
ne point savoir écrire. Je suis même indulgent
pour les héros qui ne savent pas l'orthographe.

Mais je n'aime point les héros qui mentent,
et malheureusement celui dont il est question a
toujours eu une grande aversion pour la vérité.
Je crains donc que, dans ses Mémoires, il ne
soigne un peu trop sa réputation militaire, et ne
soigne point assez celle de ses compagnons d'ar-

mes; je crains qu'au lieu d'avouer ses fautes avec
cette noble franchise qui sied à la véritable grandeur, mais qui aussi n'appartient qu'à elle seule,
il ne trouve plus commode d'en charger ses généraux, après les avoir mis dans l'impossibilité
de les réparer. Le général Grouchy et l'ombre du
maréchal Ney peuvent déjà dire si mes craintes
sont fondées. Je me trompe fort, ou l'on veut à
tout prix justifier son nom d'*invincible*, dût la
gloire de tous être immolée à la gloire d'un seul.
Or, vous conviendrez qu'avec de telles dispositions il sera toujours un historien fort suspect.

Je ne parlerai point de ces informes productions dont le *Moniteur* fait tous les frais, sans
leur donner plus d'autorité : on sait avec quelle
avidité la cupidité spécule aujourd'hui sur nos
triomphes; les lauriers de nos armées sont devenus la proie des compilateurs, qui veulent, je ne
sais pourquoi, intéresser la gloire nationale au
succès de leurs entreprises. Cette gloire, en vérité, serait bien à plaindre si elle ne reposait que
sur d'aussi fragiles monumens. On prétend encore que c'est pour nous consoler de nos revers
qu'on retrace nos triomphes. L'intention est sans
doute très-louable; mais nous avons tant perdu
à force de vaincre et de conquérir, que je me
trouve fort mal consolé lorsqu'on ne m'offre pour
toute indemnité que des lambeaux de gazettes et

des bulletins à relire : Landau vaudrait mieux, et les compilateurs ne nous le rendront pas.

Il est, heureusement pour nous, quelques écrits estimables que les circonstances ont fait naître et qui leur survivent : tel sera le sort de l'*Histoire de Napoléon Bonaparte*, et elle le devra d'abord au talent de l'auteur; car ce qui distingue M. Salgues de tant d'autres qui écrivent aujourd'hui, c'est qu'il sait écrire; ajoutez qu'il juge sans passion, et que, se plaçant en idée loin des événemens qu'il décrit, il parle de Bonaparte comme en parlera la postérité. Cette conscience historique est si rare, qu'il ne faut pas manquer de la signaler quand on a le bonheur de la rencontrer.

La nouvelle livraison que M. Salgues vient de publier est riche en faits militaires : on y trouve la belle défense de Gênes et la bataille de Marengo, qui fut si profitable à Bonaparte et si glorieuse pour Desaix. Vos bulletins n'ont pas tout dit, il faut bien que l'histoire supplée à leur silence. M. Salgues, après avoir rempli cette tâche, détruit les bruits absurdes qui ont couru sur la mort de Desaix.

« Il périt en combattant, dit l'historien, et non « pas d'un infâme assassinat, comme on a osé « l'écrire. Il tomba *sans proférer une seule parole;* « celles qu'on lui a prêtées ne sont qu'un orne-

« ment de bulletin, et les bulletins ne sont que
« des récits ornés pour occuper le peuple. » Mais
qu'était-il besoin de faire ainsi parler les morts,
et de les forcer à mentir? est-ce que les vivans ne
mentent déjà pas assez? Je ne m'étonne pas toutefois que Bonaparte, qui n'était pas sans gloire,
ait eu des flatteurs; mais quelle prise peut donner à la flatterie tel de nos ministres que je
n'ai pas besoin de nommer? Certes, si elle n'est
point ici sans salaire, elle est au moins sans excuse.

« Que ne puis-je pleurer! » dit Bonaparte en
apprenant la mort de Desaix. M. Salgues observe
que le mot n'est pas heureux, et demande si le
grand homme regardait les larmes comme indignes de lui. Non, mais il était d'une dureté très-
héroïque sur les misères d'autrui; on sait, au
reste, qu'il faisait un cas très-particulier des talens du général Desaix. Quelques jours après la
bataille de Waterloo, un de ses principaux officiers ayant dit : « Il aurait fallu là un Desaix. —
Et où sont-ils aujourd'hui les Desaix? » s'écria
Bonaparte. Je crois en effet qu'ils sont rares; mais
en avait-il besoin pour prendre le parti que sa
gloire lui prescrivait? S'il s'est réservé pour une
meilleure occasion, elle pourra bien ne pas se
présenter. Certes, après un tel abaissement, plus
d'un héros, à sa place, se serait bien gardé de

vivre, et eût senti l'importance de mourir à propos.

La victoire de Marengo fut célébrée par un *Te Deum* solennel. Les philosophes en frémirent, mais Bonaparte brava leur fureur impuissante : ce fut, pour cet homme long-temps heureux, un avantage inappréciable de succéder au Directoire : il lui fut aisé d'en profiter. Toutes les institutions sur lesquelles repose l'ordre social avaient disparu : on lui tint compte des moindres efforts qu'il fit pour les recréer.

Il ferma les clubs et rouvrit les temples. Cette religion, qu'on outrage *aujourd'hui* fort impunément, il sut alors la faire respecter. Plusieurs agens de l'autorité persécutaient encore, par habitude, l'ancienne noblesse et le clergé ; les uns furent chassés, on rappela les autres à des sentimens à la fois plus humains et plus politiques. Un ministre, à qui au moins on ne reprochera pas d'avoir manqué d'habileté, adressa aux préfets des instructions que son successeur ferait bien de méditer, et leur parla, non plus le langage d'un homme de la révolution, mais, remarque M. Salgues, celui d'un homme d'État. Enfin tout était changé ; l'ordre succédait à l'anarchie, et chacun se félicitait de voir s'effacer peu à peu les traces odieuses de nos troubles politiques. On voudra bien se souvenir que Bonaparte, à cette époque, ne nous avait point dispensés de toute reconnaissance : la révolution s'éloignait, et la tyrannie n'apparaissait pas encore.

Si nos hommes d'État aimaient à s'instruire, ils trouveraient d'utiles leçons dans le tableau que l'histoire a tracé des premiers instans de l'administration consulaire. Mais « tel est, » dit M. de Salgues, qui n'applique pas cependant cette réflexion au temps présent, « tel est l'aveuglement « de la plupart des ministres, que, parvenus à « l'autorité, ils prennent leurs petites conceptions « pour des combinaisons de génies, leurs petites « finesses pour de l'habileté, et leur pusillanimité « pour de la prudence. Tremblans presque tou- « jours par la conscience de leur incapacité, oc- « cupés sans cesse à la déguiser, ils s'irritent « contre les conseils, et traitent en ennemis ceux « qui ont le courage de leur montrer leurs fautes. » Et voilà comme se font les révolutions : Bonaparte nous montrait alors par quels moyens on les termine ; nous voyons aujourd'hui comment il faut s'y prendre pour les recommencer. Je le répète, il n'est pas question dans ce passage des ministres actuels ; mais en le lisant on ne peut s'empêcher de les regarder. Exposez le portrait au Salon, et tous les spectateurs seront frappés de la ressemblance.

Du 31 août 1819.

L'ART POLITIQUE.

On veut trop raisonner; la politique austère,
De nos jours, est l'effroi de la gaité légère :
On discute sans cesse, on bâille, on ne rit plus.

A. de C.

L'auteur de ce poëme a déjà plus d'un titre à notre reconnaissance. *La Gastronomie* fut un de ses bienfaits. Avant elle, on dînait, j'en conviens; mais comment dînait-on? sans goût, sans méthode et sans art : une routine grossière, rebelle à l'esprit du siècle, réglait seule et réglait fort mal cet acte important de la vie humaine; nous dînions comme nos pères, ces pauvres gens que nous méprisons tant. Je crois, Dieu me pardonne, que ces Anglais dînaient mieux.

Enfin Berchoux arriva, et fit sentir dans ses vers l'importance du choix des mets et de leur assaisonnement; il donna à la France la charte gastronomique qui la régit depuis vingt ans, et qu'elle ne sent pas encore le besoin de changer; rare et précieux avantage des institutions fondées sur l'appétit universel! Boileau, ne lui en déplaise, a moins fait pour nous; le législateur de nos tables laisse bien derrière lui le législateur du Parnasse; *la Gastronomie* a un but plus utile, un intérêt plus général que l'*Art poétique*. On ne nie pas que les vers aient leur prix; mais combien d'honnêtes gens, même parmi vos éligibles, à qui la prose suffit, et qui, après avoir entendu les beaux vers de Racine, demandent avec une charmante naïveté ce que cela prouve. Une table bien servie captive, au contraire, tous les suffrages et concilie tous les goûts. Est-il un cœur bien né qu'un bon dîner puisse trouver insensible ?

Après avoir chanté la table, M. Berchoux chanta la danse, sujet encore très-heureux et éminemment français : c'était travailler de nouveau pour la gloire d'une nation qui a porté cet art admirable au plus haut degré de perfection, et qui est, avec beaucoup de raison, moins fière de son Institut que de son Opéra. Je pense qu'ici, du moins, nos jaloux voisins n'ont rien à nous disputer; ils arrivent un peu tard au *pas de deux*, si, comme l'a dit un de nos grands chorégraphes, ils ont encore besoin d'un siècle pour apprendre à faire passablement la révérence.

Mais ce n'est pas tout de danser : nous avons aujourd'hui d'autres affaires presque aussi importantes; des ministres à surveiller, et de près; de bons députés à choisir; des libertés, des droits acquis à conserver; une charte... Prenons-y garde : ces chartes sont faciles, elles se laissent faire. Nous savons que toute charte mal gardée est une charte perdue. Il faut bien encore examiner le budget, qui serait peut-être moins fort si nous ne le discutions pas. Qu'on cesse donc maintenant de nous reprocher la frivolité de nos goûts et la légèreté de notre caractère : la politique ne nous est pas moins chère que la danse, et il est beau de nous voir passer de l'Opéra au Forum, du Forum à l'Opéra; mêler à nos ballets les discussions les plus graves, et mettre entre deux entrechats les pouvoirs de la société en équilibre. Mais la science politique a, comme la danse, ses principes, ses lois; et le métier de gouverner, que nous faisons tous pendant que les rois nous regardent, est d'autant plus difficile qu'il est nouveau, et que tout ce qui a été fait et écrit jusqu'à nos jours ne peut nous être d'aucune utilité. L'ère de la raison et de la bonne politique vient de commencer; c'est de trente ans environ que date l'émancipation de l'esprit humain.

M. Berchoux passe en revue, dans son premier chant, tous les législateurs des temps anciens, et n'en trouve pas un seul qui vaille un coup de chapeau, pas un qui puisse être comparé aux grands hommes qui ont tant de fois sauvé la France, et qui ne seraient peut-être pas fâchés de la perdre encore, pour avoir le plaisir de la sauver une fois de plus. Saturne, car le poète remonte jusqu'à ce doyen des législateurs, eût-il pris une patente la veille de l'élection, pour se faire éligible,

> Saturne, de nos jours, vainement balloté,
> N'aurait point obtenu le rang de député,
> Et, vainqueur au scrutin, n'eût pu prendre séance
> Aux lieux qu'ont illustrés tant de docteurs en France.

On eût trouvé ce vieux constituant bien faible sur les doctrines, et, passez-moi cette expression puisque vous l'avez consacrée, un peu *ganache*. Quant à Lycurgue, son laconisme ne nous eût pas du tout accommodés; privés de longs discours, eussions-nous prospéré? Il est démontré que les longs discours pouvaient seuls nous sauver, et je tremble quand je vois qu'aujourd'hui ils sont si courts.

On rougirait de parler de Numa; c'était un homme à préjugés, une bien pauvre tête,

> Esprit faible, aux Romains il fit aimer les dieux.

Et nous, plus éclairés, nous nous sommes arrangés de manière à n'avoir rien à démêler avec la divinité; nous avons prié le ciel de vouloir bien se mêler de ses affaires, et de nous laisser faire les nôtres, qui n'ont aucun besoin de son intervention.

Le poëte pouvait descendre à des publicistes moins éloignés de nous; il aurait vu que ceux même qu'on admirait le plus il y a quarante ans avaient aujourd'hui perdu toute considération. Montesquieu lui-même a bien vieilli, il est dis-crédité. Cela est si vrai, qu'un pair de France, M. de T....., s'est vu obligé de le refaire et de le rendre méconnaissable, pour le mettre au niveau des connaissances acquises en politique, et pour l'approprier aux besoins du siècle. Pourquoi Montesquieu n'est-il pas venu plus tard ?

M. Berchoux, voulant tracer à la fin du premier chant le tableau d'une assemblée délibérante, telle, bien entendu, qu'on n'en voit pas aujourd'hui, en trouve un modèle parfait dans la tour de Babel. La Genèse nous apprend que l'ouvrage n'avançait pas, parce que chaque ouvrier parlant une langue différente, on avait quelque peine à s'entendre; mais la Genèse ne dit pas tout.

> On ne maçonnait rien qui ne fût discuté;
> Les pierres s'élevaient à la majorité.
> Des maçons quelquefois, trop ardens à l'ouvrage,
> Votaient, à coups de poing, sur un échafaudage;
> Et, pour consolider l'utile monument,
> Ils s'assommaient entre eux avec amendement.

C'est ce qui fit que cette fameuse tour, qui devait toucher le ciel, ne s'éleva pas même aussi haut que celle de Montlhéry ou que les clochers de Chartres.

La *royauté* est le sujet du second chant; la

royauté telle que l'Assemblée nationale l'avait organisée en 91,

Dans ce code immortel, mort si subitement,

une royauté dans laquelle le monarque n'est
qu'une agréable superfluité; tellement inutile,
que, si par mesure d'économie on venait à le
supprimer, personne, excepté lui, ne s'en aper-
cevrait; une royauté enfin où il ne manque qu'un
roi. Ce chant est rempli des plus sages préceptes.
M. Berchoux fait très-bien voir comment on vient
à bout de fonder les bonnes et paternelles mo-
narchies.

Renversons-les d'abord, c'est le point capital.

Une fois renversées, il vous est facile de les établir sur des bases plus conformes à l'esprit du
siècle et au droit du plus fort, qui est le seul
bon; car

Toute force morale est un préjugé vain,
Que secoue et détruit un heureux coup de main.

M. Berchoux, qui paraît avoir fait une étude
approfondie de l'art qu'il enseigne, donne, dans
un petit nombre de vers faciles à retenir, la quin-
tescence de tout ce qui a été dit dans les pamphlets et à la tribune; de plus solide et de plus
lumineux sur la nécessité de *mitiger*, de réduire
les droits du prince, et même, ce qui est une pré-

caution fort sage, de ne lui en laisser aucun, afin qu'il ait moins d'envie d'empiéter sur les nôtres.

Que le sceptre en ses mains ne soit qu'un vain fantôme,
Une ombre de pouvoir pour l'ombre du royaume.

Il sera encore trop puissant, même alors qu'il ne pourra rien. A quoi bon ces soldats qui l'entourent? un roi a-t-il besoin de gardes dans un siècle éclairé? les principes ne sont-ils pas là pour veiller à la sûreté de sa personne? Il peut se reposer sur eux du soin de la défendre, lui et sa légitimité.

Pour sentinelles, au lieu de gardes aguerries,
A la porte des rois placez des théories.
Croyez qu'un trône est sûr, à tous événemens,
Gardé par les raisons et les raisonnemens.
N'en défendez jamais les modestes approches
A des sages armés de fourches et de broches,
Aimables courtisans, esprits justes et sains,
Toujours prêts au *devoir* qu'ils nomment des plus saints.

On voit qu'en suivant les conseils de M. Berchoux, on aurait une excellente garde royale : pas de baïonnettes; des abstractions, elles sont plus libérales : pas de dragons, ni de cuirassiers; des métaphysiciens, ils raisonnent davantage : pas de Suisses surtout; ne demandons aux cantons que leurs publicistes, dont nous nous sommes si bien trouvés jusqu'à présent.

Je regrette bien qu'on ne se soit pas servi de la recette de M. Berchoux dans les événemens du mois de juin dernier, et qu'au lieu d'envoyer de la cavalerie contre les tapageurs, on ne les ait pas fait charger, je veux dire haranguer par des doctrinaires ; il n'est vraiment que ces gens-là pour dissiper les attroupemens. On a bon marché des attroupés qu'on endort : peuvent-ils crier *vive la charte*, quand ils bâillent ? Vous eussiez vu, dès le premier point de la harangue, tout l'auditoire mutin se retirer en silence, et aller se coucher pour n'y plus revenir. Souvenez-vous-en, et si une nouvelle sédition avait lieu, *fiez-vous*, pour l'apaiser,

Fiez-vous aux clartés de la métaphysique.

Un épisode bien amené et fort intéressant, que je citerais volontiers s'il était plus court, termine le second chant : la prise de la Bastille en a fourni le sujet. On ne saurait trop célébrer ce grand exploit, fruit des *premiers élans de notre liberté*. Il est vrai que la Bastille fut bientôt très-avantageusement remplacée, et que l'on compta depuis plus de prisons que jusqu'alors on n'y avait compté de prisonniers ; mais ce n'est pas là une objection sérieuse. *Vive donc la république !* suite nécessaire de la royauté convenablement *mitigée*... Vive le gouvernement

Où de fiers citoyens, bons à tous les métiers,
Le matin font des lois et le soir des souliers.

C'est de la *république* que traite M. Berchoux dans le troisième chant de l'*Art politique*. Le quatrième est consacré au pouvoir absolu. Vous avez donc dans ce poëme un cours très-complet de politique; et l'auteur a, suivant moi, un grand avantage sur tous ceux qui l'ont précédé, c'est de ne parler qu'après l'expérience, et de l'offrir toujours à l'appui de ses préceptes. Il ne ressemble point, par exemple, à ce fou de Platon, rêveur sublime, dont *la République* n'est à l'usage de personne. Ce que M. Berchoux enseigne, il l'a vu; et où l'a-t-il vu? en France même. Il avait en écrivant ses modèles sous les yeux. Pendant qu'il peignait, vous posiez devant lui : aussi vous reconnaissez-vous dans tous ses tableaux, même lorsque son imagination un peu vagabonde l'entraîne ailleurs, ce qui lui arrive assez souvent.

Vous vous retrouvez jusque dans son arche de Noé, où il vous transporte pour vous dépayser. Les discussions auxquelles se livrent les animaux réunis dans cette arche sont votre histoire. Cet âne qui demande la parole, et monte à la tribune pour y prêcher l'égalité parfaite, et qui dénonce à toutes les espèces d'animaux les sinistres projets du cheval, dont l'ambition médite déjà une odieuse féodalité; cet âne, je vous en demande bien pardon, c'est encore vous. Il faut qu'il ait perdu son cahier, et que nos docteurs politiques l'aient ramassé, car très-certainement j'ai lu ou entendu tout cela quelque part, il n'y a pas même fort long-temps : c'est qu'en fait de folies, il est difficile d'inventer après les nôtres.

Avant de finir cet article, je veux citer encore une fois M. Berchoux; ses vers vous dédommageront de ma prose. L'auteur décrit une de ces fêtes décadaires que l'on nous donnait à une époque où, bon gré, mal gré, nous nous amusions tant.

Qui peut ne pas songer avec émotion
Aux beaux jours où la France adora la Raison?
Quelle Raison, bon Dieu! La charmante Aspasie
Pour la représenter à Paris fut choisie.
Aux *écoles des mœurs* elle avait débuté,
Chantant sur les tréteaux l'amour, la volupté.
Tendre dans la coulisse, ainsi que sur la scène,
Ne méritant jamais le titre d'inhumaine,
Divinité propice aux mortels amoureux,
Ils allaient l'adorer, et revenaient heureux.
La finance, l'épée et la magistrature
Avaient d'égales parts à sa tendresse pure.
J'ai vu cette Raison, affrontant les regards,
Étalée en public, à l'aide de brancards;
Fille pleine de joie, à la grecque vêtue,
Déesse du loyer, triompher dans la rue...
Et voilà les plaisirs du peuple souverain!

Malgré quelques négligences, ou pour dire encore plus vrai, malgré beaucoup de négligences, fruit d'une facilité dont M. Berchoux devrait se défier davantage, on retrouve dans l'*Art politique* le talent aimable du chantre de *la Gastronomie*,

bon original qui nous a valu d'assez faibles copies ; car je ne puis m'empêcher de remarquer
que si son succès dut flatter M. Berchoux, il fut
bien perfide pour d'autres. On vit paraître à la
suite de *la Gastronomie* plusieurs petits poëmes
dont il est probable qu'elle avait fait naître l'idée,
mais qui eurent une assez triste destinée : pleurons sur eux ! Le poëme de M. Berchoux vivra,
et les nôtres sont morts... Je dis les *nôtres*, car, et
moi aussi, n'ai-je pas essayé? Mais oubliez-le,
cela ne m'arrivera plus *.

Du 7 août 1820.

---

* Trop modeste, selon son habitude, Colnet veut qu'on oublie
ses vers sur l'*Art de Dîner en ville ;* mais trois éditions consécutives
prouvent que le public jugeait autrement que lui ce joli poëme, où
des plaisanteries spirituelles et de bon goût empruntaient un nouveau charme d'une versification toujours facile et souvent brillante.
(*Note de l'éditeur.*)

DES JÉSUITES.

Ils ont eu des amis puissans et des ennemis redoutables. Leurs partisans ne manquent jamais de rappeler que Louis XIV les avait attirés en France, et que Mme de Pompadour les en a bannis.

La Dixmenie, *Mélanges.*

« Mangerons-nous bientôt du jésuite? » demandaient je ne sais quels sauvages de l'Amérique qui avaient pris goût à cet horrible festin : c'est au moins ce qu'on lit dans des relations très-dignes de foi. Les philosophes du XVIIIe siècle étaient trop humains pour tenir un pareil langage, et surtout pour former un vœu si barbare; malgré la haine qu'ils avaient vouée à *nos Pères,* jamais, non, jamais ils n'ont désiré d'en manger; et si quelque janséniste leur en eût servi, on les aurait vus reculer aussitôt d'épouvante et d'horreur; l'appétit leur eût manqué.

Éteindre une société qui n'avait jamais vécu avec eux en très-bonne intelligence, et qui récemment encore venait de décrier *l'Encyclopédie,* voilà ce qu'ils voulaient; et Dieu sait de quel cœur ils travaillaient à cette bonne œuvre, et quelle fut leur joie lorsqu'en 1762 le parlement remplit leurs charitables intentions! Voltaire, d'une voix moins fausse qu'à l'ordinaire, chanta le *Nunc dimittis*, et peu s'en fallut qu'il ne s'agenouillât par reconnaissance. « Plus de jé- « suites ! criait Diderot, plus de jésuites ! Que « Dieu, s'il existe, en soit loué ! » Et, transporté d'aise, vingt fois il jeta sa perruque contre la mu- raille; vingt fois M. Naigeon eut la complaisance de la ramasser. Quant à d'Alembert, il fut plus calme et sut mieux se posséder; mais le diable n'y perdit rien, les jésuites non plus.

Dans cette foule de pamphlets que la haine et l'esprit de secte enfantèrent à cette époque, et que l'oubli a réclamés presque tous comme sa propriété légitime, le public n'eut pas de peine à distinguer un opuscule intitulé *des Jésuites*. Le ton en était spirituel, malin, et même passable- ment satirique : on y trouvait d'ailleurs un assez bon nombre d'anecdotes plus ou moins piquantes; en faut-il davantage pour être lu et goûté, sur- tout lorsqu'on paraît à propos ? et l'auteur avait encore ce mérite, qui souvent décide seul du succès des ouvrages.

Quel était cet auteur ? On ne le sut que plus tard : d'Alembert n'avait confié son secret qu'à un très-petit nombre d'amis, avec prière de le bien garder. Est-ce que, malgré la force de son esprit, il aurait cru aux *revenans*? Je l'ignore; et après tout il ne fallait jurer de rien : la Société, qui était déjà revenue une fois, pouvait bien revenir une seconde; elle laissait d'ailleurs en France plus d'un partisan, et notre philosophe préférait à tout sa tranquillité; il était prudent, je dirais même cauteleux si j'osais; il poussait volontiers les autres dans la lice, et se souciait fort peu d'y entrer. Voltaire lui en fit le reproche, mais d'une manière si aimable, qu'il n'y avait pas moyen de s'en fâcher. Le patriarche de Ferney compara son vicaire à *Bertrand*, qui excite *Raton* à tirer les marrons du feu, et les croque à mesure qu'ils arrivent. Cette fois *Bertrand* les tira lui-même, mais après avoir pris certaines précautions pour ne se brûler que le moins possible.

Quoi qu'il en soit de la circonspection de d'Alembert, c'est son ouvrage qui reparaît aujourd'hui, enrichi de *Notes*, d'*Éclaircissemens*, et avant tout d'un *Précis historique*, que je pourrais justement louer sous d'autres rapports, mais dans lequel les lecteurs sans préventions ne verront qu'un acte d'accusation rédigé sous la dictée de la haine; et de quelle haine! il n'en fut jamais de plus vigoureuse: non que je croie que M. Cauchois-Lemaire voulût, lui, manger du jésuite; ses mœurs sont trop douces; mais la Société, qui depuis son origine n'a pas manqué d'ennemis, grâce à Dieu! n'en a pas encore rencontré un plus ardent, plus acharné à lui nuire. Pas un crime, à entendre M. Cauchois-Lemaire, que les jésuites n'aient commis; et pour le prouver, il donne comme démontrés beaucoup de faits dont les uns n'ont jamais été prouvés, dont les autres ne pourront jamais l'être, ou sont depuis long-temps reconnus faux : par exemple, cette fameuse *conspiration des poudres*, à laquelle personne ne croit, même en Angleterre. Et pourtant je suis loin de l'accuser de mauvaise foi; car avec des dispositions si peu favorables à la recherche de la vérité, il est, quoiqu'on le veuille, bien impossible d'être vrai.

Heureusement pour les accusés, le ton qui règne dans le *Précis* ainsi que dans les *Notes* et les *Éclaircissemens* de M. Cauchois-Lemaire est déjà un motif suffisant de révoquer en doute une grande partie des accusations qu'ils renferment. Certes, je suis bien désintéressé dans cette querelle; personne même n'honore plus que moi les pieux et savans solitaires de Port-Royal, que d'Alembert appelle avec tant de vérité « Pères « très-illustres d'une très-chétive postérité; » mais quand un écrivain s'écrie : « Que sait-on si Tres- « taillon et Truphémy ne sont pas jésuites ? » je demande à tous les lecteurs raisonnables, libéraux ou non, peu m'importe, si cet écrivain ne me donne pas le droit de me défier de l'impartialité de ses jugemens. Qu'au temps où il y avait

des jansénistes, l'un d'eux nous eût demandé si
Cartouche n'était pas un jésuite déguisé, il aurait bien fallu en rire ; mais qu'un homme d'esprit et de sens, que M. Cauchois-Lemaire nous
fasse une puérile question, en vérité cela n'est
pas pardonnable ! Eh ! tant mieux pour eux que
M. Cauchois-Lemaire attaque : moins passionné,
il serait un adversaire plus redoutable.

Je ne sais, au reste, par quelle malheureuse
fatalité cette cause n'a jamais été discutée de
sang-froid, pas même avant que l'esprit de secte
y eût porté ses noires fureurs. Au jugement même
de d'Alembert, on ne trouve dans les plaidoyers
autrefois tant vantés d'Étienne Pasquier, « que
« beaucoup de déclamations mêlées à quelques
« vérités. » Ce n'était pas cependant un avocat
sans talent et sans éloquence que M. Pasquier ;
mais ce jour-là il plaida en colère ; et comme la
haine choisit toujours mal ses armes, il crut que
pour convaincre il n'avait rien de mieux à dire
que de grossières injures qu'on n'entend plus
aujourd'hui, je ne dis pas au barreau, mais même
à la halle. Il est vrai qu'on lui répondit sur le
même ton : c'est un tort que je reproche à nos
Pères ; plus de modération les aurait mieux
servis.

D'Alembert a-t-il traité les jésuites avec trop
de faveur ? Personne jusqu'à présent ne l'a pensé,

personne même n'a pu le penser; l'opinion con
traire est trop bien fondée. Toutefois M. Cauchoi
Lemaire est loin de l'adopter; et, suivant lu
les jésuites ont les plus grandes obligations
d'Alembert, qui les a singulièrement ménagés
« Une sorte d'affectation d'impartialité l'entraîn
« trop loin en plus d'une occasion... » Je ne m'e
étais pas aperçu, ni moi ni beaucoup d'autres.

Ne craignez pas qu'il omette une seule des in
putations qui leur ont été faites; il les rappell
toutes, et plutôt deux fois qu'une; et quand
trouve l'occasion de les fortifier, croyez que cha
ritablement il ne la laisse pas échapper. A la vé
rité, il fait quelquefois valoir en faveur des accu
sés ce que nos avocats appellent des *moyen*
d'atténuation; mais c'est toujours de manière
laisser à l'accusation toute sa gravité; et je n
sais comment il se fait que le cas qu'il vient *d'a*
ténuer est encore un cas très-pendable. Enfin,
n'absout que lorsqu'il pourrait décréditer so
jugement aux yeux de tous les lecteurs éclairé
Voilà, il faut l'avouer, un excellent défenseur
M. Cauchois-Lemaire a raison : d'Alembert « v
trop loin, » et les jésuites lui doivent des remer
cîmens.

Il leur fait, il est vrai, quelques concessions
mais faut-il que M. Cauchois-Lemaire s'en étonne
Il devrait considérer que les plus grands ennemi

de la Société, ceux qui applaudissaient le plus à sa destruction, qui l'avaient le plus sollicitée, ne condamnaient pas cette Société sur tous les points. Il existait alors au fond des cœurs certains principes de justice que les fâcheux souvenirs de notre révolution semblent en avoir effacés : même dans la plus grande chaleur de la dispute, on ne refusait pas à ses adversaires ou à ses ennemis tout mérite et toute vertu ; enfin, il était des excès que la haine ignorait encore ; et je crois que l'exagération d'autrefois serait la modération d'aujourd'hui.

D'Alembert n'a donc pas cru pouvoir se dispenser de rappeler d'abord les services que les jésuites ont rendus aux sciences et aux lettres ; et j'avoue que, dans cette occasion, il s'est exécuté de fort bonne grâce : « Ils se sont, dit-il, exercés « avec succès dans tous les genres : éloquence, « histoire , antiquité, littérature profonde , il « n'est presque aucune classe d'écrivains où ils « ne comptent des hommes de premier mérite. » A moins d'être soi-même très-peu impartial, peut-on voir une *affectation d'impartialité* dans la justice que d'Alembert leur rendait, et qui alors leur était rendue par tout le monde, si vous en exceptez les philosophes de *Saint-Médard?* Pouvait-il contredire une vérité si généralement reconnue? pouvait-il même la taire? Il y aurait eu dans ce silence plus de maladresse encore que d'injustice; et d'Alembert était trop habile pour se fourvoyer ainsi.

Un peu plus loin, il convient que, de tous les moyens que la Société a employés pour augmenter sa considération et son crédit, le plus efficace était *la régularité de conduite et de mœurs :* « Quoi qu'en ait publié la calomnie, dit-« il, il faut avouer qu'aucun ordre religieux n'a « donné moins de prise à cet égard. » Cet aveu *obligé* est précieux, surtout quand on sait d'où il part; et les jésuites doivent, suivant moi, d'autant mieux s'en glorifier, que d'Alembert le leur a fait payer assez cher. M. Cauchois-Lemaire, voulant affaiblir un témoignage dont il sent toute la force, rappelle, pour le plaisir de ceux qui les aiment, de vieilles anecdotes passablement gaillardes, de vieux refrains fort gais, et des épigrammes qui ne manquent pas de malignité; mais d'Alembert les connaissait comme M. Cauchois-Lemaire, et d'avance il avait répondu : *Quoi qu'en ait publié la calomnie.*

Les écrivains les moins favorables à la Société parlent encore avec éloge, ou plutôt avec admiration, du gouvernement qu'elle avait établi dans ses *missions du Paraguay :* « Plus d'une nation « de l'Europe, dit d'Alembert, gagnerait beau- « coup à être gouvernée ainsi. » Juste hommage

rendu à une autorité toute paternelle, qui, fondée sur la douceur et la persuasion, faisait le bonheur de ceux qui lui étaient soumis. « Qu'en sait
« d'Alembert? » demande M. Cauchois-Lemaire;
mais Robertson pense ici comme d'Alembert :
qu'en sait Robertson? mais vingt autres écrivains,
philosophes ou protestans, partagent cette opinion : qu'en savent-ils?

C'est, comme vous le voyez, un adversaire
difficile à combattre, et surtout à convaincre, que
M. Cauchois-Lemaire! Aucune autorité ne lui en
impose : en vain lui opposez-vous celle qu'il paraît le plus honorer, et où vous croyez qu'il puise
les fondemens de sa foi, il ne les reconnaît qu'autant qu'elles lui sont favorables, et brise ses propres idoles dès que sa haine n'en obtient pas ce
qu'elle demande. Quand d'Alembert condamne
les jésuites, et les condamne sans appel, c'est
un oracle infaillible : « Voilà, dit M. Cauchois-
« Lemaire en s'adressant aux hommes *à préju-*
« *gés*, voilà ce que la raison a dicté de plus lumi-
« neux et de plus impartial à l'un des esprits les
« plus droits et les plus vastes dont la France s'ho-
« nore. » Fort bien! je me prosterne et j'adore.

Mais d'Alembert cesse-t-il d'être de l'avis de
M. Cauchois-Lemaire; se montre-t-il plus équi-
table, ou, comme je l'ai fait remarquer, plus habile, alors il perd toute considération, tout cré-

dit, et ne mérite plus aucune confiance. Sans respect pour un esprit si *droit* et si *vaste*, on se permet de lui faire des questions très-cavalières : « Qu'en sait-il? a-t-il vu ces missions qu'il nous « vante? revient-il du Paraguay? » Et quels témoignages oppose M. Cauchois-Lemaire à ceux qu'on invoque contre lui? Il croit inutile d'en appeler d'autres à son secours; il est seul contre tous : les lecteurs décideront entre tous et M. Cauchois-Lemaire.

Les jésuites furent donc non seulement détruits, mais encore bannis du royaume. Ce n'est pas moi, c'est heureusement d'Alembert qui observe que *la plupart ne se mêlaient de rien*, et qui ajoute : *Ce sont des milliers d'innocens qu'on a confondus à regret avec une vingtaine de coupables!* Leurs nouveaux ennemis ne sont pas aussi justes; et là où d'Alembert voit des *milliers d'innocens*, ils ne trouvent que des coupables; et comme ce capitaine suisse auquel on représentait que, parmi les soldats qu'il faisait enterrer pêle-mêle sur le champ de bataille, plusieurs ne demandaient qu'à vivre, ils diraient volontiers : « Bon! si on voulait les écouter tous, il n'y en « aurait pas un de mort! »

J'espère toutefois que si M. Cauchois-Lemaire, auquel il ne manque pour bien juger que d'avoir moins de prévention, veut soumettre ce

grand procès à un examen plus calme, plus ré-
fléchi et surtout plus impartial, il adoucira beaucoup la sévérité de sa sentence. C'est aussi avoir
trop d'ambition que de vouloir être plus libéral
que Voltaire et que d'Alembert! Mais n'est-il
pas étrange que nous soyons obligés d'appeler
les philosophes du XVIIIᵉ siècle à notre aide
pour combattre ceux du XIXᵉ? Si l'opinion philosophique va toujours de ce train, je veux qu'a-
vant dix ans Voltaire et d'Alembert soient les
hommes *à préjugés :* Diderot n'aura qu'entrevu
la vérité !

Du 14 mai 182

DE LA

DOCTRINE SAINT-SIMONIENNE.

> S'il n'y a pas lieu de réprimer les appétits de l'esprit, de condamner les satisfactions intellectuelles et de borner leur carrière, il n'y a pas lieu davantage de réprimer les appétits de la chair, de condamner les satisfactions sensuelles, ou de les renfermer dans les limites étroites du mariage, s'ils réclament une sphère plus étendue.
>
> ENFANTIN, père suprême, *allocution saint-simonienne.*

DANS beaucoup d'affaires, c'est l'à-propos qui fait tout. Heureux qui le sait! Saint-Simon, qui ne le savait pas, l'apprit à ses dépens. A l'époque où il publia sa doctrine, le monde n'était pas préparé à la recevoir. Aussi comment fut-elle accueillie? Je m'en souviens encore : on crut généralement qu'elle n'avait pu être conçue que dans un cerveau malade. On cria de toutes parts : « Le « philosophe est fou, liez-le! » Hué par la multitude, le pauvre Saint-Simon appela les savans à son secours, et les savans se moquèrent de lui; il eut beau leur adresser tous ses ouvrages, ils ne daignèrent même pas l'honorer d'un *accusé de réception.* Deux disciples, dit-on, trois au plus, voilà quelle fut toute son école.

Bientôt la misère vint se joindre aux mépris et aux dégoûts dont il était abreuvé. On le vit, après avoir perdu dans de hasardeuses spéculations une fortune considérable, descendre au rôle humiliant de quêteur, prier ces riches industriels, qu'il avait placés au sommet de sa *nouvelle organisation sociale*, de lui faire la charité, et s'il faut en croire son historien, n'en être que très-faiblement secouru. Pourtant il ne leur cachait pas son extrême indigence : « Depuis quinze jours, « écrivait-il à l'un d'eux, je mange du pain sec « et je bois de l'eau; je travaille sans feu, et j'ai « vendu jusqu'à mes habits pour fournir aux frais « des copies de mon travail... » C'est à cet état de pauvreté et de privations qu'était réduit un philosophe dont la doctrine devait, il n'en doutait pas, accroître prodigieusement les richesses de la France; mais aussi pourquoi était-il venu trop tôt? Toute folie, à cette époque, n'était pas encore bonne à dire.

Les disciples de Saint-Simon seront-ils plus heureux que lui? Sommes-nous aujourd'hui assez mûrs pour goûter les sublimes vérités qu'ils nous annoncent de sa part? Pour moi, j'en doute encore, et je vois en lisant leurs écrits que, malgré ce que les derniers événemens peuvent avoir de favorable à leur doctrine, ils ne comptent pas eux-mêmes sur un triomphe très-facile. Le siècle est encore bien *égoïste;* c'est sa maladie, et on aura beaucoup de peine à l'en guérir. Les cœurs sont toujours bien durs : nos saint-simoniens le savent; ils s'attendent donc, eux aussi, à être traités de rêveurs, de visionnaires... mais qu'importe? l'esprit de leur maître vit en eux, et il leur donnera la force de poursuivre l'œuvre de cet *homme divin*, de cet *élu de Dieu*, de cet *organe d'une révélation nouvelle*, de ce *continuateur du Christ;* car, malgré ce qu'en ont pu dire les mauvaises langues, Saint-Simon est tout cela pour eux. Cet homme que la terre a dédaigné et humilié, ils le voient aujourd'hui glorifié dans les cieux : « Grand Dieu! s'écrient-ils dans leur en-« thousiasme, Saint-Simon est et sera toujours « devant ta face! » Nous sommes vraiment bien aises de l'apprendre : il nous faut des grands hommes pour notre Panthéon; Saint-Simon y aura une belle niche. C'est le moins que puisse faire la patrie, aujourd'hui si reconnaissante, pour un bienfaiteur de l'humanité « qui est et « sera toujours devant la face de Dieu: » ses disciples l'ont vu là.

On ne peut en disconvenir, la société est malade; et pourquoi l'est-elle? Cela vous étonne! disent les saint-simoniens; mais d'abord ne voyez-vous pas que l'ordre actuel des choses offre l'image d'un monde renversé; que l'action de gouverner n'est point placée où il faudrait qu'elle le fût, et que les gouvernans devraient être les gouvernés, et *vice versâ?* Toutes les forces du corps social se trouvant aujourd'hui réunies dans les sciences, les arts et l'industrie, c'est parmi les savans, les artistes et les industriels que le bon sens vous dit de prendre vos députés, vos ministres et vos administrateurs de tous les degrés : à eux, à eux seuls appartiennent toutes les places, même celles de la cour (car à l'époque où Saint-Simon écrivait il y avait une cour). Et que ne gagneriez-vous pas à les leur donner! quelle réduction dans vos dépenses! quelle économie dans les traitemens! Les savans et les artistes, gens habitués à vivre de peu, se contenteront de très-faibles honoraires; les industriels, déjà riches, sauront s'en passer. Vous donnez, chose fort étrange dans une monarchie démocratique! 120,000 francs par an à certains fonctionnaires : eh bien! vous trouverez des industriels qui vous donneront le double pour être chargés de la direction des affaires publiques, et la besogne n'en sera que mieux faite. Vous aurez donc ainsi un excellent gouvernement, et vous l'aurez à bien bon marché.

Maintenant, voyons comment les saint-simoniens mettent en action leur nouvelle organisation sociale. Ils ont trois académies, que vous appellerez colléges, si bon vous semble : la première de ces académies se compose d'artistes, la seconde de savans et la troisième d'industriels. La direction du pouvoir *spirituel* est confiée aux savans et aux artistes ; celle du pouvoir *temporel* appartient aux industriels, cultivateurs, fabricans, négocians, banquiers de première classe... Ce sont les industriels qui font le budget, non pas un de ces budgets comme on vous en présente, mais un budget aussi petit que possible, si petit qu'en le voyant les États-Unis seront honteux de leur prodigalité vraiment scandaleuse.

Ce budget est remis aux ministres, qui l'adressent aux chambres après avoir pris les ordres du roi ; car les saint-simoniens, dont la doctrine tend surtout à l'unité, veulent un roi ; mais, comme ils *superposent* l'action administrative à l'action qu'ils appellent gouvernementale, leur roi, autant que l'on peut juger par leurs écrits, aura fort peu de chose à faire : sa place sera une agréable sinécure, mais elle sera la seule. La *production* étant une des bases de leur organisation sociale, il faut avec eux que tout le monde travaille, que tout le monde produise. Malheur, comme nous ne tarderons pas à le voir, malheur aux oisifs, aux consommateurs, à ces gens qui, disent les saint-simoniens, veulent manger et ne rien faire !

Quand la société sera ainsi organisée, quand toutes les fonctions seront, ce qu'on ne voit pas aujourd'hui, confiées aux plus hautes capacités, alors, les saint-simoniens vous en donnent leur parole et vous pouvez les en croire, car ce sont des gens d'honneur, alors vous n'aurez point d'insurrection à craindre; alors plus de réunions illicites, plus d'attroupemens séditieux. L'État avisera aux moyens de procurer du travail à tous les hommes valides, et même de leur assurer une existence agréable. Cela fait, vous pourrez supprimer la police sans aucun inconvénient : une société dont tous les membres sont fortement intéressés à faire respecter et à maintenir l'ordre établi, n'a pas besoin qu'on la surveille; elle peut se passer de garde municipale, même de sergens de ville.

Et votre armée, qui vous coûte si cher, qu'en font les saint-simoniens? ils la licencient; et je n'en suis pas surpris : à quoi leur serait-elle bonne? ils substituent une association pacifique à une société toujours militante. Quand nous serons tous attachés par leur *lien d'amour*, nous ne nous battrons plus. Paix perpétuelle! les portes du temple de Janus sont fermées. Peut-être, après avoir remercié les saint-simoniens de leurs bonnes et louables intentions, leur ferez-vous observer qu'on n'imagine que des chimères lorsque, dans les projets que l'on forme pour le bonheur de l'humanité, on ne tient aucun compte des passions et des vices des hommes. Ils vous répondront, car ils ont réponse à tout, que dans leur société, si différente de la nôtre, ces passions seront étouffées, ces vices radicalement corrigés. Organisons-nous comme ils le veulent, et alors quels princes, ils vous le demandent, quels peuples seraient assez fous pour oser nous attaquer? Trente millions d'hommes, tous contens, tous heureux, tous fortement unis par un lien d'amour et par une bonne combinaison d'intérêts, repousseraient l'attaque de toute l'espèce humaine liguée contre eux. Que les puissances étrangères ne s'y frottent donc pas; elles s'en trouveraient mal.

Je n'en finirais pas si je voulais énumérer ici tous les avantages dont nous serons redevables à ce nouveau système social, si nous avons le bon esprit de l'adopter : contentez-vous de savoir que le rêve de *l'âge d'or* serait alors réalisé pour nous, et que notre chère France deviendra un véritable *paradis terrestre.* Tel est, en attendant mieux, l'avenir que nous promettent les saint-simoniens; n'est-il pas bien séduisant?

On leur demandera sans doute pourquoi ils font jouer un si grand rôle aux artistes, pourquoi ils les placent si haut dans leur échelle sociale? La réponse est facile : c'est qu'ils ont pour but de nous rendre non seulement plus savans et plus riches, mais encore plus *aimans;* c'est qu'ils savent que les beaux-arts sont l'expression du *sentiment*, et que, pour le succès de leur doctrine, ils comptent sur le sentiment au moins autant que sur le raisonnement. Ils observent fort bien que, pour que l'homme soit content de son sort et consente à se renfermer dans le cercle qui lui est tracé, il ne suffit pas que le but de la société et les moyens de l'atteindre lui soient connus; il faut que ce but et ce moyen soient pour lui des objets d'amour et de désir. Or, les savans nous diront bien ce qu'il faut aimer; mais feront-ils naître en nous les sentimens dont ils reconnaissent la nécessité? non, ils en sont incapables. La société serait de glace si elle n'avait que ces gens-là pour l'animer; ils sont trop froids pour pouvoir nous échauffer.

Cette belle et importante mission appartient aux artistes, aux musiciens, aux poëtes, aux peintres, à ces hommes qui ont le feu sacré, et que la nature a doués particulièrement de la capacité *sympathique;* et, n'en doutez pas, ils la rempliront avec succès. Réveillant en nous toutes les sympathies de l'humanité, confondant tous les cœurs dans le même amour, ils assureront le triomphe de la doctrine saint-simonienne. Orphée forçait les lions et les tigres à quitter leurs tanières pour venir l'entendre, et les sons harmonieux de sa lyre adoucissaient leur férocité. Quand on s'en souvient, on s'étonne moins que Saint-Simon ait placé les musiciens à côté, même un peu au-dessus des savans, et que, dans son système social, la basse soit un moyen de gouverner, le violon un pouvoir politique.

Ce sont les avocats qu'il faut plaindre; ils auront peu à se louer de cette organisation sociale : je n'y vois pas de place pour eux. « Nous annonçons au monde une *bonne nouvelle,*» disent les nouveaux doctrinaires; mais cette nouvelle est très-mauvaise pour les avocats, car ils vont bien déchoir. L'ordre actuel des choses leur est si favorable! Vous les trouvez partout; ils occupent les plus hautes positions sociales : députés, ministres, conseillers d'État, préfets, les avocats sont tout; c'est aujourd'hui la langue qui gouverne. « Cette influence qu'ils exercent « sur la société depuis les dernières années du « XVIIIᵉ siècle, les avocats, disent les saint-simo- « niens, ne la doivent qu'à l'absence de tout sys- « tème social; mais, du moment où un système « nouveau aura réorganisé la société, leur im- « portance diminuera nécessairement. » C'est donc un abus qui va disparaître : les avocats, qui sont tout, ne seront plus rien; et qu'ils se sou-

mettent de bonne grâce à la nécessité ; les saint-
simoniens les y invitent ; qu'ils ne cherchent pas
à défendre une position qui n'est vraiment plus
tenable pour eux : tous les efforts qu'ils feraient
pour la conserver seraient bien inutiles. Pourraient-ils lutter avec avantage contre toutes les
forces sociales marchant avec accord et énergie
vers une organisation nouvelle? On les prie d'y
réfléchir et de faire leurs paquets.

Nous la connaissons, cette nouvelle organisation : la production en est le but; et que pro-
duisent les avocats? Toutes les places qu'ils occupent aujourd'hui seront donc, dans un autre
ordre de choses, données aux producteurs, aux
industriels, à ces hommes qui comprennent beaucoup mieux que les légistes tous les besoins de
la société. M. l'avocat Dupin, ministre d'État,
voudra bien céder la sienne au gérant d'une fa-
brique de sucre de betteraves : la doctrine saint-
simonienne l'exige.

Eh bien ! dira-t-on, il retournera au Palais.
Qu'y ferait-il? Nos nouveaux doctrinaires ne
laissent même pas aux avocats plaidans la ressource de plaider : plus de procès ! La voilà cette
bonne nouvelle qu'ils leur annoncent, trois jours
par semaine, rue Monsigny, n° 6. « Plus de plai-
« deurs, plus de procès : ainsi, disent les saint-
« simoniens, disparaîtrait de l'ordre social futur

« cette armée de combattans, avocats, avoués... »
Et comment espèrent-ils nous en débarrasser?
Mes lecteurs le sauront bientôt.

Malheur, je l'ai dit, malheur aux consommateurs et aux oisifs! L'Évangile que de nouveaux
docteurs nous prêchent aujourd'hui leur sera
bien funeste. Des hommes qui consomment les
fruits de la terre et ne la labourent pas! des chanoines vermeils et brillans de santé qui savou-
rent le volnay et le chambertin, quand le pauvre
ouvrier qui cultive la vigne ne boit que du vin
de Surène et n'en boit pas autant qu'il voudrait
en boire! c'est pour les disciples de Saint-Simon
un abus intolérable, un énorme scandale.

La société, vous disent-ils, succombe sous le
poids des désœuvrés; elle crie merci et demande
à en être soulagée. D'ailleurs, non contens de
peser sur elle et de la surcharger, ils la corrom-
pent. N'est-il pas convenu que le désœuvrement
est le père de tous les vices? Chassez donc les
désœuvrés, et vous verrez avec eux, Saint-Simon
vous l'assure, disparaître ces vices odieux dont
le corps social est aujourd'hui infecté : nous serons alors bons et vertueux, ce qui nous étonnera bien; car nous avons pour arriver là un
beau chemin à faire...

Quels sont donc ces consommateurs, ces oi-

sifs que la doctrine saint-simonienne frappe d'a-
nathème? quel est le chancre moral qui ronge la
société? Ce sont les nobles, répondra peut-être
un de ces bourgeois dont une particule et de
vains titres blessent la chatouilleuse vanité. —
« Oui, disent les saint-simoniens, ce sont les no-
« bles d'abord, *les bourgeois ensuite* : c'est dans
« ces deux classes que se trouvent les désœuvrés
« et les fainéans. » Mais chez nous aujourd'hui
où sont les nobles? on ne veut pas même en apercevoir dans la chambre des pairs; on ne peut
sans sourire entendre prononcer le mot *seigneurie.* « La noblesse est morte! » les saint-simoniens le déclarent formellement; c'est donc principalement aux bourgeois qu'ils vont avoir affaire :
les bourgeois ensuite!

Ces bourgeois, j'en suis sûr, s'en étonneront;
mais, lorsque naguère encore ils criaient si fort
et, je leur en demande bien pardon, si sottement
contre une aristocratie tout-à-fait idéale, et qui
n'existait que dans leur imagination, n'auraient-
ils pas dû prévoir que leur tour arriverait, et
que bientôt, dans l'opinion des amis de l'égalité
absolue, qui regardent les richesses comme un
odieux *monopole*, ils seraient de véritables aris-
tocrates? *Les bourgeois ensuite!* Maintenant ces
bourgeois le savent, et que ne l'ont-ils su plus
tôt!

En vain diront-ils que l'aristocratie bourgeoise, si aristocratie il y a, ne doit blesser personne puisqu'elle est accessible à tous, et que celui qui la veille est ouvrier peut être bourgeois le lendemain : tout cela est, j'en conviens, fort raisonnable ; mais aujourd'hui on ne dit plus chez nous à la raison : Sois la bienvenue ; quand elle se présente, on l'éconduit, on la met brusquement à la porte. Ce qui, pour que vous le sachiez, irrite le plus les saint-simoniens, c'est de voir « tous les travailleurs aspirer à devenir bourgeois, « à entrer ou à faire entrer leurs enfans dans la « classe des oisifs, des immoraux. » Voilà, suivant nos nouveaux docteurs, notre grande plaie sociale ; et nous n'avons, s'il faut les en croire, qu'un seul moyen de la guérir : plus de consommateurs, plus d'oisifs, plus d'immoraux ! c'est le refrain continuel de leur chanson, ou, si vous aimez mieux, de leur doctrine.

Cette doctrine, est-ce donc aujourd'hui qu'il faudrait la prêcher ? Imprudens réformateurs, prenez-y garde : vous servez mal vos chers industriels ! Ces consommateurs sur lesquels vous criez *haro !* consomment moins que jamais ; et doit-on s'en étonner ? les derniers événemens les ont effrayés ; ils en aperçoivent les conséquences ; ils voient combien le mouvement est énergique, combien, au contraire, la résistance est faible ;

et, grâce à une défiance malheureusement trop fondée, ils suppriment, par une sage précaution, toute dépense inutile et vivent avec parcimonie : pas de superflu ; le simple nécessaire, rien de plus.

Vous n'aimez pas le luxe : soyez contens! le luxe, ce besoin des peuples civilisés, diminue de jour en jour. Vous avez en horreur une société où il y a des gens qui vont en carrosse : patience! on voit déjà beaucoup moins d'équipages, et vous pouvez espérer de n'être éclaboussés cet hiver que par les *omnibus* à 5 sous et les charrettes de l'industrie. Cependant cet état de choses alarme tous les industriels, tous les producteurs; mais qui l'a voulu? qui l'a fait? Quoi qu'il en soit, ils ont raison de s'en plaindre, car il n'est pas rassurant pour eux; et, le croirait-on? c'est ce moment que choisissent leurs bons amis les saint-simoniens pour sonner le tocsin sur les consommateurs, sur les riches oisifs! Quel est donc leur but? que veulent-ils? vous allez enfin le savoir.

Nous avons aujourd'hui, sous différentes dénominations, je ne sais combien de clubs d'amis de l'égalité dont la modération m'étonne : ils se bornent à vous demander la suppression de tous les titres, de tous les priviléges, de l'hérédité de la pairie, l'abaissement du cens électoral, le renvoi des ministres doctrinaires, celui de la chambre des députés ; que sais-je, moi ? l'appel au peuple, et quelques autres misères semblables. Quand vous leur aurez fait ces petites concessions, ils seront contens ; ils croiront que la dernière révolution a produit tous ses fruits. En vérité, c'est, après ce que nous venons de voir, se montrer de bonne composition.

Les sévères disciples de Saint-Simon ne sont pas gens à se contenter de si peu : il leur faut à eux et ils réclament à grands cris l'abolition d'un privilége auquel personne ne songe, quoiqu'il soit le plus odieux, le plus révoltant de tous, d'un privilége dont ils ne peuvent parler sans qu'aussitôt les cheveux leur dressent à la tête, *la transmission de la richesse par l'héritage dans le sein des familles ;* ils s'indignent de voir, en vertu de cet horrible privilége, « l'homme toujours exploité par l'homme, et l'ancien esclavage continué et représenté aujourd'hui par les relations du propriétaire avec le travailleur, du maître avec l'ouvrier. » Une société qui tolère cette barbarie peut-elle s'appeler civilisée ? ils vous le demandent.

Plus de propriété comme vous l'entendez aujourd'hui : les disciples de Saint-Simon prient *nos seigneurs* les propriétaires actuels, car c'est ainsi qu'ils les appellent, de vouloir bien leur dire quel est leur titre; ils ne leur en connaissent pas d'autre que *la force*. N'invoquez pas ici ni le droit divin, ni le droit naturel : ces droits, ils les soumettent à l'esprit de progrès. Ne parlez pas de la législation; elle est le fruit de la conquête : les lois d'ailleurs, quoique toujours « faites par « et pour ceux qui ne font rien, » les lois ont souvent, l'histoire nous l'apprend, réglé et modifié le droit de succéder. Détruisez-le donc aujourd'hui; c'est une nouvelle *modification* que l'esprit de progrès réclame, et que vous ne pourrez lui refuser sans une grande injustice.

Liberté et propriété! crient les Anglais. Les saint-simoniens crient, eux : Plus de propriété par héritages! un seul héritier, l'État! Toutes les terres, tous les capitaux, seront répartis en raison de la capacité. On dira aux héritiers naturels : Mes amis, bon courage! travaillez, travaillez fort; sinon ayez peu d'appétit, car chacun sera *rétribué* et mangera selon ses œuvres. Les places seront données non à la faveur et à l'intrigue, mais au mérite, à la capacité; et alors que de gens seront appelés à d'autres fonctions! Les sommités actuelles seront abaissées, les infériorités élevées : tel peut-être qui veut aujourd'hui qu'on l'appelle Excellence deviendra forgeron; tel qui fait des lois fera des souliers; et les saint-simoniens nous assurent que, grâce à toutes ces métamorphoses, qui sont la conséquence de leur doctrine, la société n'en sera que mieux gouvernée et mieux chaussée.

Vous demanderez peut-être ce que, dans cette nouvelle organisation sociale, on fera des vieillards et des enfans? N'en soyez point en peine : les disciples de Saint-Simon y ont songé; pas une difficulté qu'ils n'aient prévue : «On ne verra plus « alors, disent-ils, des troupes brillantes de « jeunes fainéans voltiger dans les promenades « publiques et dans les salons : ceux qui vivent « aujourd'hui des sueurs du vieillard et des larmes « de l'orphelin feront du pain pour l'enfance et « pour la vieillesse. » C'est là, c'est à cette meilleure des républiques que l'esprit de progrès doit nous conduire; et il n'a plus pour y arriver qu'une nouvelle révolution à faire : reculera-t-il en si beau chemin?

« Qui terre a, guerre a! » c'est avec raison qu'on le dit dans l'état actuel des choses; mais admettez l'organisation sociale des saint-simoniens, et alors plus de débats judiciaires. Quand la transmission de la propriété, soit entre-vifs, soit après décès, n'aura plus lieu, les ventes, licitations, testamens, transferts, nantissemens, expropriations, hypothèques, etc., seront inconnus. S'il naît de petits différens entre les membres de l'association, ils seront jugés par des arbitres et sans frais. Voilà comment les saint-simoniens mettent, et pour long-temps, les tribunaux en vacances, vident le sac des avoués, et ôtent la parole aux avocats, qui aujourd'hui ne déparlent pas.

Il est évident que, dans cette société nouvelle, il n'y aura plus de ces consommateurs, de ces fainéans qui *héritent du droit d'oisiveté* : on leur coupe les vivres; ils travailleront s'ils ne veulent pas aller coucher sans souper ; mais au lieu de s'en plaindre, qu'ils s'en félicitent; ils s'en porteront mieux : le travail entretient la santé ; les disciples de Saint-Simon leur offrent cette grande consolation en échange de leur droit d'oisiveté; et ne croyez pas que de leur part ce soit une ironie : ces gens-là, je vous assure, n'ont pas le plus petit mot pour rire ; ils exposent leur doctrine, ils en célèbrent les bienfaits avec un sérieux qui la rendrait fort gaie, si elle pouvait l'être.

C'est, par exemple, très-sérieusement qu'ils prétendent qu'elle ne tend pas au bouleversement de la société, et « que ce n'est qu'une trans- « formation, qu'une évolution qu'elle vient ac- « complir. » Bon Dieu! quelle *transformation!* quelle *évolution!* L'esprit de progrès a déjà si bien travaillé, que la société ne repose plus aujourd'hui que sur un seul principe, la propriété :

ce principe, ils le détruisent; et ce n'est pas, à les entendre, bouleverser la société, c'est seulement la transformer! « Au mot de bouleverse-« ment, disent-ils, s'attache toujours l'idée d'une « force aveugle et brutale; mais notre doctrine « ne connaît, pour diriger les hommes, d'autres « forces que la persuasion et la conviction. » Persuadez donc aux propriétaires fonciers de renoncer au droit de posséder leurs terres et à celui de les transmettre à leurs enfans; persuadez aux capitalistes de verser leurs capitaux dans la caisse commune; persuadez enfin à tous les riches de venir, si je puis m'exprimer ainsi, manger à la gamelle universelle... Comment les saint-simoniens peuvent-ils l'espérer, surtout après ce qui leur est arrivé il n'y a pas encore très-longtemps?

C'est un petit secret de leur ménage que je vais révéler. Six d'entre eux, et des plus fervens, avaient créé un journal intitulé *le Producteur:* déjà plusieurs cahiers avaient paru; il ne manquait plus que des abonnés. Nos saint-simoniens, qui ne sont pas, eux, des consommateurs oisifs, et qui vivent de leur travail, prièrent deux industriels *millionnaires* de venir au secours de l'esprit de progrès, et de favoriser une doctrine si utile à l'humanité : il ne s'agissait, je crois, que d'une misérable somme de mille écus; c'é-

tait peu de chose ; mais il fut impossible de décider les deux millionnaires à faire ce léger sacrifice, tant le siècle est égoïste, tant les cœurs
sont durs !

Quoi qu'il en soit, les disciples de Saint-Simon
n'en sont pas moins convaincus de l'urgente nécessité d'une nouvelle doctrine sociale. S'il faut
les en croire, le besoin en est senti par toutes les
intelligences élevées ; ils vous font remarquer
que, depuis plusieurs années, une de ces hautes
intelligences, M. Guizot, annonce *quelque chose
d'autre* que ce XVIIIe siècle, toujours proclamé
comme le dernier terme des progrès de l'esprit
humain. C'est ce *quelque chose d'autre* qu'ils
comptent vous donner, et ce ne sera pas leur seul
présent ; ils sont trop généreux.

Autre société, autre religion ; un *nouveau
christianisme*, car ils prétendent que l'ancien est
usé. M. de Maistre a dit, dans un de ses derniers
ouvrages, qu'il viendrait un homme de génie
qui révélerait prochainement au monde l'affinité
naturelle de la religion et de la science. Cet
homme de génie, vous disent aujourd'hui les
saint-simoniens, ce *nouveau Messie*, nous ne
l'attendons plus : SAINT-SIMON *est venu ;* toutes
les prophéties sont accomplies !

Très-incessamment, comme ils nous le promettent, les disciples de Saint-Simon nous feront

connaître le *dogme* de leur maître, et ils nous diront comment ils se proposent d'établir ce qu'ils appellent son *Église*. Si nous devons en croire un écrivain qui paraît initié à leurs secrets, il y aura dans cette Église un grand-prêtre social; à sa droite sera assis le prêtre de la science, à sa gauche celui de l'industrie. Il jouira d'une grande autorité : juge des talens et de la capacité, il nommera à toutes les places; ce sera un véritable autocrate; mais l'obéissance est bien douce quand on obéit à celui qu'on aime!

Saint-Simon, dont la doctrine est fondée sur l'amour, ne pouvait oublier les femmes. Chaque corps social en renfermera un nombre égal à celui des hommes, et leur hiérarchie sera la même: Quand il y aura sympathie ou attraction, comme disent encore les saint-simoniens, on se mariera; le grand-prêtre prononcera le terrible *conjungo*. Quant à lui, comme il sera le plus aimé et le plus aimant, il épousera la plus aimante et la plus aimable. On nous assure qu'ils ne cesseront jamais de s'aimer, et qu'ils feront toujours bon ménage: je le désire fort; car ce serait un grand scandale dans l'Église saint-simonienne, qui est *tout amour,* si le grand-prêtre et la grande-prêtresse venaient à se chamailler!

Des 21 et 28 septembre 1830.

VIE DE GEORGES WASHINGTON *.

> Le plus grand mérite d'un homme de
> guerre est de faire beaucoup avec peu.
>
> FOLARD, *Tactique*.

Aucune révolution n'a produit des resultats
plus heureux que celle des États-Unis. Les vainqueurs et les vaincus, les colonies et la métropole
en ont également profité. Une partie du Nouveau-
Monde lui doit, avec son indépendance, une
prospérité dont nos fautes et nos malheurs ont
encore accéléré les progrès, et qu'elle conservera
tant que ses habitans resteront convaincus que
l'obéissance aux lois est la plus sûre garantie de
la liberté. L'Angleterre se félicite aujourd'hui de
l'issue d'une guerre que ses injustes prétentions
avaient rendue légitime. Les avantages que ses
colonies affranchies lui procurent surpassent
beaucoup ceux qu'elle retirait de leur asservisse-
ment. Ainsi l'intérêt et l'industrie ont consolé
l'orgueil national de ses humiliations.

Les États-Unis regardent avec raison Georges

---

* Cet article, qui a paru dans les cent-jours, lorsque chaque
journaliste avait un censeur, est d'autant plus ingénieux, que l'éloge
de Washington est la critique indirecte ou plutôt très-directe de
Napoléon. (*Note de l'éditeur.*)

Washington comme le fondateur de leur indépendance; mais, pour l'apprécier, il est nécessaire
de savoir quel était l'état des forces américaines à
l'époque où le congrès, d'une voix unanime, lui
en déféra le commandement. Heureux le général
que les circonstances placent, dès son début, à
la tête de phalanges nombreuses et non moins
redoutables par leur discipline que par leur bravoure! La gloire lui coûte peu à acquérir, et,
pour vaincre, il lui suffit presque de le vouloir.
La position de Washington ne fut pas aussi favorable; quatorze mille hommes d'une milice in-
disciplinée, peu aguerrie, enrôlée pour un temps
très-court, et manquant, sinon de courage, du
moins de ce qui peut seul rendre le courage utile,
d'armes et de munitions, voilà sur quelles troupes
reposait l'espoir de la patrie. Il fallait donc créer
une armée, et Washington surmonta cette difficulté, plus grande que celle de vaincre.

Avec d'aussi faibles moyens, et au moyen de
tant d'obstacles, il n'est pas étonnant que sa carrière militaire ait eu moins d'éclat que d'utilité.
Il éprouva plusieurs échecs; mais nous devons
savoir gré à son véridique historien de ne les
avoir point dissimulés, de n'avoir même pas cherché à les atténuer. En parlant de ces revers, que
la prudence ne pouvait éviter, mais qu'elle répa-
rait d'une manière si honorable, M. David Ram-

say fait mieux ressortir les qualités de son héros ;
car une circonstance heureuse et imprévue peut
décider du succès d'une bataille. Les soldats,
d'ailleurs, partagent toujours avec leur chef
l'honneur de la victoire ; mais sauver une armée
vaincue, relever son courage et la préparer à couvrir sa défaite par un triomphe, cette gloire n'appartient qu'au général, et elle n'a point manqué
à Washington, qui ne parut jamais plus grand
que lorsqu'il fut abandonné par la fortune. Dans
la retraite qu'à travers mille difficultés il fit par
le Jersey, ses soldats mal armés, presque nus, et
désespérant de leur salut, songeaient plus à se
soumettre qu'à résister aux Anglais ; les milices
dont l'engagement était expiré quittèrent leurs
drapeaux au moment où l'ennemi allait paraître.
Aucune considération ne put les retenir. Seul,
inébranlable, Washington ranima par son exemple le courage des soldats qui lui restaient, et
bientôt un avantage signalé, qu'il remporta sur
l'ennemi qui le poursuivait, leur rendit toute la
confiance que des désastres récens leur avaient
fait perdre. Ce n'est pas, on le sait, à une pareille
épreuve qu'il faut mettre un général qui n'a que
des talens ordinaires. Sa réputation en sort moins
pure ; il y ternit souvent l'éclat de ses lauriers.

Au reste, dans l'une et l'autre fortune, le héros
du Nouveau-Monde ne démentit jamais son noble

caractère; sa vertu conserva toujours la même simplicité. Vainqueur sans insolence, il respecta le courage malheureux. Lisez les rapports qu'il adresse au congrès; il n'oublie que lui seul : à l'en croire, tout est dû à la bonne conduite des officiers et à la bravoure des soldats; on est presque tenté de demander s'il a assisté à la bataille qu'il vient de gagner. Cette modestie est assez rare. Rend-il compte d'une fâcheuse journée, il n'en dissimule aucune circonstance, et loin d'appeler le mensonge au secours de sa gloire, il s'accuse d'incapacité et demande si son armée ne mérite pas un chef plus digne de la commander. Lui seul pouvait le croire. Ceux qui lui avaient confié les destinées de la patrie jugeaient bien différemment. Après le désastre de Germanstown, le congrès lui vota des remercîmens « pour la ma-« nière sage et bien combinée avec laquelle il avait « attaqué, » ajoutant « que les projets les mieux « conçus échouent quelquefois par des accidens « impossibles à prévoir. » Washington justifia cette confiance en terminant avec honneur une guerre mêlée long-temps de revers et de succès, qu'il jugeait nécessaire, mais dont il avait souvent déploré les malheurs; car ce n'était point un de ces guerriers farouches qui regardent la sensibilit' comme une faiblesse, et se font un jeu barbare de tous les fléaux qui marchent à leur suite. « Je ne

« puis tenir plus long-temps, écrivait-il un jour,
« contre les larmes des malheureux habitans de
« ce pays, et, si je croyais que mon dévouement
« pût sauver mes concitoyens, je déclare solen-
« nellement que je m'offrirais en sacrifice à la
« fureur de l'ennemi. » C'est, on en conviendra,
un beau caractère que celui qui, réunissant des
qualités trop souvent séparées, n'excite pas moins
d'amour que d'admiration.

A la fin de cette guerre, dont nous devons
nous souvenir avec orgueil, puisque des Français
en ont partagé la gloire et les périls, un nouveau
danger menaça la liberté des États-Unis. L'époque d'un licenciement indispensable approchait.
Les officiers, qui plusieurs fois avaient adressé
au congrès des réclamations auxquelles l'état des
finances n'avait pas permis de faire droit, indignés de voir leurs travaux méconnus et sans ré-
compense, formèrent le projet d'arracher par la
force ce que la justice n'avait pu leur faire obtenir. Déjà des pamphlets séditieux, répandus avec
profusion, échauffaient les esprits; déjà le jour
était fixé où la rébellion devait éclater : Washington paraît; il conjure ses compagnons d'armes de
ne pas flétrir en un seul jour une réputation acquise par tant et de si glorieux exploits; il leur
promet de défendre leurs droits, et les force enfin
de croire à la reconnaissance de la patrie.

C'est, de tous les services que ce grand homme a rendus à son pays, celui qui le recommande le plus aux hommages de la postérité. Si, séduit par une ambition vulgaire, que dédaignent les âmes élevées, il avait voulu profiter des dispositions de ses troupes, c'en était fait pour long-temps d'une liberté qui avait coûté tant de sacrifices. Une armée impie s'emparait de la ville *fédérale;* les lois se taisaient en présence du glaive, et le congrès était dissous ou avili par un pacte honteux avec la tyrannie. Mais Washington maître de ses égaux! Washington destructeur de son propre ouvrage! sa vie entière, dans laquelle on ne trouve pas une seule tache, doit écarter une supposition aussi injurieuse à sa mémoire. Après avoir conquis l'indépendance par des efforts héroïques, il la conserva par sa modération; mais, retiré dans ses domaines de Mont-Vernon, qu'il cultivait de ses mains, il eut toujours sur ses concitoyens cet honorable ascendant que la violence ne donne pas, et qui est le fruit d'une raison supérieure. Par ses conseils, les règlemens les plus sages furent adoptés, et le gouvernement, trop faible jusqu'alors, acquit cette force qui lui est nécessaire pour garantir la liberté de ses propres excès. Voyant enfin le pouvoir limité par de bonnes lois, également répressives du despotisme et de l'anarchie, il consentit, et ce fut son dernier sacrifice, à recevoir la magistrature suprême, qu'il aurait conservée jusqu'à sa mort, si, après sept années, il n'avait pas demandé instamment un successeur.

Le jour qu'il sortit de la salle du congrès, où il venait de déposer toutes les marques distinctives de sa place, des milliers de citoyens qui l'entouraient ne cessaient de répéter avec étonnement : «Le voilà à pied au milieu de nous, et « simple citoyen comme nous;» et ce jour fut le plus beau de sa vie.

L'ouvrage de M. David Ramsay, digne du succès qu'il a obtenu parmi nous, est écrit avec une noble simplicité, dont je n'ai pas besoin de faire sentir le prix dans un pareil sujet. L'auteur a eu le bon esprit de ne pas s'étendre trop longuement sur les opérations militaires, de ne s'attacher qu'aux faits les plus importans, et de négliger ces détails fastidieux qui affaiblissent l'intérêt du récit et fatiguent l'attention des lecteurs. Son mérite principal est de ne jamais perdre de vue son héros, de le montrer sans cesse dirigeant toutes ses actions, toutes ses pensées vers le bonheur de sa patrie, s'immolant pour la servir, et se croyant payé de ses sacrifices quand il la voit libre et florissante. Un modèle si rare serait-il vainement offert à notre admiration ? Qu'il nous apprenne au moins à connaître le véritable héroïsme, et à n'être point séduits par des qualités plus brillantes que solides, dont le faux éclat peut éblouir le vulgaire, mais n'en imposera jamais aux esprits judicieux qui n'appellent grand que ce qui est utile.

Du 10 mai 1815.

MÉMOIRES

DE L'EXÉCUTEUR DES HAUTES-OEUVRES.

> « Au ton qui règne depuis dix ans dans la
> « littérature, la célébrité littéraire me paraît
> « une espèce de diffamation qui n'a pas en-
> « core tout-à-fait autant de mauvais effet que
> « le carcan ; mais cela viendra. »

Les voici, je les attendais ; ils manquaient à la littérature de notre époque. Quoi ! direz-vous, il ose aussi publier ses Mémoires ? Lui !!! Oui, lui-même, et votre tardive délicatesse m'étonne un peu ; car, vous ne pouvez vous en défendre, c'est vous qui l'avez encouragé à les composer. Il vous a vu, au théâtre, applaudir les ouvrages les plus mons-trueux ; aucune de ces horreurs ne vous a fait re-culer. Les héros de la Grève, Cartouche, Man-drin, Desrues... transportés sur la scène, y ont

été salués par d'unanimes bravos; il l'a vu, et il
a dit : J'écrirai.

Il a vu les auteurs d'une certaine école se plaire
à traiter des sujets odieux, auxquels des convenances de tout genre leur défendaient de toucher,
et vous avez lu leurs différentes productions; il
l'a vu, et il a dit : On me vole, ces sujets m'appartiennent; décidément je vais écrire. Pourtant
ses Mémoires étaient depuis long-temps composés, et il hésitait à les livrer à l'impression. Un
scrupule, assurément mal fondé, le retenait encore : il craignait que nous ne fussions pas encore
assez aguerris pour les goûter; mais bientôt parurent ceux de quelques *forçats* de sa connaissance; on les lut, on les dévora avec avidité, et
leur succès mit un terme à ses irrésolutions. « Plus
« de délai, dit-il, mon tour est venu, le siècle est
« mûr, je vais chez l'imprimeur, » et il y alla.
C'est ce que je dois conclure d'une *épître dédi-
catoire* de cinq à six lignes qu'il adresse *à son
ami V.....*, et qu'il termine par ces mots affec-
tueux, qui, venant de lui, sont très-significatifs,
toujours à votre service, mon cher V...... Maintenant vous ne demanderez plus pourquoi il a
publié ses Mémoires; vous le savez, baissez les
yeux : le scandale, s'il y en a un ici, est en grande
partie votre ouvrage.

C'était à *l'exécuteur des hautes-œuvres* qu'il

appartenait d'écrire l'histoire du règne de la terreur; mais, je l'avouerai, ses Mémoires m'ont
d'abord inspiré un sentiment de répugnance que
j'ai eu beaucoup de peine à vaincre. Les Mémoires
du bourreau!!! Je craignais de les ouvrir, je n'y
touchais que du bout des doigts et en faisant une
laide grimace; mais après en avoir lu quelques
chapitres, je me suis presque réconcilié avec eux.
Le ton, j'en conviens, n'en est pas toujours très-
décent; l'auteur fait souvent le goguenard, et
oublie que le sujet qu'il traite exclut l'ironie;
enfin on trouve dans son ouvrage de vilaines expressions qui sentent fort son métier. Quant à
ses opinions, j'ai peu de reproches à lui faire : il
est libéral, si l'on veut; mais il y a tant de modération dans son libéralisme, que vous le lui par-
donnerez volontiers. Pourtant, comme *son ami
V.....*, à qui il offre si obligeamment *ses services*,
il en veut fort aux jésuites; et, en vérité, j'en
suis fâché pour ces Pères, voilà contre leur cause
deux terribles autorités.

Vous lui passerez bien encore de regretter un
peu notre défunte république; le règne de l'égalité absolue lui était si profitable! On ne le voyait
pas alors avec dégoût; on ne s'éloignait pas de
lui comme d'un lépreux ou d'un pestiféré; il
jouissait, au contraire, d'une assez grande considération, et je ne m'étonne pas qu'il en conserve

un agréable souvenir. « J'étais reçu, dit-il, ac-
« cueilli dans les clubs; je votais à ma section, je
« marchais en première ligne dans les fêtes natio-
« nales; point de dénominations injurieuses; j'é-
« tais citoyen, je tutoyais tout le monde. » Il y a
mieux : tels de ces représentans du peuple, qu'il
appelle avec tant de vérité ses *collaborateurs*, lui
touchaient amicalement dans la main, lui donnaient l'accolade fraternelle, et l'invitaient à leur
table, où certainement il n'était pas déplacé;
enfin c'était pour lui le bon temps. Mais n'allez
pas croire qu'il le flatte et qu'il essaie d'en faire
l'apologie; tout au contraire, il le traite selon ses
mérites; il appelle, lui, les choses par leur nom.
La scélératesse n'est pas, dans ses Mémoires,
qualifiée d'énergie; il ne cherche pas à excuser
de grands crimes en les imputant *à la nécessité;*
et c'est une bonne leçon qu'il donne à quelques
écrivains, qui seront sans doute tout honteux de
la recevoir de lui. Je souffre beaucoup d'être
obligé de leur offrir ce modèle, mais il n'est pas
de mon choix; je le prends tel qu'on me le donne.

Mais j'entends qu'on me demande si ces Mémoires sont bien authentiques, si c'est le *citoyen*
Samson qui les a rédigés : je ne l'affirme pas; il
se pourrait bien... Mais, après tout, qu'importe?
félicitons-nous de leur publication, il nous en
reviendra quelque utilité; car, je le demande,

après ceux-là, qui donc aura encore le courage
d'en fabriquer d'autres ? Le bourreau a gâté le
métier, et j'ai assez bonne opinion des écrivains
qui l'ont fait jusqu'à présent, avec plus ou moins
de profit, pour croire qu'ils vont tous s'empres-
ser d'y renoncer ; leur honneur y est fortement
intéressé.

Nous l'avons vraiment échappé belle : l'auteur
de ces Mémoires ne voulait-il pas y étaler toute
son érudition patibulaire, et nous donner la nomenclature et la description « de tous les supplices
« qui sont en usage dans les quatre parties du
« monde, » et dont il a fait, à ce qu'il paraît, une
étude très-approfondie ? Mais, heureusement
pour nous, il a senti que les détails hideux dans
lesquels il serait obligé d'entrer blesseraient la
délicatesse du plus grand nombre de ses lecteurs ;
puis, c'est lui-même qui nous le donne clairement à
entendre, il a voulu laisser aux écrivains roman-
tiques, qui préfèrent le cri du hibou au chant du
rossignol, le plaisir de traiter ce sujet qui doit fort
leur sourire. Il n'est donc pas, comme on l'a dit et
comme nous l'avons cru beaucoup trop légèrement, un des créateurs de leur école. C'est une
noire calomnie qu'il repousse tant qu'il peut, et
dont les auteurs lui doivent une éclatante réparation.

Ce que vous aimez surtout à retrouver dans

ces Mémoires, ce sont les paroles remarquables que les victimes du règne de la terreur ont proférées, soit devant le tribunal révolutionnaire qui les condamnait sans vouloir écouter ce qu'elles avaient à dire pour leur défense, soit sur l'échafaud. Il les a entendues, et elles ont fait sur lui, tout bourreau qu'il est, une si forte impression, qu'elles ne sont jamais sorties de sa mémoire. Ma « conscience est pure, lui dit une de ses victimes, « M. de La Porte ; j'ai fait mon devoir, fais le tien. » M\ :ie de Bois-Béranger se trouvait avec sa mère sur la funèbre charrette : « Consolez-vous, ma bonne « mère, lui disait-elle, consolez-vous ; nous mour- « rons ensemble. Rien sur la terre ne mérite vos re- « grets : toute votre famille vous accompagne dans « l'éternel séjour de l'innocence et de la paix ; « c'est là que vos vertus vont recevoir leur récom- « pense. Ma bonne mère, au nom de ce Dieu qui « vous attend, consolez-vous ! » M\ :ie de Rosambo, en sortant de la prison pour aller à l'échafaud, dit à M\ :ie de Sombreuil : « Vous avez eu le bon- « heur de sauver les jours de votre père ; je vais « avoir celui de mourir avec le mien. » Une simple dénégation aurait suffi pour sauver le respectable Angrand d'Alloeurux ; mais il déclara qu'il ne voulait pas racheter sa vie par un mensonge. « Reconnaissez-vous ces lieux ? demandait Fou- « quier-Tainville à un ancien conseiller du Parle-

« ment de Paris. — Oui, répondit ce courageux
« magistrat; c'est ici que naguère l'innocence ju-
« geait le crime, et qu'aujourd'hui le crime con-
« damne l'innocence. » Je m'arrête à regret. Que
de mots, ou touchans ou sublimes, je voudrais
pouvoir rappeler à mes lecteurs! On ne les trouve
pas dans les Mémoires libéraux publiés récemment sur la même époque : leurs auteurs auraient
craint, en les y consignant, de nuire à leur cause;
mais le bourreau, historien plus consciencieux,
les a très-fidèlement recueillis dans les siens.

Vous apprendrez encore de lui avec quel calme
et quelle héroïque résignation ces nobles victimes allaient au supplice, ne répondant aux lâches invectives d'une populace payée pour les
outrager, que par le sourire de la pitié. « Il ne
« restait alors, comme il l'observe, il ne restait
« aux gens de bien que le courage stérile de rece-
« voir la mort ou de se la donner. » Les plus courageux furent ceux qui l'attendirent. L'auteur
croit « que si tous les individus qui, à cette épo-
« que, ont mis fin à leurs jours, avaient, imitant
« Charlotte Corday, frappé un conventionnel, la
« France eût été plus tôt purgée de ses tyrans. »
Je le pense comme lui. Il est très-probable que
des députés *suppléans* ne se seraient pas empres-
sés de venir occuper les siéges de leurs prédéces-
seurs, le poste n'eût pas été tenable; mais les

gens de bien ne savent que mourir, et peut-être, pendant la révolution, ne l'ont-ils que trop prouvé.

Au reste, on ne gagna bientôt rien à se tuer. Ceux qui prenaient ce triste parti espéraient laisser à leurs enfans les débris de leur ancienne fortune; mais la Convention sut y mettre ordre. Comme elle avait fondé son budget sur le sang des condamnés, elle vit dans chaque suicide un vol qu'on lui faisait, et elle décréta que les biens de tout individu qui, déclaré *suspect*, se donnerait la mort avant son jugement, seraient confisqués au profit de la nation : ainsi la tombe n'était plus un asile contre la persécution. Le bourreau s'en indigne, et il demande si c'est par des démons que ce décret a été rendu. Je réponds affirmativement : il n'y a en effet qu'un génie infernal qui ait pu l'imaginer. Tibère, qui passe pour avoir été si habile, n'y avait pas songé; nos conventionnels en savaient plus que lui, et nous sommes, grâce à eux, obligés de rendre hommage à son humanité.

C'est cependant au nom de la liberté que ces crimes étaient commis. Et, bon Dieu! de quelle liberté jouissait-on alors? L'auteur de ces Mémoires vous le dira, et vous pourrez l'en croire, car son témoignage n'est pas suspect. S'agit-il de la liberté religieuse? les soldats de l'armée révo-

lutionnaire, les héros à cinquante francs, par-
couraient les campagnes, mutilaient les saints
qui décoraient l'extérieur des temples, brûlaient
les images et les autels...; les églises étaient trans-
formées en magasins de fourrages. C'est dans les
caves et dans les souterrains que la messe se cé-
lébrait, et malheur à qui la disait! malheur aussi
à ceux qui y assistaient! « Il n'y avait plus de
« culte, et partant plus de Dieu. » C'est le bourreau qui le dit; et il est des écrivains qui aujour-
d'hui soutiennent qu'il ne faut ni culte, ni prêtres, ni temples, ni autels, et qu'on peut très-
bien se passer de ces dispendieuses superfluités!
L'autorité que je leur oppose ici devrait les couvrir de confusion. « *Carnificem videant erubes-*
« *cantque videndo.* » Au moins ne diront-ils pas
que celui-là est de la congrégation; car, en parlant mal des jésuites, il s'est mis fort en règle.

S'il dit : « Plus de culte, et partant plus de Dieu, »
c'est que l'un conduit à l'autre, et tout ce qui se passait alors prouve la rigueur de cette conséquence.
Lorsqu'un membre de la Convention dit à la tribune qu'*il n'y avait pas de Dieu*, et qu'un de ses
collègues lui répondit que, *s'il y en avait un, il
faisait bien de se cacher, car il serait déclaré suspect*, ils ne furent ni l'un ni l'autre rappelés à
l'ordre. Dieu ayant donc été destitué, *la Raison*
prit sa place; et l'auteur de ces Mémoires en est,

à bon droit, fort étonné. Je ne conçois pas mieux que lui qu'on ait pu choisir une pareille divinité dans un temps où l'on faisait tant de folies et où il y avait si peu de raison en France; mais, comme il le remarque fort bien, « c'est en vain que des « insensés veulent rendre les cieux déserts! » Robespierre le sentit, et, sur sa proposition, il fut décrété qu'à l'avenir il y aurait un Dieu, qu'on appellerait *Être suprême*, et que tous les Français seraient tenus de le reconnaître en cette qualité. Lorsqu'on écrit l'histoire de ce temps-là, il faut nécessairement passer de l'odieux au ridicule.

Venons à la liberté individuelle. Quand on prit la Bastille, cette terrible *forteresse du despotisme*, on y trouva sept prisonniers, pas un de plus. J'en appelle à ses fiers vainqueurs, qui, soit dit en passant, n'eurent d'autre peine, pour la vaincre, que celle de passer par les portes, qui leur furent très-complaisamment ouvertes *. Mais à l'époque décrite dans ces Mémoires, il y avait, à Paris seu-

---

* On pourrait en dire autant de la prise du Louvre et de celle des Tuileries. Le jeudi 29 juillet, à midi, M. de Salis, qui commandait au Louvre, fit demander du renfort à M. le duc de Raguse, qui était au Carrousel. Il répondit qu'il n'en enverrait pas, et que le Louvre pouvait tenir un mois : deux heures après il était évacué ainsi que les Tuileries, et la garde royale n'était plus à Paris...... Quelle fut la cause de cette disposition soudaine? Nous ne pouvons qu'entr'ouvrir le voile qui couvre ce mystère politique; l'histoire le déchirera. (*Note de l'éditeur.*)

lement, l'auteur le sait mieux que personne, près de quatre-vingts bastilles ou maisons de réclusion, et on allait en construire soixante nouvelles, tant il y avait de suspects en France, tant la liberté individuelle y était respectée!

Quant à la liberté de la presse, vous pouviez en user; mais quiconque écrivait un seul mot qui pût déplaire aux tyrans, était à l'instant même envoyé au tribunal révolutionnaire, que l'auteur de ces Mémoires, qui pourtant passait pour être son meilleur ami, appelle *l'arbre de mort* : on n'avait mis à la liberté de la presse que cette seule restriction. Avouons-le donc, toutes ces libertés, dont on parle tant aujourd'hui, nous n'en jouissons que depuis la restauration; elles sont un bienfait de la légitimité, et *la légitimité seule peut nous les garantir*. La révolution nous les promet encore; mais nous savons par expérience comme elle est fidèle à ses promesses.

Au reste, si nous n'avons pas été libres plus tôt, ce n'est pas faute de constitutions, car, Dieu merci, on nous en a assez donné. L'auteur de ces Mémoires, qui cherche souvent, et trop souvent, à épargner son triste sujet, s'amuse à les compter; mais je crains bien qu'il n'en ait oublié quelques unes : le nombre en est si grand! A peine en avait-on fini une, qu'il fallait aller en jurer une autre; ce qui explique pourquoi un libraire, à qui on demandait un jour je ne sais laquelle de ces constitutions, répondit très-sérieusement, sans aucune malice, qu'il ne tenait pas d'ouvrages périodiques. Et de tout cela je conclus qu'il n'est pas très-aisé de nous constituer.

Nous vivions alors dans un siècle fastueusement appelé *le siècle des lumières*; c'était en leur nom que la révolution avait été faite, et notre historien vous dit comment on les favorisait : elles étaient, elles aussi, déclarées suspectes, et une crasse ignorance était un brevet de patriotisme. On avait supprimé les académies; plus d'enseignement public, tous les colléges étaient fermés, et de peur qu'on ne les rouvrît un jour, on avait vendu leurs biens; puis, que d'écrivains, que de savans la faux révolutionnaire a moissonnés ! L'illustre Lavoisier demande à ses juges un sursis de quinze jours pour terminer un travail dont il s'occupe depuis plusieurs années, et on lui répond : « La république n'a pas besoin de savans...» Elle l'a bien prouvé, comme vous pourrez le voir dans les *Mémoires de l'Exécuteur des hautes-œuvres*, car ils ne sont pas ce que nous pensions; ce n'est pas par leur titre qu'il faut les juger, on leur ferait tort.

Quoi qu'il en soit, ils pourront servir à caractériser l'époque. Le bourreau a publié ses Mémoires; sans doute aussi son valet va publier les siens. Mais pourquoi pas? le siècle le permet, rien ne le dégoûte.

Du 9 février 1830.

⚬✹⚬

LE JOUR DES MORTS.

> Les épitaphes devraient être soumises à un jury d'examen; on en trouve au Père Lachaise de si ridicules, que le rire échappe dans un lieu consacré aux larmes.
>
> (*Nouveau Tableau de Paris.*)

La cendre des morts a été de tout temps l'objet de la vénération publique, et même d'une sorte de culte. Chez les anciens, la terre qui les couvrait était inviolable et sacrée; les lois défendaient, sous les peines les plus sévères, de lui ôter sa sainte destination. Et qu'on ne croie pas que ce respect des tombeaux fut un des fruits de la civilisation; il a une plus noble origine, puisqu'on le trouve chez les peuples que nous appelons barbares, et qui pourraient ici nous servir de modèles.

« Dirons-nous aux ossemens de nos pères : « Levez-vous, et suivez-nous dans une terre étran-

« gère?» C'est la réponse que font les sauvages de l'Amérique, quand on les invite à abandonner leurs déserts. Ces enfans de la nature ne croient pas qu'il leur soit permis de vivre loin des lieux où reposent leurs ancêtres; là seulement est leur patrie, ailleurs ils seraient en exil.

Lorsqu'un navigateur célèbre fut sur le point de quitter les bons habitans d'Otaïti, ces insulaires lui demandèrent où serait sa sépulture : il leur nomma Saint-Paul de Londres; et, dès ce moment, le nom de leur ami et celui du temple où ses restes devaient être exposés s'identifièrent dans leur esprit. Cook et Saint-Paul leur rappelaient les mêmes bienfaits, et leur reconnaissance ne cessa jamais de les confondre.

A une époque qu'il faudrait effacer de nos annales, que n'a-t-on pas fait pour détruire en France la religion des tombeaux? On vit l'impiété troubler la paix des morts, les bannir de leurs asiles, mêler leurs cendres, et briser autant qu'il était en son pouvoir la chaîne sacrée qui unit ceux qui ne sont plus à ceux qui leur survivent. Plus d'honneurs funèbres : les cercueils, indécemment portés au *champ du repos*, contristaient tous les regards; et comme si on eût craint qu'un fils allât pleurer sur la tombe de son père, il était défendu d'y placer aucun signe qui pût servir à le faire reconnaître. Jamais la mort n'avait paru aussi hideuse; nul soin, nulle tendre sollicitude n'en adoucissait l'horreur.

Mais gardons-nous d'imputer à la nation française ce qui fut l'ouvrage de quelques insensés qui, j'aime à le croire, ont abjuré depuis leur coupable délire. L'ordre à peine commençait à renaître, qu'un cri général s'éleva contre ce mépris du plus saint des devoirs; l'autorité l'entendit, et bientôt les convois eurent leur pompe et le deuil ses hommes; la religion, qui seule leur imprime un auguste caractère, n'en fut plus écartée, et les parens, les amis, achevèrent de donner à ces tristes hommages tout l'éclat, tout l'intérêt qu'ils peuvent recevoir de la reconnaissance et de la douleur.

Le jardin qui embellissait autrefois l'habitation du confesseur d'un grand roi, reçoit aujourd'hui les dépouilles mortelles d'une partie considérable des habitans de la capitale; son étendue, sa position, la variété de ses sites, les bosquets qu'il conserve encore, tout convient à l'usage auquel il est consacré. On y compte déjà plus de quinze mille monumens, et leur aspect fait naître en tout temps de graves et sérieuses pensées. Mais c'était hier qu'il fallait le visiter, pour éprouver ces sensations, difficiles à décrire, qui agitent l'âme en sens contraire, et y laissent toujours des traces profondes.

Une foule immense remplissait le cimetière ;
elle s'y était rendue de bonne heure, non pour
satisfaire une vaine curiosité, mais pour honorer
les morts et leur payer, le jour de leur fête, le
pieux tribut de ses regrets. De combien de scènes
attendrissantes n'ai-je pas été le témoin !

Ici, des enfans, que leur père y avait conduits,
priaient étendus sur la tombe de leur mère ; là,
de jeunes filles étaient agenouillées devant celle
d'une amie qui avait partagé tous les jeux de leur
enfance, et qui, son épitaphe l'apprend, mourut
le jour fixé pour son mariage. Quelques pas plus
loin, un père et une mère arrosaient de leurs
pleurs le monument triste dépositaire de leurs
affections, et ne pouvaient se résoudre à s'en séparer. La douleur a ses mystères qu'il faut respecter : mais une inscription s'offrait à mes regards ;
je fus curieux de la lire. La voici ; aucune ne m'a
plus vivement ému :

« Cher enfant, ton père et ta mère te cherchent par-
« tout ; mais ils ne peuvent te trouver que sous ce marbre
« et dans le séjour éternel où tu les attends. Ange d'inno-
« cence et de douceur, nous nous reverrons. »

On ne demande pas qui a dicté cette inscription d'une si touchante simplicité : c'est une mère,
chacun le sent. J'en ai lu beaucoup d'autres ; mais
qu'elles paraissent froides auprès de celle que je
viens de transcrire ! Dans un tel sujet, laissez tou-

1.

jours parler la nature; l'art essaie en vain de l'imiter, il gâte ce qu'il croit embellir.

Cette mère, qui adresse à son enfant des adieux si touchans, n'aurait pu survivre à la plus cruelle de toutes les séparations; mais elle sait qu'elle doit le *retrouver* un jour; elle *l'attend*, ils se *reverront*. Cet espoir, qui la console, ne sera pas trompé. Ah! si, ce que je répugne à supposer, il est des hommes assez malheureux pour ne croire qu'au néant, que n'ont-ils visité hier le cimetière du P. Lachaise! tout y annonçait, tout y proclamait le dogme de l'immortalité de l'âme; dogme consolateur, qui du moins ne trouve pas d'objection dans les cœurs qui savent aimer.

L'image de la vie embellissait ce séjour de la mort; les tombeaux, du moins un très-grand nombre, étaient ornés de couronnes et de guirlandes que des mains pieuses y avaient déposées. Autour de ces monumens croissent de jeunes arbustes : un parent ou un ami les a plantés, et il est encore, malgré la saison, aisé de voir avec quel soin ils sont entretenus.

Tout commerce n'est donc pas rompu avec ceux qui nous furent chers : leur paisible demeure est souvent visitée; nous leur offrons des hommages et des vœux; ils ne vivent pas seulement dans notre pensée, nous croyons quelquefois les voir encore et les entendre.... La douleur a ses délices, que les âmes sensibles connaissent bien, et dont elles cherchent à prolonger la durée; qui en doute, n'était pas hier au cimetière du P. Lachaise.

Autant de monumens, autant d'inscriptions; les plus simples sont les meilleures, on s'associe plus volontiers aux sentimens qu'elles expriment. Celle-ci m'a beaucoup plu : *Ci-gît mon meilleur ami, c'était mon frère.* ISABEY. Mais quelle recherche dans la suivante : *Ici repose ma pensée.* Dorat n'aurait pas mieux dit; mais la nature a un autre langage. J'aime encore moins ces fastueuses épithètes où la vanité cherche à se satisfaire, et qui n'intéressent ni l'esprit ni le cœur du passant qui les lit. Que les grands, que les heureux du siècle reçoivent pendant leur vie des hommages qui ne sont pas toujours mérités, je le conçois; mais je ne vois pas pourquoi on flatte leur poussière, comme si elle pouvait se convertir en or pour payer le mensonge.

C'est ici, c'est dans ces lieux peuplés par la mort que je voudrais placer la chaire d'un orateur à qui nul autre ne peut être comparé : avec quelle force, quelle puissance de talent il foudroierait ces humaines vanités qui paraissent encore plus misérables après une révolution qui a abaissé toutes les grandeurs, et qui a élevé sur le faîte ce qui rampait à terre! S'élançant dans l'avenir, et traversant les siècles comme des instans, il demanderait à quoi serviront, au jour où les œuvres seules seront comptées, tout ces titres dont on lit sur quelques monumens la pompeuse énumération.

Pourquoi n'a-t-on pas encore nommé un inspecteur des épitaphes? La création de cet office grossirait peu le budget de la ville de Paris, et son utilité serait grande; rien alors, dans vos cimetières, ne blesserait ni la morale publique ni les convenances; on ne dirait plus : Ici repose l'*âme* de mon père; vous ne verriez plus celui-ci s'adresser aux *dieux immortels*; celui-là invoquer les *mânes*.... Ces inscriptions paraissent fort étranges dans un pays qui, malgré tout ce qu'on a fait pour le rendre païen, a encore l'honneur d'être chrétien; d'autres ne sont que ridicules, mais c'en est assez pour que du moins on n'en admette plus de semblables. S'attend-on à lire sur la tombe d'un bedeau de paroisse ce vers d'Horace :

> *Quandò ullum invenient parem?*
> Quand trouvera-t-on son égal ?

J'ai vu, et j'avoue que j'en ai été humilié, j'ai vu des étrangers que cette application faisait sourire. Il est dur de recevoir aujourd'hui des leçons de bienséance de ceux à qui nous en avons toujours donné; et voilà ce qu'un homme éclairé, chargé de travailler à la rédaction des épitaphes, saurait bien empêcher. Songez-y donc, vous que ce soin regarde.

Ce n'est qu'après avoir parcouru ce cimetière que l'on connaît toutes les pertes que les sciences et les lettres ont faites depuis quelques années. J'avais vu, en entrant, les tombes unies de Malus et d'une épouse qui n'a pu lui survivre ; bientôt d'autres noms plus ou moins célèbres s'offrirent à mes regards. Fourcroy, Delambre, Haüy, Monge, Visconti,.... ont leur tombeau dans cet asile ; là sont les cendres de Fontanes, de Suard, de Morellet, de Boufflers... ; vous y trouvez enfin tous les débris d'un siècle qui ne fut pas sans gloire, et que le nôtre, malgré ses prétentions, ne paraît pas devoir égaler.

Je m'arrêtai quelques instants devant le monument de Delille, et je vis avec plaisir qu'il n'est plus, comme naguère, noirci de mauvais vers ; une grille de fer le défend aujourd'hui de cet outrage. Rimeurs indiscrets, c'est, vous le savez bien, un autre hommage que le chantre aimable de la nature vous demande :

> Donnez des fleurs, donnez : que le lis, que la rose,
> Trop stérile tribut d'un inutile deuil,
> Pleuvent à pleines mains sur son triste cercueil,
> Et qu'il reçoive au moins ces offrandes légères
> Brillantes comme lui. . . . .

Il m'a fallu, pour apercevoir les humbles tombes de Sonnini et de Valmont de Bomare, écarter les ronces et les épines qui les couvrent. Une épitaphe m'a appris que le premier *naquit riche et mourut pauvre;* il eut cependant la gloire d'aider Buffon à élever aux sciences un monument qui les honore. Le second, qui aussi mourut *pauvre,* et *très-pauvre,* a rendu à l'histoire naturelle un service qu'elle ne peut méconnaître : il en a fait aimer l'étude, il l'a en quelque sorte popularisée. Mais nous attachons plus de prix aux talens agréables qu'aux travaux utiles. Sonnini et Valmont de Bomare ont été, comme on le voit, assez mal récompensés de leurs veilles laborieuses : que n'avaient-il l'un et l'autre appris à jouer de la flûte ou du galoubet? ils eussent vécu plus heureux, et probablement leurs tombes ne seraient pas aujourd'hui cachées sous des broussailles!

On remarque avec peine que la plupart des monumens que renferme ce cimetière ne sont que *temporaires;* dans cinq ans, ils céderont leurs places à d'autres. Je plains les pauvres qui n'ont pu faire mieux, qui peut-être même se sont imposé de pénibles sacrifices pour obtenir pendant cinq ans la jouissance de ce peu de terre où leurs mains ont planté l'humble croix de bois que j'aime tant à y apercevoir; mais ceux-là sont sans excuse, qui, pouvant acquérir une *conces-*

sion à perpétuité, condamnent les restes de leurs proches à être déposés en passant dans des fosses de louage.

Soyez donc plus vrais dans vos inscriptions. J'y lis que le parent que vous regrettez *vivra éternellement dans vos cœurs, que vous le pleurerez toujours*...... Mais dans cinq ans vous souffrirez que tout ce qui peut vous le rappeler disparaisse! dans cinq ans, ainsi vous-même l'avez décidé, ces *cendres si chères*, comme votre inscription le dit, recevront le dernier des outrages! dans cinq ans vous vous croirez quittes avec elles! Votre douleur aura réglé tous ses comptes.

La nuit commençait à tomber, je quittai ce séjour de repos pour rentrer dans celui d'une continuelle agitation, me proposant bien de revenir l'année prochaine, à pareil jour.

Du 3 novembre 1823.

COUP D'OEIL CRITIQUE

SUR LA MÉDECINE FRANÇAISE

AU XIXe SIÈCLE.

> Ils ont mis le bonnet doctoral à l'encan,
> le diplôme à l'enchère, le désordre dans
> tous les rangs de la médecine.

Nos médecins sont vraiment d'étranges personnages ! Je ne les comprends pas. Sans cesse ils se plaignent avec amertume du peu de considération que vous avez pour leur art, et, ce qu'on aura peine à croire, ils sont les premiers à le décréditer. Je ne l'avance pas légèrement. Lisez leurs écrits, leurs trente journaux, et voyez comment il s'y traitent ! quels reproches odieux ils s'adressent, quelles effrayantes révélations ils ne craignent pas de nous faire, sans se soucier des conséquences fort dangereuses pour eux qu'on pourra en tirer ! Les choses en sont au point, qu'accuser publiquement un confrère de tuer tous les malades qui ont le malheur de passer par ses mains, est aujourd'hui une des plus douces aménités médicales. Hé ! messieurs, à quoi songez-vous donc ? Si vous voulez que nous honorions notre médecin, commencez par vous honorer vous-mêmes.

Si c'est pour vous, comme vous le répétez si souvent, un sujet d'affliction de voir avec quelle irrévérence les profanes parlent du plus noble des arts, cessez enfin de les forcer, par la fureur de vos débats, à douter de son utilité. Voilà ce que j'aurais pris la liberté de dire à M. Eymard, docteur en médecine à Grenoble, s'il m'eût fait l'honneur de me consulter avant de publier son *Coup d'œil critique sur la Médecine française au XIXe siècle;* mais il n'est plus temps. Cette brochure a paru, et le monde médical en est justement scandalisé. « Doit-on considérer la médecine comme une science réellement utile, ou bien n'est-elle que l'art de tuer impunément les hommes? » Telle est l'impertinente question que le docteur de Grenoble se permet d'examiner, comme si elle pouvait être, du moins entre les médecins, un sujet honnête de controverse; et pour en trouver la solution, il cite, non les plaisanteries de Molière qui sont fort gaies, mais ne prouvent rien; non les boutades d'un philosophe chagrin et ami du paradoxe, qui ne prouvent pas davantage, mais des témoignages fort imposans contre les médecins et même contre la médecine, que, dans les discussions de cette nature, un médecin bien pensant doit toujours mettre hors de cause.

M. Eymard nous rappelle d'abord très-indirectement, et sans que nous le lui demandions, ce que Pline pensait des médecins et de leur art, qu'il a, sans le connaître, indignement blasphémé.

« Ces intrigans (les médecins), dit-il quelque part, cherchant la célébrité dans l'innovation, ne se font aucun scrupule de trafiquer de nos jours... Après tant de variations, l'art change sans cesse, et nous sommes le jouet de cette succession de systèmes. Nulle loi qui sévisse contre l'ignorance. Ils s'instruisent à nos dépens, leurs expériences nous coûtent la vie; le seul médecin tue avec impunité. Dénoncerai-je ici leur avarice, leur cupidité? Le seul remède contre l'excès de ce brigandage a été le nombre même des brigands; la concurrence et non la pudeur les a rendus moins chers... » Et M. le docteur Eymard ose bien nous demander « si, depuis l'époque où Pline a vécu, *les choses ont beaucoup changé.* » Ce serait faire injure à nos médecins que de paraître seulement en douter. Ressemblent-ils à ceux dont parle Pline? les voit-on, eux, *marchander avec un malade expirant, fixer un tarif pour chaque douleur, et prendre une avance sur la mort?* Puis, quelle comparaison peut-on faire entre la médecine du temps de Pline et celle de nos jours? N'y trouve-t-on pas une différence infinie? La médecine des Romains, toute galénique, attribuant les maladies au seul vice des humeurs, purgeait toujours et ne saignait jamais; la nôtre, au contraire, ne vit que de sangsues.

Je n'examine pas si l'art de guérir en guérit mieux, ce ne sont pas là mes affaires; mais cet art s'est enrichi d'importantes découvertes dont tôt ou tard nous recueillerons le fruit; et n'y a-t-il pas lieu de s'étonner que M. le docteur Eymard m'ait laissé le soin de faire ces observations, et qu'il me charge ici d'un rôle qui me convient si peu? C'est un malade qui se voit obligé de défendre la médecine contre son médecin : un auteur comique trouverait là le sujet d'une scène passablement plaisante. Vient ensuite le judicieux Montaigne, qui nous dit : « *J'honore bien le glorieux nom de médecin, sa proposition, sa promesse si utile au genre humain; mais ce qui le désigne entre nous, je ne l'honore ni ne l'estime, car, de ce que j'ai de connaissance, je ne vois nulle race de gens si tôt malade et si tard guérie que celle qui est sous la juridiction de la médecine.* » M. le docteur Eymard vous dit : « Écoutez surtout ce bon Montaigne; et moi je vous dirai, au contraire : Ne l'écoutez pas; il avait la goutte, et il n'a si mal parlé des médecins que parce qu'ils ne pouvaient l'en guérir. » Au reste, M. Eymard veut que nous sachions que l'opinion de Montaigne a été partagée non seulement par beaucoup de philosophes, mais encore par « quan-

tité de médecins très-estimables, d'un grand
savoir et d'une grande réputation;» et il en
conclut que, puisque tant de témoignages si dé-
favorables à la médecine et aux médecins ne
peuvent être raisonnablement attribués à l'envie
de nuire et à la malignité, «il faut bien qu'il y
ait quelque chose de vrai dans tout cela.» Je crois
que, s'il osait, il irait plus loin encore, et nous
dirait que cela est vrai. Maintenant, je le demande à mes lecteurs, avais-je tort de prétendre
que si la médecine n'est plus aujourd'hui aussi
honorée qu'elle devrait l'être, c'est un peu la
faute des médecins? Heureusement pour elle,
tous n'en parlent pas avec la même légèreté que
M. le docteur Eymard : il en est de plus prudens,
qui ne livrent pas ainsi l'art qu'ils exercent aux
mépris de la multitude; il en est d'assez recon-
naissans pour ne pas insulter le dieu qui les
nourrit.

S'il faut en croire M. le docteur Eymard, l'enseignement médical est aujourd'hui peu satisfai-
sant; c'est l'anarchie avec ses tristes conséquences. Chaque professeur encense l'idole qui lui
plaît, et ne suit d'autres règles que son caprice.
Celui-ci s'accommode encore très-bien de la doctrine des *crises;* celui-là de la médecine active et
périlleuse des chimistes. Les uns voient la cause
de toutes nos maladies dans la *débilité;* les autres

dans l'irritation : il y a même de vieux professeurs qui, tenant toute nouveauté pour suspecte, balbutient encore, par respect pour l'ancienne médecine, les mots *bile* et *pituite.* « Enfin, dit M. Eymard, qui trouve à la vérité que cette comparaison est un peu vive, ils ont fait du premier des arts un véritable habit d'arlequin. » Ce docteur est, je crois, très-mal informé. Sans doute nos médecins n'ont pas tous la même doctrine ; mais doit-on s'en étonner ? il y a eu dans tous les temps et il y aura toujours dans l'empire hippocratique un parti d'opposition. Est-ce qu'on peut s'entendre en médecine ? Avant que les médecins soient d'accord sur les principes de leur art, vous verrez la Seine et le Tibre confondre leurs eaux, et MM. Benjamin Constant, Corcelles et Viennet professer les doctrines des honorables membres du côté droit. Quoi qu'il en soit, l'enseignement médical n'offre pas cette ridicule bigarrure d'opinions dont M. le docteur Eymard se plaint si aigrement dans sa brochure. Ces anciens systèmes, qu'il croit que l'on enseigne encore, sont à peu près abandonnés. Nous avons changé tout cela.

Un homme est venu, et il a dit : N'en croyez ni Hippocrate ni Gallien, ce sont de vieux radoteurs ; il n'y a qu'une seule maladie, *l'irritation ;* il n'y a qu'un seul remède, les *sangsues.* Cet homme, M. le docteur Eymard le connaît bien, puisqu'il attaque avec si peu de ménagemens non seulement ses opinions, ce qui est très-permis, mais encore sa personne, ce qui l'est un peu moins. Suivant lui, M. le docteur Broussais est un monarque absolu, un despote; il veut que sa volonté soit la loi suprême, et tout médecin qui refuse d'adopter ce qu'il appelle les principes *immuables* de la doctrine *éternelle*, commet un grave *délit*. Bientôt, dit M. le docteur Eymard, il demandera des cours prévôtales pour poursuivre ses adversaires. Moi je demande moins, je pense qu'il suffirait de les faire juger par les tribunaux ordinaires.

Mais à quoi bon vient-on nous parler ici du caractère irritable de M. Broussais, du ton impérieux qu'il prend dans les controverses médicales, de ses formes *âpres et absolues...*? est-ce de tout cela qu'il s'agit? Les personnalités sont d'ailleurs, comme je l'ai déjà remarqué, une arme toujours dangereuse dans la main des médecins, qui ne peuvent l'employer sans compromettre leur considération et même le respect très-légitime que nous devons à leur art. « La faiblesse de leurs argumens, dit ce bon Montaigne, que M. le docteur Eymard voudra bien, j'espère, écouter à son tour, l'âpreté de leurs contestations pleines de haine, de jalousie, de considérations particu-

lières venant à être découverte à un chacun, il
faut être merveilleusement aveugle si on ne se
sent fort hasardé entre leurs mains. » Voilà pourtant ce que gagnent les médecins à être si polis
dans leurs discussions. Il est donc à désirer que
les adversaires de M. Broussais, laissant de côté
sa personne, qui est tout-à-fait étrangère à la
question, veuillent bien désormais ne plus s'occuper que de sa doctrine.

La révolution qu'il a opérée dans la médecine
est-elle utile à l'humanité? comment s'en trouvent
les malades? Ils s'en trouvent mal, répond M. le
docteur Eymard; et pour le prouver, il produit
des tableaux qu'il dit très-authentiques, et où
l'on dit que M. Broussais, qui a prétendu qu'il ne
perdait qu'*un* malade sur *trente*, en perd réélle-
ment *un* sur *huit*, et que, depuis 1816, époque
où la doctrine *du bienfaiteur de l'humanité* a
commencé à être en vogue, la mortalité n'a cessé
d'augmenter. « Ainsi, disent les adversaires de
M. Broussais, malgré le perfectionnement des
moyens de salubrité publique, malgré les amé-
liorations introduites dans le régime des hôpi-
taux, malgré la douceur des hivers et l'absence
de toute épidémie, la nouvelle doctrine médicale
l'a emporté sur toutes les causes qui devaient
faire fleurir la population. » Voilà, j'en conviens,
un argument au moins très-spécieux; mais si le

nombre des décès est plus considérable, M. Broussais doit-il seul en répondre ? ses adversaires ont-
ils guéri tous leurs malades? Quoi qu'il en soit,
cette mortalité qui va toujours en augmentant à
Paris et à Grenoble, malgré les immenses progrès
que, s'il faut en croire presque tous les médecins, l'art de guérir a faits depuis quelques années,
peut fournir le sujet de bien sérieuses réflexions.
Il meurt plus de malades! C'était bien la peine
d'abandonner la médecine de nos pères : mais
vous verrez qu'on y reviendra; car dans l'art de
guérir, point de système *immuable*. M. Broussais
a beau nous dire que sa doctrine est *éternelle*, je
ne serai pas surpris si, quoiqu'il ne soit plus
jeune, il vit plus long-temps qu'elle; l'éternité en
médecine est si courte !

Il ne faut rien outrer; on affaiblit tout ce qu'on
exagère. Si M. Eymard l'avait su, il eût tracé, j'en
suis sûr, un tableau moins sombre, et par consé-
quent plus fidèle, de l'état actuel des études médicales en France; il n'aurait pas dit, par exemple,
que « *les jeunes étudians en médecine, après
s'être fait inscrire sur les registres de l'école, ne
manquent pas d'en faire autant au café, au billard, au spectacle..., et qu'il y en a tout au plus
dix sur cent qui emploient convenablement leur
temps et leur argent.* » Je ne sais si, pour connaître ce qui se passe dans notre école de méde-

cine, notre docteur a nommé une commission d'enquête; mais on lui a donné de bien mauvais renseignemens. Le nombre des élèves studieux est plus grand qu'il ne le pense; et lorsque j'affirme qu'il y en a plus de *dix sur cent* qui ne se font inscrire ni au café, ni au spectacle, ni même à la Chaumière, je ne crains pas qu'on m'accuse de trop d'indulgence. J'aurais d'autres reproches à faire à cette jeunesse, mais nous causerons de cela plus tard.

Après avoir parlé des examens, qu'il regarde comme une mauvaise plaisanterie, M. Eymard nous donne un petit traité sur l'art de parvenir en médecine; il dit quels moyens les jeunes docteurs emploient pour se procurer une clientèle. Je conviens que ces moyens, plus ou moins ingénieux, ne sont pas tous innocens; mais l'art de parvenir en médecine est devenu si difficile! on a tant de peine à se *pousser* dans cette carrière! il y a aujourd'hui si peu de malades et il y a tant de médecins! Notre docteur affirme qu'on pourrait en supprimer la moitié, sans aucun inconvénient pour la santé publique; mais on trouve encore là un peu d'exagération.

Je suis bien obligé d'accorder à M. Eymard que de nombreux abus se sont introduits dans l'exercice de la médecine, et que nos lois sont insuffisantes pour y remédier. Les charlatans pullulent et vendent avec impunité leurs baumes assassins; on reproche aux jurys médicaux d'être trop indulgens; on se plaint de la facilité avec laquelle s'obtiennent les diplômes d'officiers de santé, et voici un exemple qui prouverait, au besoin, que ces plaintes ne sont pas sans quelque fondement. Vous souvient-il que, dans la séance de la chambre des députés du 25 juin 1819, on donna lecture d'une pétition d'un ex-bourreau de Bordeau, nommé Carron, qui réclamait le droit d'exercer la médecine? On rit, et l'on passa à l'ordre du jour. Or, voici qu'on nous apprend que ledit Carron, traduit depuis devant les tribunaux, a exhibé un diplôme signé Royer-Collard. Le fait est bien curieux; mais avant de dire tout ce que j'en pense, je demande à M. Eymard la permission de le vérifier.

Convaincu, comme nous, de la nécessité d'une prompte réforme dans l'exercice de l'art de guérir, le gouvernement cherche depuis long-temps les moyens les plus propres à l'opérer et à rendre au corps médical son ancienne considération; il a même, on le sait, invité toutes les Facultés de médecine à l'aider de leurs lumières. Et vous croyez sans doute que M. Eymard est très-sensible à cette politesse : point du tout; peu s'en faut, au contraire, qu'il ne demande au gouvernement de quoi il se mêle, et si ce sont là ses affaires. L'om-

brageux docteur craint qu'on ne veuille joindre
au monopole du talent le monopole de la santé
publique. Quant au projet d'établir des conseils
de discipline, projet qui, je l'avoue, me plaît
fort, il le regarde comme ridicule : ces conseils
ne feraient, suivant lui, que *polir la forme*, et
c'est le *fond*, dit-il, qu'il faut *purifier*. Voyons
donc comment l'habile docteur le purifie.

« Les trois écoles spéciales et toutes les écoles
secondaires de médecine seront supprimées : on
convoquera le plus tôt possible un congrès médical ; ce congrès sera chargé de rédiger un corps
de doctrine et de pratique qui régira l'exercice de
la médecine... Il y aura dans chaque chef-lieu de
département un *procureur général* qui veillera à
l'exécution des lois médicales... Vu *l'exubérance
des médecins*, on n'en recevra pas un seul pendant vingt ans... Tous les ouvrages, tous les journaux de médecine seront écrits en latin, et il sera
défendu aux profanes de les lire... Les médecins
porteront un costume décent, grave... » Tels sont
les moyens à l'aide desquels M. le docteur Eymard
se flatte de pouvoir purifier le corps des médecins, et je conviens qu'ils sont assez gais. Ce congrès médical, ces procureurs généraux, l'obligation imposée aux médecins de porter un costume
très-grave, ce qui nous rendra, j'espère, la perruque à trois marteaux, tout cela va faire entrer

plus d'un mauvais plaisant en verve ; la Faculté même en rira, elle qui pourtant ne rit guère.

Quant à moi, je n'en rirai point; le sujet est trop grave. D'ailleurs, comme le dit fort bien M. le docteur Eymard, « lorsqu'on voit chaque année un grand nombre de citoyens courir à Paris pour s'y livrer à des discussions passionnées, interminables, on ne devrait pas s'étonner de voir trois cents médecins estimables se réunir pour délibérer sur les hauts intérêts de la santé publique. » J'avoue que si j'avais à choisir, j'aimerais mieux cette assemblée-là que l'autre ; elle me fatiguerait moins. Mais j'ai une question à faire à M. Eymard : N'y aura-t-il que des médecins dans son congrès ? Il me semble qu'il conviendrait aussi d'y admettre quelques malades, puisque probablement on y traitera de leurs affaires, et que tous les intérêts, comme on dit aujourd'hui, doivent être représentés.

1828.

LE LIVRE

DES ÉPOUX ET DES FEMMES.

> Le mariage et le célibat ont tous deux des
> inconvéniens : il faut préférer celui dont les
> inconvéniens ne sont pas sans remède.
>
> CHAMPFORT.

Un philosophe d'un caractère assez bizarre allait, depuis vingt ans, passer toutes ses soirées chez Mme de ***. Il perdit sa femme : on lui conseillait d'épouser l'autre, et même on l'y encourageait : « Je ne saurais plus, dit-il, où passer « mes soirées; » et il refusa avec obstination. Quelle étrange idée avait-il donc du mariage? M. Léopold en pense différemment : il ne nie pas que le mariage ait des inconvéniens; mais il est convaincu qu'on peut y remédier; et son livre a pour but de vous montrer comment vous serez cent fois plus heureux en vous mariant qu'en ne vous mariant pas. Mariez-vous donc!

Mariez-vous, puisque aussi bien, un peu plus tôt, un peu plus tard, il faut en venir là; mais mariez-vous librement. « Le cœur, dit M. Léopold, « doit respirer sans gêne dans une union à la- « quelle il a tant de part; » et vous sentez que sa respiration serait fort gênée si, au lieu de suivre un doux penchant, il ne cédait qu'à la violence. C'est donc à vous à choisir; mais ce choix, d'où dépend votre bonheur, est difficile. En effet, il n'y a rien de parfait sur la terre, pas même les femmes, quoique, pour leur faire plaisir, les poëtes et les amans leur disent souvent le contraire. M. Léopold, qui croit les connaître, et ne veut pas les flatter, assure qu'elles sont presque toutes « marquées au coin de la fragilité hu- « maine. » Vous avez donc à examiner par quels avantages ce coin de fragilité est compensé; quelles heureuses qualités rachètent les imperfections : or, cet examen n'est pas vraiment une petite affaire, une affaire d'un jour; et je prie M. Léopold d'excuser ceux qui pensent que ce n'est pas trop de la vie entière pour y songer.

On dira que l'amour ne fait pas tous ces calculs; qu'il s'embarrasse assez peu des perfections réelles, et n'attache de prix qu'à celles qu'il se plaît à créer, semblable à ces rois qui ne reconnaissent de grandeurs que celles qu'ils ont faites. Mais ce n'est pas, je crois, de cet amour aveugle et toujours en délire que l'auteur du *Livre des Époux* s'occupe : l'amour qu'il suppose, raisonnable et conjugal par anticipation, y voit très-clair; il porte même des lunettes afin d'être trompé moins facilement. Cela étant, choisissez : la femme est née pour l'homme; cette vérité est incontestable. Il n'y a qu'une difficulté, mais elle est grande; c'est, parmi tant de femmes charmantes que le ciel a créées pour vous, d'en trouver une qui vous convienne.

Donnerez-vous la pomme à la plus belle, à la plus jeune? Imprudent! qu'allez-vous faire? L'auteur vous crie : La jeunesse est légère et inconsidérée; la beauté fière et capricieuse. Puis, ni M. Léopold ni moi ne pouvons vous le dissimuler, avec une femme jeune et belle, il y a quelques risques à courir; imaginaires si l'on veut, mais fort désagréables : l'ennemi rôde dans les environs; les adorateurs se succèdent; et M. Léopold a beau les menacer de deux ans de prison et de 2000 francs d'amende, ils n'en paraissent pas très-effrayés. On ne les a pas attirés, je le sais; on leur résistera, et ils seront, je n'en doute pas, repoussés avec perte; mais la partie intéressée en doute toujours un peu; et alors que de soucis! que d'alarmes! rien ne peut vous tranquilliser. Ce coin de fragilité, observé par M. Léopold, est sans cesse présent à votre imagination; sans cesse il vous tient éveillé; c'est quelque chose cependant que de pouvoir dormir dans son ménage. L'auteur conclut que « la beauté n'est pas sans de « grands inconvéniens pour un époux délicat et « sensible. » Admettez la conséquence, et n'épousez pas.

Une femme qui n'est ni jeune ni belle (car je n'ose employer les expressions de l'auteur, d'autant plus impropres qu'on ne vieillit presque pas aujourd'hui) est sans contredit plus rassurante; on tend moins de piéges à sa vertu; les séducteurs sont plus rares et surtout plus respectueux. L'amour ne trouve pas toujours son compte dans cette union; mais il y a dans Paris, et partout, une foule de bons ménages qui savent fort bien s'en passer, et ne demandent rien à personne. Voilà des avantages; mais avant de vous décider, écoutez l'auteur du *Livre des Époux et des Femmes;* il vous avertit qu'une femme plus âgée que son mari veut commander en dépit de la charte conjugale, qui doit toujours être respectée, au moins dans toutes les dispositions qui vous sont favorables. Un autre inconvénient, auquel je ne songeais pas, et que l'auteur vous signale, ce sont les frais de toilette : il faudra bien réparer les torts de la nature et les injures du temps; et c'est à vos dépens qu'on deviendra plus jeune et plus belle. N'épousez pas : les cachemires sont chers; les époux les plus sensibles ne cessent de s'en plaindre.

Méfiez-vous encore des *veuves* : M. Léopold vous en donne une idée peu favorable; elles sont aujourd'hui trop difficiles à consoler : si bien qu'on fasse, on ne leur rend jamais ce qu'elles ont perdu. Le défunt avait mille qualités aimables qui commencent [à être aperçues et appréciées; il est charmant depuis qu'il n'est plus là; et vous lui succédez sans pouvoir le remplacer.

Redoutez surtout, c'est le conseil de l'auteur, redoutez comme le feu une *femme bel-esprit*; qu'en feriez-vous dans votre ménage? Elle négligerait, dit M. Léopold, les soins les plus essentiels, pour ne s'occuper que de vaines frivolités; elle lirait des romans et toutes les brochures du jour, prononcerait sur la pièce nouvelle et toutes les querelles de feuilletons; elle voudrait assister aux séances de l'académie; et, ce qui est pis, à toutes celles des athénées. Enfin, sans cesse environnée de gens d'esprit, ou réputés tels, elle vous croirait un sot, et ne se tromperait guère puisque vous l'auriez épousée.

Une sotte, à mon avis, ferait mieux votre affaire; mais M. Léopold pense que la sottise est peu saillante, et, portée à un certain degré, est non seulement incommode, mais encore dangereuse. Quant à la richesse, elle a ses agrémens; mais la fierté et l'insolence l'accompagnent souvent; et dans cette hypothèse, vos droits seront encore compromis. C'est au moins un trésor qu'une femme vertueuse : oui, sans doute, et même un trésor inappréciable; mais la vertu sans dot a aussi, je vous en préviens, de très-grands inconvéniens. Maintenant choisissez, si vous l'osez.

L'auteur, fort heureusement, ne se borne pas à indiquer les causes qui troublent la paix des ménages; il fait connaître encore les moyens de la rétablir : 1° la patience ; 2° la patience; 3° la patience. C'est le remède le plus puissant dans toutes les querelles domestiques; c'est le secret de presque tous les bons ménages. « Votre femme « a des caprices, des momens d'humeur ; souf-« frez-les sans mot dire; passez-lui de légers torts; « fermez les yeux... » Dans une infinité de circonstances, l'hymen aussi doit avoir un bandeau. Cependant, comme la patience la plus angélique se lasse quelquefois, si la vôtre était poussée à bout, le mariage a son code pénal, complément nécessaire de la patience, auquel, dans certains cas prévus et déterminés, M. Léopold ne vous défend pas de recourir : corrigez d'abord avec une extrême douceur, puis un peu plus sérieusement, et enfin de manière qu'on s'en souvienne; mais surtout point de brutalité : ses conséquences sont fâcheuses.

Je ne sais pourquoi l'auteur a cru devoir parler de l'adultère; ce qu'il en dit n'est certainement pas la partie la plus agréable de son livre. On lira avec beaucoup plus d'intérêt le chapitre où il traite des « moyens de rendre les épouses

« fidèles dans le mariage. » Sa recette est infaillible; mais je ne la ferai pas connaître : que ceux
qui croient en avoir besoin aillent la chercher
où elle se trouve; je me borne à dire que M. Léopold a su prouver, ce qui pour moi était démontré depuis long-temps, que nous condamnons
les femmes avec beaucoup trop de légèreté, et
que les infidèles ne le sont presque jamais par
leur faute : il y a dans cette manière de voir les
choses autant d'équité que de galanterie.

Les cas d'infidélité sont d'ailleurs beaucoup
plus rares qu'on ne pense. N'en croyons pas les
libertins : ils noircissent le tableau pour se venger de l'honnête résistance qu'on oppose à leurs
coupables entreprises; ils calomnient la vertu
dont ils n'ont pu triompher, et ne voient pas que
ce dépit d'un amour-propre justement humilié
et puni fait l'éloge de nos mœurs. Néanmoins,
comme il ne saurait y avoir trop de bons ménages, il ne faut pas se lasser d'encourager tous
les écrits qui tendent à en augmenter le nombre :
je déclare donc qu'aucun ne me semble plus
propre à atteindre ce but que le *Livre des Époux*;
et que, pour me servir des expressions de son
estimable auteur, je crois cet ouvrage « utile non
« seulement à tous les hommes, à toutes les
« femmes nouvellement et anciennement mariés,
« à tous les veufs, à toutes les veuves qui sont

« dans l'intention de se remarier, mais encore à
« tous les jeunes gens et à toutes les jeunes filles
« d'âge à contracter mariage. » C'est à peu près
tout le genre humain.

Du 5 août 1817.

LA FIN
DU DIX-HUITIÈME SIÈCLE,

SATIRE.

Je ne puis plus garder un coupable silence ;
La sottise en personne au Louvre a pris séance ;
Elle y foule à ses pieds le mérite ignoré,
Et lève avec orgueil un front déshonoré.
Chaque jour voit grossir ses nombreux prosélytes,
Rimeurs salariés et penseurs hypocrites.
Muse, montrons à nu ces modernes héros ;
De leurs trônes enfin précipitons les sots.
Je sens qu'aux cœurs bien nés il coûte de médire ;
Je connais les dangers qu'enfante la satire ;
Mais quoi ! je souffrirai que de minces auteurs,
Des chefs-d'œuvre de l'art insolens détracteurs,
Philosophes bouffis et poëtes sans grâce,
La férule à la main régentent le Parnasse !
Tranquille, j'entendrai ces écrivains gagés,
Destructeurs insensés d'utiles préjugés,
Charlatans effrontés qu'éleva la cabale,
Préconiser le crime en parlant de morale !
Non : j'irai dans leur temple attaquer ces faux dieux,
Et détruire à jamais leur culte dangereux.
Je n'ai point consulté les forces de ma lyre,
Et l'indignation est le dieu qui m'inspire ;

. . . .

J'ai juré de flétrir ces savans brevetés,
En posant le cachet sur leurs fronts éhontés.

Sur les débris fumans de quatre académies,
Le Louvre dans ses murs voit siéger nos génies.
Là Rœderer discute, et son œil dédaigneux
Outrage d'un regard l'ombre des Montesquieus ;
Là Chénier, tout bouffi d'un triomphe éphémère,
Foule tranquillement le fauteuil de Voltaire ;
Là, pour nous éclairer, des écrivains pesans,
Au nom de la raison, insultent au bon sens.
L'un, nourri des erreurs de la philosophie,
Fait penser la matière et lui donne la vie,
Et l'autre, en ses écrits docteur désespérant,
Plus philosophe encor, ne rêve que néant.
Nature ! ton nom seul enfante des merveilles :
Nos savans à ta gloire ont consacré leurs veilles ;
De Salle en te chantant a juré de vieillir,
Et ce nouveau Platon n'a pu te définir.
Voilà les dieux nouveaux que l'on adore en France :
La raison les proscrit, la foule les encense.

Mais Lalande paraît : titan audacieux,
Il attaque le ciel et fait la guerre aux dieux ;
Ridicule pédant, étonné de sa gloire,
Qui prend pour du génie une heureuse mémoire,
Fatigue l'univers du bruit de ses travaux,
D'étoiles qu'il croit voir parsème les journaux,
Et, desséché d'envie, au fond de son collége,
Pleure sur les lauriers de l'almanach de Liége.

Beaucoup de vanité tient lieu d'un grand savoir ;
Sur le banc des Newton Lacroix vient de s'asseoir.

Toujours vide de sens et toujours plein d'emphase,
Le compas à la main, mesurant une phrase,
Et, pour ne rien trouver, sans cesse analysant,
Garat donne des lois à ce sénat pensant :
Au nom de Condillac vous le voyez sourire,
Et Chénier dans ses vers caresse son délire.

Écrivain sans vigueur et philosophe obscur,
Dupuy, cesse d'écrire, ou cesse d'être dur.
Du sublime Caton louangeur léthargique,
Mercier ferait bâiller toute la république.
Ce n'est qu'à l'Institut qu'on l'entend sans dormir.
Plus on est sot au Louvre, et plus on fait plaisir.
Là Villars peut parler, sans craindre qu'on le hue ;
Mais les sifflets vengeurs l'attendent dans la rue.
J'ai vu naître à Paris ces obscurs novateurs ;
Je les ai vus dans l'ombre annoncer leurs erreurs,
Encenser la grandeur à leurs yeux importune,
Et d'un air suppliant adorer la fortune.
Qu'ils savent avec art séduire les esprits !
L'humanité respire en leurs touchans écrits ;
Sans cesse en leurs discours vantant la tolérance,
Ils couvrent leurs forfaits d'une douce apparence.
Vous êtes démasqués, sectaires imposteurs :
Vous parlez de vertus ! le fiel ronge vos cœurs.
Sans exhumer ici vos nombreuses victimes,
Des milliers d'échafauds attesteront vos crimes.

Vous triomphez, cruels! et le sang des Français,
A grands flots répandu, cimenta vos succès!
Rougissons donc enfin d'honorer ces faux sages :
Ce n'est qu'à la vertu que l'on doit des hommages.
Quel est ce froid rêveur qui, depuis soixante ans,
Sur les impôts publics radote à nos dépens,
Entasse lourdement volume sur volume,
Et croit que le Pactole est au bout de sa plume?
Je reconnais Dupont : du fond de son cerveau
Je vois sortir encore un système nouveau.
Une seconde fois il appauvrit la France :
C'est ainsi qu'on travaille un empire en finance...
Mais plus le mal est grand, plus il faut espérer :
Un bon emprunt forcé saura tout réparer.
Aimable Bernardin, tu ris de nos sottises,
Et nous rions aussi quand tu nous moralises.
Saint-Pierre à l'Institut! Que fait-il en ce lieu?
Pauvre esprit! je le plains, il croit encore en Dieu!
En contemplant les cieux son âme est attendrie :
Le sentiment fait tort à la philosophie.
Ces savans, mieux choisis, seraient plus dangereux;
Mais tout, excepté Dieu, tout est reçu chez eux.

J'épargne dans mes vers les valets de la secte;
Mon pied n'écrase pas un misérable insecte!
Frapperai-je Naigeon, scribe de Diderot?
Qui ne sait pas sans moi que Naigeon est un sot?
Frapperai-je Merlin, dont la folle puissance,
Par un décret atroce, incarcéra la France?
Son nom seul le flétrit bien plus que mon pinceau!

Exhumerai-je enfin du fond de leur tombeau
Tous ces demi-savans, sortis de la poussière?
En vers ainsi qu'en prose ils gouvernent la terre;
Dans leurs discours pompeux ils proclament nos droits :
Je crois, en les voyant, voir un sénat de rois.
Mais d'un œil curieux si de près j'étudie
Ces nobles champions de la philosophie,
Je les verrai bientôt, lâches adulateurs,
Encenser à genoux nos modernes grandeurs,
Et, glorieux du prix que l'on met à leurs plumes,
Pour flatter un tyran produire cent volumes.
Un peu d'or adoucit leur sévère âpreté :
Ils vantent de Rewbel l'austère probité,
Du sensible Threillard la douce tolérance,
Et du bavard Merlin l'énergique éloquence.
Ainsi Caton-Mercier, quand il n'a pas dîné,
A défendre ses droits devient moins obstiné;
Le besoin est son maître, et, pour le satisfaire,
Il canoniserait le larron du Calvaire!
Ils ont parlé... Mortels, respectez leurs arrêts;
De la Sottise armée adorons les décrets.
Irai-je, obéissant au démon qui m'inspire,
Agiter dans mes vers le fouet de la satire?
Eh! ne voyez-vous pas les méchans et les sots,
Pour sceller ma pensée, inventer des complots,
De la presse indignée augmenter les entraves,
Et me charger des fers destinés aux esclaves?
Heureux, trois fois heureux, si par-delà les mers
Ils ne font pas voguer le poète et ses vers!
Poultier seul parmi nous librement peut écrire :

1.   13

Quand on est aussi bête, on a droit de tout dire !

. . . .

. . . .

Ah ! je ne suis pas né pour un si bas emploi ;
Je ne sais pas ramper : l'honneur est tout pour moi.
On ne me verra pas, poëte mercenaire,
Au milieu de la nuit proclamer la lumière,
Célébrer dans les fers l'auguste liberté,
Chanter dans mon grenier la douce égalité,
En triomphes brillans transformer nos défaites,
Et vanter de Jourdan les savantes retraites :
Chaque chose chez moi se nomme par son nom ;
J'appelle un sot un sot , et S*** un fripon !

Si je voyais du moins leur prudente ineptie
Se masquer à propos d'un peu de modestie !
Mais je trouve partout l'insolence et l'orgueil :
De tous nos parvenus c'est le fatal écueil.
Fuyant les bords du Rhin, qu'il n'a pas su défendre,
Jourdan, deux fois battu, se croit un Alexandre ;
Briot à la tribune efface Cicéron ;
Bailleul a les vertus et l'âme de Caton.
Charlatan philosophe et docteur politique,
Cabanis aujourd'hui traite la république :
On n'est pas avec lui málade impunément.
Le sot qui vit encore, on ne sait trop comment,
Debry, croit valoir seul cent encyclopédistes :
A Rastadt, il est vrai, chez de grands publicistes,
Il dînait fréquemment, et même dînait bien ;
Mais hier, entre nous, Debry ne savait rien.

Quinette, son ami, plein d'un noble délire,
Dans son palais surpris, se contemple et s'admire...
Un sot est toujours sot, même au sein des honneurs!

Mais des maux plus réels appellent tous nos pleurs :
L'empire vers sa chute à grands pas s'achemine,
Et la corruption prépare sa ruine.
O mœurs! ô temps anciens! qu'êtes-vous devenus?
Le Français philosophe a-t-il plus de vertus?
Eh! quel siècle jamais fut plus fécond en crimes?
Quand vit-on triompher plus d'affreuses maximes?
La France est à l'encan : par de lâches contrats,
L'or achète aujourd'hui d'infâmes magistrats.
Il n'est point de forfaits que le crédit n'efface!
Les lois sont sans honneur, on les vend sur la place;
Et l'État, aux traitans indignement livré,
Par d'avides vautours se verra dévoré.
Vois ces grands, parvenus à force de bassesses,
Au sein des voluptés épuisant nos richesses;
Vois-les d'un train superbe ébranler tout Paris,
Insulter à nos pleurs et braver nos mépris!
Le crime doit-il donc triompher sur la terre?
Non... Ils vont à l'instant rentrer dans la poussière.
O ciel! je te rends grâce! ils n'ont régné qu'un jour :
La sévère équité va régner à son tour.

A ces grands criminels, amantes scandaleuses,
Des femmes ont vendu leurs faveurs dangereuses;
Et, fières des honneurs de la publicité,
Affichent hautement leur impudicité.

L'éclat des diamans, ornemens adultères,
Embellit de Laïs les charmes mercenaires :
D'un rubis précieux son front étincelant
Efface du soleil le disque éblouissant;
Sur son sein effronté l'émeraude serpente.
Elle parle : à sa voix la France obéissante
Vote un nouvel impôt pour ses brillans atours;
Le peuple est trop heureux de payer ses amours!
Bientôt, pour satisfaire à sa folle dépense,
Laïs trafiquera de sa toute-puissance :
Elle tiendra chez elle un bureau de faveurs;
Le crime deviendra l'échelle des honneurs.

Ah! de nos fiers guerriers que nous sert le courage?
Nos mains, nos propres mains ont détruit leur ouvrage:
Leur sang au champ d'honneur conquit la liberté,
Et nous, nous la perdons par l'immoralité...

Tel on vit autrefois, dans les jours de sa gloire,
Un peuple de héros enchaîner la victoire :
Rome à son char vainqueur attacha tous les rois;
Et l'univers soumis, se courbant sous ses lois,
Adorait en tremblant cette reine du Tibre...
Rome perdit ses mœurs et cessa d'être libre!

Mais un nouveau spectacle a frappé nos regards :
La France a vu pâlir le flambeau des beaux-arts;
Des genres confondus l'assemblage grotesque
Unit grossièrement le sublime au burlesque;
Aux règles du bon goût l'on n'est plus asservi;

Le plus extravagant est le plus applaudi ;
Et du faux bel-esprit la bizarre manie
Dans ses nobles élans comprime le génie * !
Muse, sur leurs tombeaux pleurons les grands talens !
Le théâtre a perdu ses plus beaux ornemens :
Les grands hommes sont morts, et Chénier les remplace.
Fénélon m'affadit, Timoléon me glace ;
J'aimerais Charles-Neuf si, dans son chancelier,
Au lieu de l'Hospital je ne trouvais Chénier :
Poëte harangueur, il déclame avec zèle ;
Et ses héros, formés sur le même modèle,
D'un auteur détesté trop fidèles portraits,
S'ils lui ressemblaient moins seraient moins imparfaits !

. . . .

. . . .

Auteur infortuné d'un drame épouvantable,
L*** pleure en secret sa chute lamentable.
Beffroi sourit encore à ses niais bons mots ;
Mais le pauvre *cousin* n'amuse que les sots.
Des troubadours français audacieux émule,
Cubière se croit tendre, et n'est que ridicule :
Illustre fondateur du paradis des sots,
Cher Cubière, poursuis tes glorieux travaux :
Réunis les Cotins dont la France fourmille ;
Il est si doux de vivre au sein de sa famille !
Camaille, environné d'horribles revenans,
Sur la scène française a traduit nos romans :
Au secours de sa muse il évoque les diables,

---

* C'est en 1855 comme en 1799. (*Note de l'éditeur.*)

Des chaînes, des bourreaux, des spectres effroyables.
Tremblant à cet aspect, je me crois aux enfers,
Et je maudis l'auteur, son sujet et ses vers.

Vainqueur de tes rivaux et maître de la scène,
Auteur d'*Agamemnon*, console Melpomène;
Que d'Églantine, armé d'un chef-d'œuvre nouveau,
S'élance triomphant du fond de son tombeau;
Et que, rendant Thalie à sa gaîté première,
L'ingénieux Picard nous rappelle Molière!

A ces auteurs charmans voulez-vous ressembler?
C'est en les imitant qu'on peut les égaler.
Comme eux aux lois du goût soyez toujours fidèles;
Étudiez votre art, et que les grands modèles
Du feu qui les brûlait embrasent vos écrits :
Le clinquant passera, l'or a toujours son prix.
Lorsque tout s'engloutit dans une nuit profonde,
Le génie est debout sur les débris du monde;
Mais nos faiseurs de vers périront tout entiers;
La tombe engloutira leurs précaires lauriers!

Cependant, dans ce siècle en sottises fertile,
Le plus bizarre auteur trouve un lecteur facile;
Sa muse par milliers compte ses défenseurs,
Et bientôt d'un lycée elle obtient les honneurs.
Misérable rebut de la littérature,
Cubière croupissait dans une fange impure,
Et jamais dans les lieux que chérit Apollon
L'on n'avait entendu l'injure de son nom :

Il ose enfin paraître, et, bravant la critique,
Plein d'opprobre et d'audace, il s'élance au portique.
Valcourt lui tend les bras ; et ces auteurs fameux,
Poursuivis par nos cris, se consolent entre eux.
Bientôt, pour se venger, ils vont encore écrire...
Ah ! barbares rimeurs ! faudra-t-il donc vous lire ?
Le supplice est cruel ! et quels sont mes forfaits ?
Moi, vous lire ! Non, non ; j'en appelle aux sifflets !

. . . .

. . . .

D'un ton plus élevé, poëte pindarique,
Lebrun fait retentir la trompette héroïque ;
Il chante les combats, célèbre les guerriers,
Et ses vers boursoufflés meurent sur des lauriers.
Je ne sais quel penchant le porte à l'épigramme :
Contre un faible ennemi sa colère s'enflamme ;
Il attaque, il triomphe, et son talent vainqueur
Assomme d'un seul coup Domergue et le lecteur !

Sauvons-nous ! j'aperçois le lourd Lachabeaussière,
Sa massue à la main, sortant de la poussière !
Nous menacerait-il d'un poëme nouveau ?
Ou bien vient-il encore, oubliant son tombeau,
De ses maussades vers, de sa prose maussade,
Accabler sans pitié *le Mois* et *la Décade* ?

L'aimable ***, galant à cheveux blancs,
Présente à nos Iris ses vers et soixante ans :
Amant transi de froid et poëte de glace,
Il éprouve à la fois une double disgrâce.

Du cygne de Mantoue assassin traducteur,
G*** impunément massacre son auteur ;
Et, plus cruel encor, Milon, dans sa colère,
A juré par le Styx qu'il traduirait Homère !
Quelle aveugle fureur ! Barbares, arrêtez !
Craignez de profaner ces antiques beautés ;
De ces illustres morts n'outragez pas la cendre :
Les siècles indignés sont là pour la défendre !
Quel est donc le démon qui vous force à rimer ?
Dans un travail ingrat pourquoi vous consumer ?
Pour traduire un poëte il faut être Delille.
Souvent, en le lisant, je crois lire Virgile :
Oui, voilà son pinceau, voilà son coloris ;
Cette grâce touchante anime ses écrits.
O Virgile français ! que jamais ta présence
D'un bizarre Institut n'honore la séance !
L'insipide Villars se croirait ton égal,
Et tu serais assis auprès de Lakanal...

Et toi, Desforge, aussi tu parais sur la scène !
Fuis, auteur dangereux ! fuis, écrivain obscène !
Ton nom seul fait rougir la pudique beauté :
Va porter ton encens à l'immoralité !

. . . .
. . . .

Mais un soleil nouveau vient éclairer la terre :
Thélusson par torrens nous lance la lumière.
Rival de l'Institut, centre des immortels,

Salut !... Je vais jeter des fleurs sur tes autels.

La Sottise en ce jour quitte sa résidence,
Et veut de Thélusson présider la séance ;
Elle vient, au milieu de ses nombreux enfans,
Épancher son amour en doux embrassemens.
Le poëte Milon, son courtisan fidèle,
Caresse de son front la fraîcheur éternelle.
Il bâille, la langueur amortit tous ses sens ;
On dirait qu'il écoute un discours aux cinq-cents,
Ou qu'il lit les romans du fantôme Lemière.
Près d'elle on voit encor cette Ignorance altière,
Jetant sur le Génie un regard dédaigneux ;
Ces Systèmes obscurs et tous ces Rêves creux
Qu'en dépit du bon sens au Louvre on déifie,
Lorsqu'au nom révéré de la philosophie,
Des savans par décret, ridicules penseurs,
Osent insolemment proclamer leurs erreurs.

. . . .

. . . .

Heureux si cet essai, par les sots redouté,
Porte leurs noms flétris à la postérité !
De ces sots honorés je crains peu la vengeance :
Je l'ai juré, je veux les réduire au silence ;
Ils cesseront d'écrire, ou, d'un œil satisfait,
Je les verrai tomber sous les coups... du sifflet !

UN AN

DE LA VIE DE LOUIS-PHILIPPE,

ÉCRITE PAR LUI-MÊME,

ou

JOURNAL AUTHENTIQUE DU DUC DE CHARTRES, 1790-1791,

AVEC CETTE ÉPIGRAPHE :

> Je suis né sous une bien heureuse étoile ;
> toutes les occasions se présentent, je n'ai
> qu'à en profiter.
>
> *Journal, 3 août 1791.*

Ce journal est, comme le dit l'éditeur, M. Perrotin, un précieux morceau historique. Mais oserai-je en parler ? Pourquoi pas ? Si j'avais quelques craintes, l'auteur, j'en suis très-sûr, s'en trouverait grièvement offensé ; il les regarderait comme injurieuses à son caractère et à ses opinions libérales. Personne ne sait mieux que lui que dans la république des lettres, et c'est celle-là qui est la meilleure de toutes, il n'y a point de priviléges, et que, sur le trône ou dans une humble mansarde, tous les membres qui la composent sont soumis indistinctement à la loi commune. Mais si la critique a des droits dont l'exercice ne saurait lui être contesté, à côté de ces droits des devoirs

sont placés, et je saurai les remplir; puis il est
des convenances qui chez nous ont force de loi,
et malheur à qui les blesse! Avant le jury, l'opinion le condamne; je les respecterai, je n'oublierai pas que l'auteur du journal que j'annonce,
M. de Chartres, est aujourd'hui roi des Français
par la grâce du peuple et de la révolution de
juillet.

Je dis M. de Chartres, et non pas le duc de
Chartres, comme M. Perrotin, parce que l'exactitude historique l'exige, et qu'à l'époque où ce
journal nous reporte, il n'y avait plus ni ducs,
ni comtes, ni barons; tous les titres avaient été
abolis dans cette fameuse nuit du 4 août, qu'on
peut appeler aujourd'hui *la nuit des dupes*. C'est
pourquoi nous lisons dans le journal de M. de
Chartres, 2 janvier : « J'ai été hier matin aux
« Tuileries en habit de l'ordre. Grâce à mon père,
« on a quitté la liste aristocratique des princes,
« pairs et ducs... » C'est encore pourquoi, dans
ce journal, M. le comte d'Artois est appelé
M. d'Artois tout court. Or, quand les frères du
roi n'étaient plus comtes, les cousins à un degré très-éloigné ne pouvaient plus être ducs.
Qu'en pense M. Perrotin?

J'ai encore une observation à lui faire; son
épigraphe m'en fournit le sujet. Qu'après avoir
sauvé un homme qui se noyait, M. de Chartres

ait dit : « Je suis né sous une heureuse étoile ;
« toutes les occasions se présentent, je n'ai qu'à
« en profiter, » on ne peut que l'en louer ; mais
s'il eût publié lui-même son journal, très-proba-
blement il n'aurait pas pris ces paroles pour épigraphe. N'a-t-il pas aussi, lui, connu le malheur ?
N'a-t-il pas, vingt ans et plus, vécu dans un
douloureux exil ? mangé, M. Perrotin le dit, le
pain de l'indigence ? Son heureuse étoile l'avait
alors abandonné ; il est vrai qu'elle vient de l'é-
lever bien plus, elle l'a fait roi ; mais je ne sais
s'il croit avoir des remercîmens à lui faire : sa
couronne a ses épines... D'ailleurs, la vie humaine est sujette à tant d'accidens, à tant de vi-
cissitudes, que ce n'est que bien tard qu'on peut
juger si on est né sous une étoile favorable ou
maligne ; et il savait bien ce qu'il disait, le philosophe de qui nous tenons cette sage maxime :
« Avant d'assurer qu'un homme a été heureux,
« attends qu'il soit mort. »

Le journal que j'annonce est précédé d'une
notice sur les premières années de M. le duc de
Chartres. Il paraît que son éducation avait été
d'abord un peu négligée : son père, qui voulait
en faire un homme, sentit la nécessité de lui
donner un gouverneur. « Peut-être, dit M. Perro-
« tin, prévoyait-il déjà que son fils serait appelé
« à jouer sur la scène politique un plus grand rôle

« que celui auquel il était destiné par sa naissance.»
Quoi! il prévoyait cinquante ans d'avance notre
révolution de juillet, nos grandes journées et
toutes leurs conséquences! M. Perrotin le croit;
mais si le duc d'Orléans avait su prévoir les événemens de si loin, il aurait sans doute prévu le
sort dont il était menacé, et peut-être n'eût-il
pas fini si déplorablement. Quoi qu'il en soit, il
dit un jour à Mme de Genlis, c'est d'elle-même
que nous le tenons : « Je n'ai plus de temps à
« perdre pour nommer un gouverneur à mon
« fils. » Mme de Genlis lui proposa alors plusieurs
sujets qu'elle croyait dignes d'occuper un poste
si honorable; et tous ayant été refusés, elle se
proposa elle-même, mais en riant : « Eh bien !
« moi, » dit-elle. — « Voilà qui est fait, reprit le
« prince; vous serez leur gouverneur. » Elle le
fut; et il faut convenir que sous quelques rapports ce gouverneur en cornette et en jupon,
dont on s'est tant moqué, en valait un autre.

L'auteur de la notice nous rappelle que Mme de
Genlis ne se borna pas à donner aux jeunes
princes confiés à ses soins une éducation tout in-
térieure; elle recevait chez elle des littérateurs
distingués, et formait ainsi ses élèves à ces con-
versations fortes où l'esprit déploie toutes les
ressources de l'érudition. Nous voyons encore
qu'elle les conduisait souvent dans les manufac-

tures et dans les ateliers : là, ils joignaient sous ses yeux la pratique à la théorie ; et M. Perrotin nous apprend que le duc de Chartres, car alors il était encore duc, maniait si habilement le rabot, qu'il devint en peu de temps un excellent menuisier. Mme de Genlis avait lu Rousseau, et prévoyant comme lui la révolution dont nous allions être affligés, elle pensait qu'un métier ne nuit jamais et peut au besoin devenir une ressource.

Ce gouverneur, puisqu'on l'appelait ainsi, savait encore qu'il est important de familiariser de bonne heure les grands avec le spectacle des misères humaines, afin qu'ils soient plus portés à les soulager ; vous ne serez donc pas surpris de lire dans le journal de M. de Chartres : « Nous « avons été aujourd'hui à l'Hôtel-Dieu ; j'ai saigné « et vu des malades... »

On ne peut nier que Mme de Genlis n'ait eu l'heureux don de se faire aimer de ses élèves. M. de Chartres témoignait souvent combien il était reconnaissant des sages leçons de sa gouvernante. « Il prétend, dit-elle dans un de ses ou- « vrages, *que ce qu'il aime le plus au monde,* « *c'est la nouvelle constitution et Mme de Genlis.* »

Et M. Perrotin d'observer que M. de Chartres n'en avait pas moins de tendresse pour son père et moins de vénération pour sa mère, comme si cette observation n'était pas fort inutile; mais, en vérité, M. de Chartres faisait beaucoup trop d'honneur à la constitution de 1791, qui très-certainement était bien moins aimable que Mme de Genlis; elle avait des défauts bien graves, que M. de Chartres, encore très-jeune, pouvait ne pas apercevoir, mais qu'il connaît aujourd'hui aussi bien que nous : cette constitution, que par parenthèse certaines gens voudraient nous rendre en attendant mieux, avait *entouré le trône d'institutions républicaines;* or, le moyen de gouverner avec une constitution de cette espèce? Si la charte de 1830 ne donnait pas à Louis-Philippe plus de prérogatives, plus de pouvoir que la constitution de 1791 n'en avait laissé au malheureux Louis XVI, ses meilleurs amis, justement effrayés des dangers de sa position, lui conseilleraient de partir au plus vite; et je ne ferais pas courir après lui, car je lui rendrais un trop mauvais service.

C'était, sans aucun doute, une société bien dangereuse que celle des jacobins, et avec un peu plus de prévoyance, l'Assemblée constituante ne lui aurait jamais permis de se former. Ces associations privées, qui prennent l'apparence d'un caractère légal et s'arrogent ce qui n'appartient qu'à l'autorité, amènent tôt ou tard une complète anarchie. Mais alors les jacobins, quoique

déjà bien gâtés, n'étaient pas ce qu'ils sont devenus depuis ; ils faisaient encore profession de
respecter les lois. Je devais le remarquer avant de
citer ce début du journal de M. de Chartres : «J'ai
« été reçu hier aux jacobins. J'ai assuré que je ne
« m'écarterais jamais des devoirs sacrés de bon
« patriote et de bon citoyen : on m'a fort ap-
« plaudi. » La société, pour lui témoigner combien elle était flattée de le voir dans son sein, le
nomma, le jour même de sa réception, membre
du comité de présentation ; et certes elle ne pouvait lui donner une plus grande marque de confiance, puisque les candidats n'étaient reçus que
lorsqu'un membre du comité de présentation
avait mis sa signature sur le dos de leur requête.
« J'ai, dit M. de Chartres dans son journal, en-
« dossé aujourd'hui MM. Commeyras, Brichard,
« Conad, Hennazet, Alyon, Taupin, Issenrah... »
C'étaient, je n'en doute pas, de très-bons patriotes, fort connus en ce temps-là ; mais qui les
connaît aujourd'hui ? C'est tout au plus si M. de
Chartres se souvient d'avoir endossé ces belles
notabilités civiques : avis à celles de notre époque ; le bruit qu'elles font n'aura pas un long
retentissement.

Il y avait aux jacobins de malencontreux orateurs qui ne finissaient jamais. M. de Chartres du
moins, quand il demandait la parole, avait le

bon esprit de ne pas en abuser, et le plus souvent ce qu'il proposait était adopté. Pourtant, il fut une fois vivement combattu, et même repoussé avec perte; mais comme les rois-citoyens aiment à entendre la vérité, je lui dirai que cette fois il avait tort; la raison était du côté de ses adversaires : ne demandait-il pas qu'on *pût être reçu membre de la société des jacobins à dix-huit ans,* avant d'avoir de la barbe au menton! Il ne savait pas alors, ce qu'il sait aujourd'hui, que l'admission des jeunes gens dans les assemblées politiques n'est jamais sans danger; ils y portent le trouble et le désordre, et font adopter les plus funestes résolutions : toujours placés à l'extrême gauche, quand deux avis sont ouverts, le plus mauvais est le leur. Cicéron, dans un de ses traités philosophiques, nous apprend que ce sont des jeunes gens sans expérience, d'imberbes orateurs dénués de bon sens, qui ont perdu les États les plus florissans : *Oratores novi, stulti adolescentuli.* Il paraît que M. de Chartres, qui dit quelquefois dans son journal : « J'ai lu aujour-« d'hui du latin, » n'avait pas encore lu celui-là.

Les tribunes ont exercé une fâcheuse influence sur les travaux de l'Assemblée constituante. En vain toute marque d'approbation et d'improbation leur était interdite par le règlement, elles n'en tenaient aucun compte. Un jour donc qu'un orateur

du côté gauche parlait dans cette assemblée contre les noirs, comme on les appelle dans le journal
que j'annonce, elles applaudirent avec transport,
et M. de Chartres, qui assistait à la séance, et qui
n'aimait pas ces noirs, que de notre temps on a
appelés les blancs, applaudit aussi et de très-
bon cœur. Alors deux députés demandèrent qu'on
le fît sortir de la salle. « Je continuai, dit-il, mes
« applaudissemens, et ensuite je pris ma lorgnette
« pour savoir quels étaient les membres qui m'a-
« vaient interpellé. Ils criaient : *A bas la lorgnette!*
« ce que je ne fis que lorsque je les eus bien re-
« connus. » Je lui en demande bien pardon, mais
sa lorgnette me scandalise un peu. J'aurais donc
crié, comme MM. de Cassini-Juigné et de La-
chèze : *A bas la lorgnette!* On ne souffrirait pas
aujourd'hui, malgré la révolution de juillet, de
pareilles libertés; on ferait sortir de la salle celui
qui se les donnerait, et M. de Chartres, en l'apprenant, serait, j'en suis sûr, le premier à dire :
On a bien fait.

Un autre jour, on discutait l'importante question du tabac, et M. de Chartres, qui assistait encore à cette séance, rappelle dans son journal les
argumens qu'on faisait valoir en faveur de la liberté, et qu'il trouve avec raison d'une très-grande
force. « Y a-t-il rien de plus injuste que de dire à
« un homme : Ce champ est ta propriété; mais

« tu n'y sèmeras que ce que je voudrai, et j'au-
« rai le droit d'aller dans ton jardin et dans ta
« maison voir si tu n'as pas planté du tabac, ou
« si tu n'en caches pas? Aucun Français ne souf-
« frira une pareille inquisition; tous se rappelle-
« ront votre déclaration des droits... » Ainsi parlait
M. Rœderer. « Son discours, dit M. de Chartres,
était très-beau et très-péremptoire, à mon avis. »
En effet, je ne vois rien à y répondre, surtout
aujourd'hui que la charte est une *vérité*. Espérons donc qu'aussitôt que les circonstances le
permettront, Louis-Philippe, qui sans doute est
de l'avis de M. de Chartres, supprimera un odieux
monopole, et nous rendra la liberté, la précieuse
liberté du tabac. J'en serai si aise, que je prendrai
une prise à sa santé, ce que jusqu'à présent j'ai
oublié de faire.

Quant à la liberté de la presse, il est inutile de
la lui recommander; je ne crains pas qu'il y touche; il l'a toujours aimée, il a même de très-
bonne heure, je le remarque avec plaisir, pro-
tégé les journalistes: je n'en veux d'autre preuve
que l'anecdote qui suit. Dans un voyage qu'il fit
en Normandie, avant la révolution, M. de Chartres visita le Mont-Saint-Michel. Un malheureux
gazetier y était renfermé pour un léger délit de
la presse. M. de Chartres demanda et obtint son
élargissement. C'est une bonne action qui m'en

fait espérer une autre. Quelques écrivains sont en ce moment détenus, non au Mont-Saint-Michel, non à la Bastille, mais à Sainte-Pélagie. Qu'ils prennent patience; leur détention sera abrégée : le prince qui sait qu'ils sont là ne les y laissera pas long-temps.

Pénétré des vérités de la religion, M. de Chartres remplissait avec une scrupuleuse exactitude tous les devoirs qu'elle prescrit. L'éditeur, M. Perrotin, a raison de dire qu'on ne pourra lire sans attendrissement cette page où un jeune colonel de dragons, âgé de dix-huit ans, racontant les travaux et les manœuvres de la journée, termine son journal par ces mots d'une simplicité touchante : « Rentré à neuf heures; dit ma prière et « mon office; couché à neuf heures et demie. » Voulez-vous encore mieux? Je lis ailleurs : 26 novembre 1791 : « Je me suis confessé hier au « matin; j'ai été à la messe de minuit à Saint-« Eustache; j'ai fait mes dévotions à cette messe. » Sa jeunesse, c'est lui-même qui nous l'apprend, lui livrait des combats continuels, et il convient que la religion seule le faisait triompher. « O « ma mère, s'écrie-t-il, que je vous bénis de m'a-« voir préservé des dérèglemens des jeunes gens, « en m'inspirant des sentimens de religion qui « font ma force! » On doit donc croire qu'il n'a pu voir sans indignation les coupables attentats

de février; nos temples dévastés, et le signe révéré de notre religion livré à d'indignes outrages :
en douter un seul instant, ce serait lui faire injure.....

Du 21 mars 1831.

VIE POLITIQUE, LITTÉRAIRE ET MORALE

DE VOLTAIRE.

> On s'afflige en songeant que Pope et Swift
> en Angleterre, Voltaire et Rousseau en France,
> jugés, non par la haine, non par la jalousie,
> mais par l'équité, la bienveillance, sur la foi
> des faits attestés ou avoués par leurs amis et
> par leurs admirateurs, seraient atteints et
> convaincus d'actions très-condamnables, de
> sentimens quelquefois très-pervers. *O altitudo!*
> CHAMPFORT.

Voltaire, qui se plaignait souvent et avec
raison de la manière dont on écrit l'histoire, a
eu pour son compte plus de panégyristes que
d'historiens : ses plus grands admirateurs en conviennent. On ne lit pas sans dégoût l'ouvrage de
l'abbé Duvernet; il fallait au moins un peu d'art
pour louer convenablement l'écrivain célèbre qui

sut donner à la louange des formes si gracieuses et si délicates ; mais c'est de quoi l'abbé Duvernet s'embarrasse le moins ; il rendrait son héros ridicule, s'il pouvait jamais le devenir. Qu'on en juge par ce début plus bizarre que pompeux : « Des souverains tels que Titus, Trajan, Marc-« Aurèle et Henri IV, sont sans doute de grands « dons de la nature ; mais un don plus grand en-« core est un vrai philosophe ; et, sous ce rap-« port, Voltaire est sans contredit le plus beau « présent qu'elle ait encore fait aux hommes. » L'exorde est digne d'un ouvrage où Voltaire est proclamé le premier de nos poëtes tragiques, et où, par un rapprochement grotesque, *la Pucelle* est placée fort au-dessus de tous les poëmes épiques, sans excepter *l'Iliade*. On sait que Voltaire, à qui Duvernet avait envoyé son manuscrit, en rougit de pudeur ; il trouva, sa correspondance le prouve, que *certains morceaux étaient prématurés, et ne devaient pas paraître de son vivant*. En conséquence, il pria ses amis, et notamment d'Alembert, de modérer le zèle plus ardent qu'éclairé de ce fade louangeur, qui n'en tint compte.

Et voilà justement comme on écrit l'histoire.

Le marquis de Luchet, autre biographe de Voltaire, a mis un peu plus de mesure dans ses éloges; chez lui l'adulation n'est pas tout-à-fait aussi maladroite, son encens n'est pas aussi grossièrement préparé. Enfin on doit lui savoir quelque gré d'avoir jeté moins d'ordures et de boue sur les ennemis de son héros; mais l'entreprise qu'il avait formée était au-dessus de ses ses forces. « Il a voulu, dit-il, montrer l'influence « que soixante ans de travaux ont eue sur l'es- « pèce humaine, et cet esprit nouveau que Vol- « taire a soufflé sur la terre. » Quand on se propose un but aussi élevé, aussi imposant, il faut beaucoup de talent pour y atteindre, et malheureusement le marquis de Luchet en avait fort peu : c'était un écrivain fort médiocre; aussi ne nous a-t-il laissé qu'une compilation très-fastidieuse, tort inexcusable, surtout lorsqu'on écrit la vie de Voltaire. Il est vrai qu'en débutant il prévient ses lecteurs que son dessein n'est pas « d'amuser leur curiosité; » mais, malgré cette précaution, ils ne lui pardonnent pas de leur causer tant d'ennui, en traitant un sujet si propre à les intéresser. Je rappelle ici qu'à une des plus tristes époques de la révolution, le marquis de Luchet ne vit d'autre moyen d'échapper à la persécution que de se donner la mort, « vic- « time, dit M. Lepan, des principes qu'il avait « cherché à répandre. »

Telle fut aussi la fin de Condorcet, le seul des

historiens de Voltaire qu'on puisse lire. C'est à lui que nous devons l'exécution du plan que ses faibles devanciers avaient témérairement conçu. Il a même fait plus : non content de nous montrer l'influence que Voltaire a exercée sur son siècle, il a voulu ne nous laisser ignorer aucun des moyens à l'aide desquels cette influence avait été acquise. Il a dévoilé avec une grande sincérité toutes les ruses, toutes les malices de l'*esprit nouveau;* enfin il nous a appris comment on était venu à bout de saper les bases de l'édifice social et religieux, ou, pour me servir de ses propres expressions, de détruire la superstition et le despotisme. A l'époque où il écrivait, ces révélations n'étaient déjà plus indiscrètes; mais elles pouvaient, un jour ou l'autre, avoir leur utilité : quand les armes d'un ennemi sont connues, il devient plus facile de s'en garantir.

On sait, au reste, que Condorcet, élève de Voltaire, ne peut être cru sur parole, lorsqu'il juge les écrits et la conduite de son maître. Il l'approuve jusque dans ses plus grands écarts; et à ses yeux, fascinés par l'admiration la plus outrée, ses défauts se transforment en beautés, ses erreurs en vertus. *La Pucelle* lui paraît un poëme peu dangereux; il y trouve même un but moral. Enfin, sacrifiant tout à son idole, il ne parle jamais des impies qui ont refusé de l'adorer qu'avec une fureur bien peu philosophique et fort étonnante dans un apôtre de la tolérance.

C'est avec d'autres intentions que M. Lepan a écrit la *Vie de Voltaire* : convaincu que les historiens qui l'ont précédé n'ont respecté la vérité que lorsqu'elle leur était agréable et pouvait se concilier avec le système apologétique dont ils avaient juré de ne jamais s'écarter, il présente sous un autre jour les faits qu'il leur reproche d'avoir dénaturés, et on se doute bien qu'il en tire d'autres conséquences. Un philosophe célèbre a mis en tête de son livre : « Si tu me lis, tu « es perdu. » M. Lepan annonce qu'il pourrait mettre en tête du sien : « Si tu me lis, tu es « sauvé. » C'est assez clairement indiquer le but qu'il s'est proposé.

Les premières années de Voltaire n'offrent rien de fort intéressant; mais on n'a point oublié les prédictions de ses deux professeurs de rhétorique : l'un lui promit une immense célébrité; l'autre lui annonça qu'il serait un jour le coryphée du déisme en France. Ces prédictions, que l'événement a si bien justifiées, prouvent au moins que les jésuites ne se trompaient guère sur les dispositions de leurs élèves.

A dix-huit ans, Voltaire débuta par une ode qu'il envoya au concours proposé par l'Académie française. Un autre eut le prix, et Voltaire fit contre ses juges et contre son vainqueur une satire intitulée *le Bourbier*. L'ode était au-dessous du médiocre; mais la satire valait mieux, ce qui apparemment détermina Voltaire à en composer une nouvelle, qui le fit mettre à la Bastille, où il resta quelques mois. Je ne vois pas pourquoi M. Lepan le regarde comme l'auteur des *Philippiques*, que l'opinion générale attribue à la Grange-Chancel. Il aurait au moins dû citer ses autorités; cette précaution est importante dans les ouvrages historiques, surtout lorsqu'on veut établir un fait ignoré, et donner en quelque sorte un démenti à tous les mémoires contemporains.

Voltaire fut enfermé une seconde fois, et à peine avait-il recouvré sa liberté, qu'une affaire des plus désagréables l'obligea de s'éloigner de Paris : il passa en Angleterre. Un de ses historiens prétend que les fonds qu'il attendait n'arrivant pas, il avait consenti à recevoir de Georges Ier « une somme assez considérable. » Je répugne à le croire. Il me souvient que l'auteur d'*Émile*, dans une circonstance à peu près semblable, refusa toutes les offres de ce genre : Voltaire n'a pas dû montrer moins de générosité et de fierté nationale. C'est d'ailleurs à cette époque qu'il ouvrit pour *la Henriade*, qu'on imprimait à Londres, une souscription dont le succès passa toutes ses espérances, et fut l'origine de cette fortune à laquelle d'habiles spéculations sur les vivres et sur les fonds publics donnèrent bientôt un si grand accroissement. Le marquis de Luchet observe naïvement que cette aisance (120,000 livres de rente) était nécessaire pour que Voltaire pût écrire avec liberté : « Sans elle, dit-il, son imagination eût été resserrée. » Le pauvre J.-J. Rousseau, qui ne spéculait pas aussi bien, disait avec amertume : « Tout est cher à Paris, le pain surtout. » Cependant il ne paraît pas que son imagination en ait été plus resserrée.

OEdipe avait paru. Voltaire ne tarda pas à justifier les espérances brillantes que son début avait fait concevoir aux amis de notre gloire littéraire. Il composa *Brutus* et *la Mort de César* pendant son séjour en Angleterre. *Zaïre* les suivit de près, et la scène française eut un grand poëte de plus ; le siècle de Louis XIV semblait recommencer. « Ah ! si Voltaire eût voulu, » s'écrie M. Lepan, qui nous laisse deviner sa pensée. Voltaire ne voulut pas.

Il était revenu de Londres avec ses *Lettres philosophiques ;* il les fit imprimer secrètement ; et malgré les désagrémens qu'elles lui causèrent, il publia quelque temps après l'*Épitre à Uranie*, *le Mondain*, etc. Ces ouvrages, que les grâces du style rendaient en quelque sorte populaires, parurent sous le voile de l'anonyme. « Je les dés-

« avoue, écrivait Voltaire à M. d'Argental, avec
« ma candeur ordinaire. » J.-J. Rousseau, qui
avait une autre conscience, pensait que tout
honnête homme doit avouer les ouvrages qu'il
publie. Mais Voltaire ne se contentait pas de dés-
avouer les siens, il les attribuait à d'autres, et
toujours avec sa *candeur ordinaire.* Ce n'est, remarque Condorcet, qu'une *plaisanterie ;* il faut
convenir que l'esprit de parti a des règles de morale qui n'appartiennent qu'à lui seul.

On a dit souvent, et M. Lepan n'hésite pas à
le répéter, que Voltaire « a préparé la révolution
« par ses ouvrages philosophiques ; » c'est ce qu'il
me paraît difficile de contester. Condorcet l'assure positivement, et son témoignage est ici du
plus grand poids. Mais une autre question reste
ici à examiner : Voltaire prévoyait-il tout ce que
devait nous coûter cette révolution dont ses écrits
ont avancé l'époque? Son nouvel historien n'est
pas éloigné de le penser; mais j'aime mieux croire
que si elle lui avait apparu telle que nous l'a-
vons vue, avec toutes ses horreurs, tous les crimes qui l'ont souillée, avec ses échafauds et ses
victimes, Voltaire eût reculé d'épouvante, en
s'écriant cette fois avec raison : *Écrasez l'infâme!* Si même on ne considère que sa position,
tout fait présumer que le seigneur de Ferney,
Tourney, etc., n'aurait pas vu de bon œil arriver

dans sa résidence ces philosophes d'une espèce nouvelle, qui brûlaient les châteaux par respect pour les chaumières; tout annonce qu'il aurait retranché de sa communion ces sectaires qui demandaient la bourse ou la vie au nom de ce qu'ils appelaient aussi des principes, et créaient, sous les auspices sanglans de leur liberté, une tyrannie cent fois plus odieuse que celle qu'il avait attaquée pendant soixante ans, sans paraître même très-convaincu de son existence. Car, ne nous abusons pas, on a prétendu dernièrement que les grands écrivains dont la France s'honore seraient aujourd'hui encore plus grands, parce qu'ils écriraient avec plus d'indépendance; eh bien! Voltaire lui-même, et qui a le droit de se montrer plus difficile que lui? Voltaire était souvent étonné de tout ce qu'on pouvait oser en France, et spécialement au théâtre. « Après *le Tartufe* et *Mahomet*, dit-il quelque part, il ne faut désespérer de rien : on mettra un jour Caïphe et Pilate en scène. » Et il devinait assez juste; car la tolérance fit de jour en jour de nouveaux progrès, et on peut juger, après la représentation d'une comédie trop fameuse *, que c'était moins de liberté qu'on manquait alors que de prévoyance.

---

* *La Folle Journée*, ou *le Mariage de Figaro*.

Voltaire n'avait certainement pas un goût très-décidé pour l'état républicain, que son éducation et ses habitudes repoussaient ; s'il se plaignait quelquefois de l'impertinence des grands, il redoutait encore plus la grossièreté insolente des petits. « D'ailleurs, disait-il, j'ai les reins peu « flexibles ; je consens à faire une révérence, mais « cent de suite me fatiguent. » Ce qui était au-dessus de lui pouvait blesser sa vanité ; mais elle s'accommodait assez de ce qui était au-dessous, et l'égalité, telle que quelques insensés l'avaient conçue, ne lui aurait paru que la plus absurde de toutes les chimères. C'est alors que, non plus avec humeur, mais avec une pleine conviction, il eût comparé la France à un hôpital de fous. Et je ne doute pas que, dès les premiers jours de cette révolution qu'on regarde comme son ouvrage, il ne nous eût quittés en maudissant, sinon l'esprit nouveau qu'il avait soufflé sur la terre, au moins la direction inattendue que cet esprit venait de prendre.

Que ceux qui croient que la fortune et la gloire consolent de tout, se détrompent. Voltaire, comblé de biens et rassasié d'hommages, ne fut pas heureux : c'est lui-même qui a pris soin de nous l'apprendre. Mais plus sincère que tous ses apologistes, il avoue n'avoir dû qu'à lui seul les chagrins et les tracasseries qu'il a essuyés. « J'ai passé

« toute ma vie, dit-il, à faire des sottises, et si j'ai été
« malheureux, je n'ai eu que ce que je méritais. »
Au moment même où il demandait à revenir à
Paris, sa *Pucelle* parut. Toutes ses sollicitations
furent vaines; et pouvaient-elles ne pas l'être
après cette nouvelle *sottise?* Le gouvernement,
gardien des mœurs publiques, pouvait-il fermer
les yeux sur une production qui les outrageait?
Cependant les partisans de l'auteur ne manquè-
rent pas de crier à la persécution; mais il se rendit à lui-même plus de justice. « Il faut, écrivait-
« il alors, s'enfuir je ne sais où. » Condorcet
demande ce que *la Pucelle* a donc de si répré-
hensible? Quant à lui, il ne voit dans l'auteur que
« l'ennemi de l'hypocrisie, du fanatisme et de la
« superstition. » M. Lepan a raison de se montrer plus sévère. Mais je suppose que la morale
ait un instant perdu tous ses droits; *la Pucelle*
ne serait-elle pas encore une tache pour la vie de
Voltaire? L'honneur national ne nous ferait-il pas
un devoir de protester contre l'enthousiasme que
ce poëme a excité et qu'il excite encore dans
une certaine classe très-nombreuse de lecteurs,
qui ne voient pas tout ce qu'ils sacrifient à leur
admiration peu réfléchie?

Un Français ose flétrir nos plus nobles souvenirs! et des Français applaudissent à l'insulte
qu'il fait à leur gloire! ils sourient à leur propre

dégradation! ils voient avec plaisir livrer au mépris l'héroïne qui a soustrait leurs pères à l'humiliation d'un joug étranger! L'antiquité, plus reconnaissante, aurait élevé des autels à cette fille magnanime, qui serait même l'honneur d'un autre sexe; et chez nous, dans le pays qu'elle a sauvé, d'indignes outrages sont le prix de sa valeur. Il ne suffisait pas d'avoir laissé sans vengeance le crime atroce de sa mort; il fallait, par une lâcheté plus coupable, et que nos neveux nous reprocheront un jour, couvrir sa mémoire d'opprobre et d'infamie; il fallait déshonorer celle qui, par un courage inouï, effaça la honte de la France et de son roi!

Deux fois ingrats, nous lui devons aujourd'hui une double réparation; et de qui l'obtiendra-t-elle? La muse de l'épopée pourrait seule acquitter cette dette de la patrie. Nos fastes, d'ailleurs si brillans, n'offrent cependant pas un sujet plus digne de ses chants; mais elle doit craindre de les lui consacrer, depuis qu'avec un talent dont il faut déplorer ici la perfection, une muse libertine, pour ne rien dire de plus, a versé le ridicule sur les faits les plus dignes d'admiration, et a avili, par un travestissement honteux, l'héroïne et ses illustres compagnons d'armes. Je sais que les amis de l'auteur ont, pour l'excuser, reproché à La Beaumelle et à d'autres d'avoir pu-

blié la première édition de *la Pucelle*, et d'y
avoir même ajouté beaucoup de turpitudes, afin
de compromettre la sûreté de Voltaire. Qu'a-
vaient-ils donc pu imaginer de plus fort que ce
qu'on y trouve? L'histoire de...., et d'autres épi-
sodes que je n'ose même indiquer, seraient-ils
par hasard de leur invention?

Le penchant à la satire était, quoi qu'on en ait
dit, un des traits les plus saillans du caractère de
l'écrivain célèbre que M. Lepan a voulu nous
faire connaître, et on ne pourrait retrancher de
la collection de ses ouvrages ceux qui confirment
cette assertion, sans nuire à sa gloire comme
poëte et comme prosateur, sans lui enlever un
des plus beaux fleurons de sa double couronne.
En effet, on n'a jamais plaisanté avec plus de
grâce et de finesse; pourquoi faut-il ajouter avec
plus d'âcreté! Cependant Voltaire avait bien « dé-
« fendu à son esprit d'être satirique; » il n'a jamais cessé de condamner sa satire, et de se plaindre, avec une amertume dont on est tenté de
rire, surtout en lisant *le Pauvre Diable*, de la fatale nécessité qui l'avait obligé de se livrer à un
genre de travail si méprisable, afin de repousser
d'odieuses provocations. Aussi voyons-nous que
ses historiens ont tous essayé de lui faire une réputation de bonhomie qui lui va assez mal, et
qu'il aura beaucoup de peine à soutenir dans le

monde. Ils célèbrent à l'envi sa patience et même sa longanimité : à les entendre, ce ne fut qu'après avoir été harcelé pendant vingt ans par ses *vils ennemis*, qu'il s'abandonna aux mouvemens d'une colère dont ils n'étaient pas dignes ; car il est certain qu'en les couvrant de boue, il leur faisait encore beaucoup trop d'honneur. M. Lepan n'est point ici d'accord avec ses devanciers : il a feuilleté la correspondance du bonhomme, et y a trouvé certains aveux, certains faits, qu'ils ont ignorés ou omis à bonne intention, en traçant le tableau des disputes littéraires de Voltaire. Je crois donc que cette histoire fera mieux que toute autre apprécier celui qui disait, apparemment sans malice : « On est toujours sûr de réus- « sir quand on se moque gaiement de son pro- « chain, » et qui a souvent travaillé en conséquence.

J.-B. Rousseau est un de ces *vils ennemis* que Condorcet juge *indignes* de la colère de Voltaire : il n'avait point approuvé l'*Épître à Uranie*; il avait même cru apercevoir quelques taches dans *Zaïre*... Le crime était irrémissible ; la vengeance fut cruelle : on sait dans combien de satires Voltaire a déchiré notre premier poëte lyrique ; il n'en parlait jamais sans rappeler qu'il était fils d'un cordonnier ; ajoutant, avec plus de malignité que de délicatesse, que son valet de chambre, parent de Rousseau, lui demandait souvent excuse des vers de son cousin. Quelqu'un, fatigué de ces plaisanteries peu philosophiques, lui dit un jour : « Vous m'étonnez fort! Rousseau est-il « donc d'une naissance si commune? Je le croyais « pour le moins fils de Pindare ou d'Alcée. » Cette leçon, loin de le corriger, ne fit que l'exaspérer davantage contre l'illustre exilé; il s'opposa constamment à son rappel, voulut même le dénoncer comme « ayant enfreint son ban; » et lorsqu'il apprit que Rousseau avait désavoué, à l'article de la mort, les fameux couplets cause de son bannissement, craignant l'impression que ce désaveu pourrait faire sur les esprits, il écrivit qu'on ne devait pas s'en étonner, puisque la Brinvilliers allait à confesse après avoir empoisonné son père, et empoisonnait son frère après la confession. On reconnaît difficilement à ce langage celui qui a dit ailleurs qu'il aimerait mieux être accusé d'avoir fait rouer Calas, que d'avoir persécuté un homme de lettres.

Rousseau, de Genève, éprouva aussi la sincérité de cette protestation; il avait toujours parlé de Voltaire avec estime et même avec respect; mais le seigneur de Ferney, en jouant la comédie dans son château, avait donné à ses voisins l'envie d'avoir dans leur ville une salle de spectacle. J.-J. Rousseau osa s'en plaindre, faute bien pardonnable, si Voltaire avait su pardonner ; mais les remontrances du philosophe le piquèrent au vif, et J.-J. Rousseau ne fut à ses yeux qu'un polisson, qu'un misérable valet de Diogène : « Il « sera, disait-il, comme Ramponneau, qui a eu « un moment de vogue à la Courtille, à cela près « que Ramponneau a eu cent fois moins d'or- « gueil et de vanité que le petit polisson de Ge- « nève. » Voilà pourtant comme il traitait l'écrivain le plus éloquent de son siècle, dont la célébrité l'importunait ; mais sa fureur le servit mal, et son talent l'abandonna dans *la Guerre de Genève*, où l'on trouve beaucoup de grossièretés et d'injures, mais très-peu de cet agrément qu'il a su répandre sur ses autres satires ; il parut un instant avoir oublié qu'il faut, pour réussir, se moquer gaiement de son prochain. Je crois que cette fois le ciel voulut le punir de l'acharnement avec lequel il poursuivait un homme de lettres] malheureux et fugitif, qui cherchait partout un asile sans pouvoir le trouver. Ses dénonciations succédèrent aux injures : Voltaire, dans ses lettres au duc de Choiseul, accuse Rousseau d'être le seul auteur des troubles de Genève. Il vivait alors en bonne intelligence avec ses voisins ; mais quelque temps après il leur retira sa haute protection, et aurait voulu que, pour venger sa propre injure, on eût détruit leur indépendance.

« *Vous seriez en droit*, écrivait-il au même duc
« de Choiseul, d'envoyer un jour, à l'amiable,
« une bonne garnison, et de faire de Genève une
« bonne place d'armes, quand vous aurez la
« guerre en Italie. » On ne voit pas ce que cette
conduite peut offrir de philosophique : ce serait
aussi une philosophie trop commode que celle
qui n'exigerait le sacrifice d'aucune de ces passions haineuses qui affligent la pauvre humanité,
et dont il était moins exempt qu'un autre.

Après les écrivains dont je viens de parler, je
citerais encore volontiers l'abbé Desfontaines ;
mais on crierait au scandale ; on rappellerait *la
Voltairomanie*, en oubliant ce qui l'avait provoquée. Quoi qu'il en soit, Voltaire s'occupa trois
mois entiers du soin de sa vengeance ; il ne né-
gligea rien pour y intéresser les personnages les
plus puissans : « Quoi ! s'écriait-il, il faudrait de
« la protection contre un Desfontaines ! Ne pour-
« rai-je *au moins* obtenir qu'on *brûlât* le li-
« belle ? » *Au moins !* devinez le plus. Toutefois,
Voltaire pouvait voir un ennemi dans ce critique,
et le traiter en conséquence ; mais a-t-il beaucoup
plus ménagé des littérateurs d'un caractère plus
pacifique et d'un mérite réel, qui n'avaient à ses
yeux d'autre tort que celui de ne point partager
ses opinions, et qui, tout en le réfutant, ne cessaient de protester de leur admiration pour ses

talens? Quelles sales injures ne leur a-t-il pas adressées! on voudrait pouvoir les effacer de ses œuvres par respect pour sa mémoire.

Condorcet demande de qui Voltaire pouvait être jaloux. Je réponds qu'il ne devait l'être de personne, puisque aucune gloire contemporaine n'égalait la sienne; mais je ne sais à quelle cause on doit attribuer l'entreprise qu'il conçut de refaire les tragédies de Crébillon, et quel sentiment l'animait lorsqu'il se permettait des réflexions si amères sur les ouvrages de Montesquieu et de Buffon. C'était de l'humeur, dit-on; mais je ne suis pas surpris si d'autres y ont été trompés, et ont pris cette humeur pour de la jalousie. Quant aux écrivains du siècle précédent, ont-ils tous à se louer de la justice que Voltaire leur a rendue? Boileau,

Correct auteur de quelques bons écrits,

doit-il lui savoir beaucoup de gré d'un éloge aussi maigre? Serait-il difficile de trouver dans son commentaire sur les tragédies de Corneille un bon nombre de remarques qui n'annoncent rien moins que de la bienveillance? et n'est-ce pas un peu aux dépens de l'oncle qu'il a doté la nièce?

Mais plus on étudie le caractère moral de Voltaire, plus on est frappé des contrastes qu'il

présente; et pour le juger, il faut de toute nécessité séparer l'homme de l'écrivain. Si M. Lepan eût fait cette distinction, n'aurait-il vu dans
la défense de Calas et de Sirven qu'une attaque
dirigée contre la religion? N'aurait-il pas su
quelque gré à Voltaire de la réhabilitation des
familles de ces infortunés? Pourquoi d'ailleurs
cette décourageante investigation des causes secrètes? Dans l'intérêt des malheureux, et pour
l'honneur de l'humanité, il faudrait sans examen attribuer aux motifs les plus nobles toutes
les actions généreuses.

Du 31 décembre 1817.

MÉMOIRES SUR LES CENT-JOURS.

Le temps garda sa faux et déposa ses ailes
Pendant le siècle des cent-jours.

A . de C.

Au risque de détruire une illusion qui ne peut lui être que très-agréable, il faut bien que j'apprenne à M. Benjamin Constant une chose qu'il ne sait pas et qui va fort l'étonner : cette édition de ses *Mémoires sur les cent-jours*, qu'on nous donne pour *nouvelle*, est au contraire très-ancienne. Je l'ai reconnue, malgré les ingénieuses précautions qu'elle a prises pour nous cacher sa vétusté; c'est celle de 1819. M. Benjamin Constant en sera lui-même bientôt convaincu si, interrompant pendant une heure ou deux ses importans travaux, il veut se donner la peine de la parcourir. Elle est, à la vérité, comme le disent les éditeurs, *augmentée d'une Introduction;* il y a mieux, elle est ornée du portrait de l'auteur; mais cet agrément, que je sais apprécier, ne l'empêche pas d'avoir au moins dix ans de date. M. Benjamin Constant, nous devons le croire, est fort innocent de cette petite supercherie bibliographique, aujourd'hui fort commune; sa candeur bien connue et notre politesse accoutumée nous défendent de manifester le moindre doute à cet égard; mais une autre fois, je l'en supplie, que M. Benjamin Constant y regarde de plus près, et qu'il se défie un peu plus des *secondes éditions*, lorsqu'il s'agira de ses ouvrages.

Quand on écrit aujourd'hui sur le 20 mars et les cent-jours, on doit bien se garder de mettre en cause les partisans de Buonaparte : leur innocence est démontrée; ils ne sont pour rien dans cette affaire. M. Benjamin Constant en est très-convaincu; il veut que le retour de l'homme funeste au monde soit imputé aux *fautes* du gouvernement de cette époque. C'en est une très-grande à ses yeux que d'avoir *octroyé* et imposé une charte constitutionnelle, qu'il aurait fallu soumettre préalablement à l'acceptation du peuple : « Si j'avais été, dit-il, conseiller du prince, « j'aurais supplié le prince de revêtir sa charte « de tout ce qui pouvait lui donner un appui, « une sanction et des racines nationales. » J'entends; M. Benjamin Constant eût conseillé à Louis XVIII de commencer son règne par reconnaître la souveraineté du peuple; mais d'abord n'en serait-il pas résulté quelque petit inconvénient pour la royauté? N'aurait-on pas tiré de ce *précédent*, comme disent nos orateurs, de mauvaises conséquences? Puis-je demander à

M. Benjamin Constant ce que nous y eussions
gagné, nous et la charte?

Nous savons aujourd'hui comment le peuple
accepte et sanctionne les constitutions qu'on lui
présente : les mesures sont prises d'avance pour
que l'envie ne lui prenne pas de les refuser.
M. Benjamin Constant verrait-il dans l'acceptation un gage de leur durée? Moi je crois, au contraire, qu'elle leur porte malheur. Toutes les
constitutions que le peuple a acceptées depuis
1789, et le nombre en est si grand qu'il serait
aujourd'hui difficile de les compter, n'ont, malgré leurs *racines nationales,* vécu qu'un moment.
Voyez le bel appui qu'il leur a prêté en les acceptant! Devons-nous d'ailleurs nous montrer
si difficiles avec la légitimité, lorsque, pendant
les cent-jours, nous avons eu tant d'indulgence
pour l'usurpation? Le fameux *acte additionnel,*
que l'auteur de ces mémoires connaît mieux que
moi, fut, si je m'en souviens bien, mis à exécution avant que le peuple l'eût accepté. M. Benjamin Constant était alors conseiller du prince,
et s'il me dit qu'il le supplia de ne pas se permettre une si grande irrégularité, je le croirai;
mais je lui ferai observer qu'on ne tint aucun
compte de son opposition, et que cependant le
prince et son conseiller n'en restèrent pas moins
bons amis. Au reste, ils firent bien : on ne doit

pas se brouiller pour un si mince sujet : qu'est-ce en effet que cette acceptation à laquelle, pour sauver leur principe favori, certains publicistes attachent aujourd'hui tant d'importance ? une vaine formalité, tranchons le mot, une mauvaise plaisanterie. En voulez-vous la preuve ? *le Moniteur* peut vous la donner : il vous dira que l'acte additionnel, qui, de l'aveu même de M. Benjamin Constant, conseiller du prince, déplaisait à tout le monde, eut, lorsqu'il fut enfin présenté au peuple, une immense majorité de suffrages; il eut donc alors ce que M. Benjamin Constant avait demandé pour lui, « un appui, une sanc- « tion et des racines nationales. » En a-t-il vécu plus long-temps ? C'était cependant un acte fort soigné : on voyait bien que la main de M. Benjamin Constant avait passé par-là.

Voulez-vous connaître les véritables conspirateurs du 20 mars, ceux qui ont rappelé Buonaparte ? Ce sont les royalistes, ou, pour parler comme M. Benjamin Constant, les *contre-révolutionnaires*. Ces hommes sont bien coupables ! N'ont-ils pas, à l'époque de la première restauration, osé demander à un Bourbon que le panache blanc du bon Henri remplaçât les couleurs de la révolution, « ce signe qui, dit M. Benjamin « Constant, avait présidé à la destruction de la « Bastille ! » L'observation des fêtes religieuses est encore leur ouvrage; et quel crime, sous un roi qui s'appelle très-chrétien et dans un pays où la religion catholique a été constitutionnellement déclarée la religion de l'État! il est vraiment ir- rémissible.

Enfin M. Benjamin Constant accuse la faction *contre-révolutionnaire* d'avoir réclamé insolem- ment des droits, des préséances, des préroga- tives, abrogés par les nouvelles lois; et à l'appui de cette accusation il rappelle « l'énorme scan- « dale causé dans une église par un ci-devant sei- « gneur de village, qui voulait se faire apporter le « pain béni avant qu'il ne fût présenté au maire. » Si le fait est vrai, si les journaux qui l'ont ra- conté n'ont pas menti, la seule conséquence qu'on puisse raisonnablement en tirer, c'est que le bon ci-devant seigneur de village était un sot ou un fou; mais les libéraux, et avec eux les ci- devant esclaves de Buonaparte, qui, en attendant le retour de leur maître, s'étaient mis en service extraordinaire auprès de la liberté, n'en voulu- rent pas juger ainsi; il leur plut de prendre fort au sérieux une chose si risible, et d'annoncer partout, quoiqu'ils n'en crussent pas un mot, qu'on allait rétablir la dîme, les droits féodaux, la servitude personnelle... que sais-je, moi? Ils virent, ou plutôt ils feignirent de voir dans l'ex- travagance d'un individu tous les intérêts na-

tionaux menacés, et dans un morceau de pain
béni la contre-révolution tout entière. M. Benjamin Constant s'en prend encore ici à l'autorité : « C'est, dit-il, qu'elle n'avait pas su donner
« aux citoyens paisibles assez de garanties de sa
« loyauté ou de sa force. »

M. Benjamin Constant est sans contredit un
homme bien loyal et bien habile; mais je dési-
rerais savoir ce qu'il eût fait dans une telle occur-
rence, et comment il s'y serait pris pour rassurer des gens qui voulaient à toute force être
alarmés, pour calmer de perfides inquiétudes qui
n'étaient qu'une spéculation de l'esprit de parti.

Il est temps que M. Benjamin Constant quitte
le rôle d'accusateur, et que, prenant celui d'accusé, il réponde aux questions que ses ennemis,
puisqu'il croit en avoir, et même plusieurs de ses
amis lui ont faites. C'est le sujet de la seconde
partie de ses *Mémoires sur les cent-jours.* Buonaparte débarque à Cannes; en apprenant cette
sinistre nouvelle, M. Benjamin Constant est pé-
·nétré de douleur et d'indignation; il prend la
plume et envoie aux journaux des articles pleins
de véhémence, dans lesquels il invite tous les
Français à se rallier autour du roi légitime et à
combattre le tyran. Oh! alors qu'il était beau!
comme nous l'aimions! Mais la scène va changer.
Buonaparte arrive à Paris; et, très peu de temps

après, le *Moniteur* nous annonce que M. Benjamin Constant, l'éloquent défenseur de la légitimité, a passé du côté de l'usurpation, et que l'ami de la liberté a fait la paix avec le tyran. On le croyait sur la route de Gand, et il était aux Tuileries, dans le cabinet de Buonaparte! Oui, il y était, mais sans avoir, il vous prie bien de le croire, abandonné une seule de ses opinions. Là où d'autres virent une différence aussi grande que celle du bleu et du noir, il voit, lui, une parfaite identité de principes. Il aime la liberté, et c'est, sachez-le bien, pour la servir qu'il s'est rallié à l'homme qui l'avait si long-tems étouffée. Il espérait assouplir ce rude et farouche caractère, et le plier doucement au joug constitutionnel; il se flattait enfin que Buonaparte, docile à ses conseils, « voudrait bien se contenter d'un pouvoir « limité aux conditions qui lui seraient prescri- « tes. » M. Benjamin Constant voyait d'ailleurs à nos portes et derrière lui les hommes d'une faction qui lui est odieuse, et qu'il n'a jamais cessé de poursuivre. Il devait donc seconder celui qui, dans son opinion, pouvait seul le préserver de ces deux fléaux. Maintenant qu'il vous a mis dans sa confidence, qu'avez-vous encore à lui dire? L'accuserez-vous d'inconséquence et de versatilité, lorsque, toujours fidèle à ses principes, il n'a servi le despote que pour servir la liberté, son

idole, et combattre la contre-révolution, sa bête
noire, sa bête d'aversion? Tels sont ses principaux moyens de défense; je ne les ai point affai-
blis, et je laisse à mes lecteurs le soin de les apprécier. Ne s'est-il pas bien défendu?

Il ne reste plus qu'à expliquer comment M. Benjamin Constant, qui a une si grande perspicacité,
et qui d'ailleurs, comme nous le savons bien, est
si difficile en fait de garanties, a pu voir dans le
retour d'un tyran « une chance favorable à la li-
« berté. » C'est pour moi une chose vraiment in-
concevable; car si les principes étaient toujours
les mêmes, Buonaparte avait, lui aussi, conservé
tous les siens; il n'avait perdu aucune de ses
bonnes habitudes, et n'avait enfin *rien appris ni
rien oublié.* Le moyen d'en douter, quand on
lit ses proclamations du golfe de Juan, ses décrets de Lyon et ses listes de proscription? Ces
actes, et d'autres encore qu'on croirait avoir été
rédigés par Marius, ne prouvaient que trop bien
qu'il n'était pas corrigé, ou plutôt qu'il était in-
corrigible. Cependant c'est à lui, c'est à cet
homme né despote, comme d'autres naissent sophistes, que M. Benjamin Constant, à qui il faut
sous un gouvernement légitime de si fortes garanties, va demander secours et protection pour
sa chère liberté! Vraiment, il s'adresse bien. Dès
les premières entrevues qu'ils eurent ensemble,

M. Benjamin Constant put aisément s'apercevoir que l'usurpateur n'était ni aussi facile à *mitiger* ni *aussi flexible au fond* qu'il voudrait nous le faire croire. Buonaparte, tout en se moquant des constitutions, lui en avait demandé une. Il lui avait dit assez brusquement « Apportez-moi vos « idées, je verrai ce qu'on peut en faire. » M. Benjamin Constant, fort touché de cette invitation, se met en besogne, et bientôt il apporte aux Tuileries une fort jolie constitution, soigneusement rédigée, et où les pouvoirs étaient très-habilement pondérés. Mais Buonaparte, après l'avoir examinée, déclare qu'elle ne lui convient pas. « Ce « n'est pas là, dit-il au constituant, ce que j'en-« tends : vous m'ôtez tout mon passé; je veux le « conserver; j'y ai quelques droits, je pense... »

M. Benjamin fait quelques observations; il défend son ouvrage; mais plus *flexible au fond* que Buonaparte, il finit par céder, et remet sa constitution en poche.

Buonaparte n'en a pas voulu; ce sera pour d'autres. L'époque est favorable aux constitutions, et les publicistes qui en ont en portefeuille les placeront un jour ou l'autre : il y a encore des peuples qui n'en ont pas.

Ce qui se passa peu de temps après aux Tuileries aurait bien dû éclairer M. Benjamin Constant sur le caractère et sur les intentions de son prince, et le convaincre enfin que Buonaparte était bien décidé à ressaisir sa tyrannie. Il s'agissait de la confiscation ; M. Benjamin Constant et ses collègues demandaient qu'elle fût à jamais abolie. « Qu'est-ce à dire ! s'écriait Buonaparte « impatient du frein qu'on voulait lui imposer ; « *on m'affaiblit, on m'enchaîne ; la France me* « *cherche et ne me trouve plus ; elle se demande* « *ce qu'est devenu le vieux bras de l'empereur.* « *Que me parle-t-on de justice abstraite, de loi* « *naturelle ? Messieurs, je vous le répète, il faut* « *qu'on retrouve, il faut qu'on revoie le vieux* « *bras de l'empereur.* » M. Benjamin Constant céda encore une fois, et je ne lui reproche pas cette condescendance ; j'avoue qu'à sa place j'aurais cédé comme lui. L'empereur levait son vieux bras, et « promenait, nous dit-on, autour de lui des regards de mécontentement et d'irritation. » Mais alors il fallait quitter la partie, et ne pas être plus long-temps le conseiller d'un prince qui faisait si peu de cas des sages avis qu'on lui donnait ; il fallait reconnaître enfin qu'il était impossible d'*allier Buonaparte et la liberté ;* idée bizarre et ridicule, qui n'aurait jamais dû entrer dans un cerveau aussi bien organisé que celui de M. Benjamin Constant ; mais il avait commencé l'éducation constitutionnelle de Buonaparte, il voulait à toute force la continuer, et il se flattait toujours qu'il s'en tirerait à son honneur.

C'est une illusion, une erreur dont il n'est pas encore bien guéri. Il paraît toujours croire que si on lui en avait laissé le temps, il aurait fait de Buonaparte un prince passablement constitutionnel; mais les habitudes du despotisme ne se perdent jamais, et il était aisé de prévoir qu'à la première victoire Buonaparte saurait bien se délivrer des entraves à l'aide desquelles M. Benjamin Constant croyait pouvoir le retenir. L'empereur alors eût montré *son vieux bras*, et peut-être son instituteur constitutionnel n'eût-il pas été un des derniers à le sentir; mais Waterloo en décida autrement. « Risquant en un jour toute sa destinée, Buonaparte, dit M. Benjamin Constant, *perdit la France en se perdant lui-même.* » Il y a ici une faute d'impression; lisez : Buonaparte en se perdant sauva la France; voilà sans doute ce que M. Benjamin Constant a voulu dire, et ne l'ai-je pas charitablement corrigé?

Quoique ce publiciste soit invariable dans ses opinions, je vois avec peine qu'il a singulièrement modifié celle que pendant les cent-jours il avait sur la pairie. Alors il voulait bien douter qu'il fût possible d'affermir une monarchie constitutionnelle sans y *tolérer* une magistrature héréditaire qui opposât son élément de durée à « l'action perpétuellement rénovatrice de l'élec-

tion populaire, action qui, par cela même qu'elle
prépare ce qui doit être, court toujours le risque
d'ébranler plus ou moins la solidité de ce qui
est; » mais il déclare qu'en thèse générale son
opinion est aujourd'hui *très-ébranlée*. La mienne
ne l'est pas : je suis, aujourd'hui plus que jamais,
convaincu de la nécessité d'une magistrature héréditaire; une chambre unique, fléau dont je prie
le ciel de nous préserver, m'épouvanterait fort,
et je demanderais qu'on nous en délivrât au plus
vite, et n'importe comment; si même, pour faire
cette opération salutaire, on avait besoin de ma
canne, je la prêterais volontiers.

J'aurais bien quelques observations à faire sur
les éloges que M. Benjamin Constant prodigue
dans ses Mémoires à la douceur et à la mansué-
tude du gouvernement des cent-jours; mais le
temps et l'espace me manquent. J'ai couru à ce
qui pressait le plus, j'ai montré comment M. Benjamin Constant répondait au reproche de versatilité qu'on lui fait si souvent. Mes lecteurs trouveront peut-être que sa justification laisse quelque
petites choses à désirer; mais le pas était bien difficile, et, dans mon opinion, M. Benjamin Constant s'en est fort subtilement tiré.

1828.

L'ART DE LA GRIMACE.

Promesse du débiteur au créancier...
grimace; douleurs d'héritiers... grimace;
grâces de vieilles coquettes... grimace.
Mercier, *Tableau de Paris.*

Cet art, si j'en crois les mémoires du temps,
n'était pas négligé avant la révolution; il y avait
même alors d'habiles grimaciers et de plus habiles grimacières. Mais, disons-le à l'éloge d'un
siècle fort décrié, et qui, au moins sous ce
rapport, vaut mieux que sa réputation, c'est
lorsqu'il a commencé, et dans ses quinze premières années, que *l'art de la grimace* est arrivé à sa perfection; et n'en soyons pas surpris,
tant de gens étaient alors intéressés à sa perfection.

Que de bonnes grimaces on a donc faites sous
l'empire! Le grand homme lui-même, malgré
toute sa perspicacité, fut pris pour dupe, et cette
erreur paraît lui avoir été funeste; car plus d'un
publiciste assure que ce sont les grimaciers im-
périaux, auxquels je reviendrai, qui ont perdu
l'empereur et l'empire. Je le voudrais pour l'honneur de l'art; ce serait sans contredit le plus
beau triomphe de la grimace, et elle pourrait à
bon droit s'en enorgueillir.

Aurait-elle aujourd'hui perdu tous ses avantages ? serait-elle sans honneur et sans profit ? Vous ne le croyez pas, ni moi non plus ; mais j'avoue que j'ai craint un instant pour elle : je ne voyais pas comment elle pourrait s'accommoder des formes sévères de votre gouvernement représentatif, qui, faisant tomber tous les masques, devait, disait-on, forcer tous les visages à rester dans leur état naturel ; mais je n'ai pas tardé à découvrir qu'elle avait l'heureux privilége de s'allier à toutes les institutions politiques, et d'y trouver son compte : Dieu et le budget en soient loués ! car elle ne saurait recevoir trop d'encouragemens.

On demandera sans doute pourquoi je lui porte un si tendre intérêt. J'ai honte de le dire ! c'est ma grande passion que les bonnes grimaces ; c'est chez moi un goût de l'enfance que l'âge n'a fait que fortifier : aussi les grimaciers un peu fameux qui ont brillé successivement dans les rues de votre capitale m'ont-ils toujours remarqué parmi les admirateurs de leurs talens. Qu'ils reçoivent tous ici le faible tribut de ma reconnaissance. Mais il en est deux auxquels je dois un hommage particulier ; car si nous avons fait, le docteur *** et moi, quelques progrès dans un art agréable, mais difficile, c'est à la perfection de leur jeu que nous en sommes redevables. Non,

jamais la grimace *innocente*, et je ne parle encore que de celle-là, n'avait enfanté de pareils
prodiges : je les voyais tous les jours, et tous les
jours ils me semblaient nouveaux.

Vous riez peut-être de me voir là ; mais d'a-
bord, que d'autres aillent étouffer dans une salle
étroite et enfumée ; il me faut à moi, comme aux
Athéniens, des spectacles et des cours publics en
plein air : acteurs et spectateurs, maîtres et
élèves, tout le monde s'en trouve mieux. Ce n'é-
tait pas entre quatre murailles, c'était dans les
bosquets d'Académe que Platon dictait à ses disciples les leçons de la plus saine morale. C'est
dans son jardin que le Platon de la rue de l'Ouest,
M. Azaïs, entouré d'une foule immense d'audi-
teurs, enseigne comment tout se compense dans
l'ordre moral et dans l'ordre physique ; et ce système, qu'il est impossible de comprendre dans
le cabinet, vous charme par sa clarté et sa simplicité quand le philosophe l'explique en plein
vent. Mais laissons là nos deux Platon, et revenons à nos deux grimaciers.

L'un, coiffé d'une perruque blonde, jouant
du violon et sonnant de la trompette, avait le
département des grimaces bouffonnes : c'est le
genre plaisant. L'autre, Italien d'origine, portant
une vessie au bout d'une lanterne, excellait dans
les grimaces terribles : c'est le genre sombre, ro-

mantique, le mélodrame de la grimace. Une folie plus aimable, une gaieté plus française, ani-
maient le jeu du premier; celui du second avait
quelque chose de plus mordant et de plus caus-
tique : l'un se rapprochait de la comédie, l'autre
de la satire; aussi avait-il à la main une vessie,
l'un des attributs des satiriques. Plus jeune d'ailleurs, et porteur d'une belle figure que de larges
favoris rendaient encore plus expressive, il plaisait davantage aux femmes, qui ont besoin de
fortes émotions; mais son vieux rival, qui dés-
opilait la rate et ne serrait jamais le cœur, avait
pour lui tous les amis de la bonne gaieté de nos
pères, tous les partisans de la grimace tempérée.

Je le préférais encore parce qu'il était Français,
et que j'aime la gloire de mon pays. Au reste,
l'un et l'autre ont disparu. L'Italien est retourné
à Naples, où par ses grimaces il console aujourd'hui ses concitoyens des petits désagrémens
qu'ils ont essuyés dans une campagne qui a duré
quarante-huit heures, montre sur table. Quant
au Français, il est mort une de ces dernières années à l'Hôtel-Dieu; car voilà comment chez
nous on encourage les grands talens.

Ces deux maîtres en grimaces florissaient sous
l'empire, et n'en étaient pas un des moindres
ornemens. Ce qui me charmait encore en eux,
c'était la bonne intelligence dans laquelle ils vi-

vaient : je connais les savans, les poëtes, voire
même les journalistes; ils se haïssent, se décrient
sans cesse; je les ai même vus quelquefois se déchirer en se caressant... Tels n'étaient pas nos
deux grimaciers : nobles rivaux sans jalousie, ils
m'offrirent l'accord toujours si rare d'un grand
talent et d'un beau caractère. Jamais ils ne se
rencontraient sans se saluer avec une affectueuse
politesse. On sait, il est vrai, que c'était la meilleure de toutes leurs grimaces : soit, mais elle
était bien touchante.

Étonnez-vous maintenant que tant de gens
habiles, appliquant la grimace à la politique,
aient depuis vingt ans changé si souvent et si facilement de visage, et qu'ils aient su s'en faire
un nouveau pour chaque événement! Vous savez
qu'ils ont été à bonne école; car ce sont, n'en
doutez pas, nos deux grimaciers qui les ont formés, et, je puis le dire, sous mes yeux. Mais en
voyant ces Messieurs dans notre *rond*, je ne de-
vinais guère le motif qui les y amenait : telle était
mon ingénuité, mon ignorance des choses de ce
monde, que je croyais qu'ils n'étaient là, comme
moi, que pour passer agréablement une heure
ou deux. Que j'étais loin de soupçonner toute
l'importance de l'art, tout le parti qu'un homme
habile pouvait tirer de la grimace dans les diverses circonstances de la vie! Cette connais-

sance m'est venue plus tard, et voici comment :

Il m'arrivait souvent de parler des deux grimaciers, et j'en parlais toujours avec cet enthousiasme que leur talent excitait en moi. Une
dame, que je ne nomme point parce qu'elle a
été un peu trop connue, me demanda un jour
s'il n'était pas possible de voir au moins une de
ces merveilles. Je me mis à ses ordres, et pas
plus tard que le lendemain, je la conduïsis sur
la place des Quatre-Nations, à la porte de l'Institut, où le Préville de la grimace tenait alors ses
assises. Le rond était formé quand nous arri-
vâmes ; mais j'étais connu : « Laissez passer Mon-
« sieur, dit un amateur ; c'est le compère du gri-
« macier. » Nous fûmes très-bien placés.

Déjà l'artiste embouchait la trompette, et mettait, sur le plus drôle de nez que j'aie vu de ma
vie, une paire de lunettes dont l'envergure aurait couvert le chapeau à la Bolivar du général***.
Après quelques lazzis préparatoires, espèce de
prologue à la manière des anciens, le spectacle
commença, et j'admirai, peut-être pour la mil-
lième fois, cette mobilité de traits à l'aide de laquelle plusieurs figures semblaient passer sous
mes yeux comme au travers d'une lanterne ma-
gique. Tout l'Institut était aux fenêtres, et criait
bis.

Soit que la présence de ces vieux savans,

moins vénérables encore par leur âge que par leur mérite, excitât en lui une noble émulation, soit qu'il eût, ce qui est plus encourageant, déjeuné ce jour-là à sa fantaisie, l'artiste se surpassa. Mais, le croirait-on? Mme de *** souriait dédaigneusement! Je la regardais avec surprise, et ne savais que penser de sa sensibilité, qui cependant avait fait un certain bruit dans le monde: « Donnez-moi le bras jusque chez moi, me dit-elle, nous y causerons plus à notre aise. » Elle ne demeurait qu'à deux pas; nous fûmes bientôt arrivés.

« Savez-vous, Monsieur, pourquoi je ne partage pas votre admiration pour ce grimacier? c'est que je suis du métier. — Vous, Madame! vous faites des grimaces? — Plus aujourd'hui; mais j'en ai fait autrefois de fort bonnes, et dont on a parlé à la cour. — Et quel était votre maître? — La nature. Est-ce que les femmes... Pauvre garçon, vous ignoriez cela? Mais je veux vous donner un échantilllon de mon savoir-faire.

« Le mari d'une de mes amies venait d'obtenir une charge que j'avais recherchée pour le mien. La rage était dans mon cœur; cependant j'allai faire mon compliment à cette femme, que j'aurais volontiers étranglée. Observez bien tous mes mouvemens. (Ici, *les bras tendus; démonstration*

*de la gaîté la plus expansive ; expressions pleines
de tendresse.*) Ma bonne amie, mon cœur......

« Cette grimace commença ma réputation. —
Ah ! Madame, elle suffirait pour l'achever. —
J'ai fait mieux. Vous avez sans doute entendu
parler du duc de ***. Il venait souvent me voir ;
je ne sais quelle impression je fis sur lui ; mais il
se prit pour mon mari d'une amitié si vive, qu'il
lui fit obtenir une fort belle place à deux cents
lieues de la capitale. Un procès et d'autres affaires ne me permirent pas de l'accompagner. Que
notre séparation fut cruelle ! Je serrai amoureu-
sement mon mari dans mes bras. Suivez-moi,
je vous prie. (*Soupirs, sanglots, pâleur, tremblement de lèvres, évanouissement.*)

« Hé bien ! Monsieur, que pensez-vous de cette
grimace ? — Parfaite. Quel talent ! — Il me devint bientôt plus nécessaire que jamais. La situation d'une femme sensible, qu'on a la bonté de
trouver jolie, et qui vit à deux cents lieues de
son mari, est bien pénible ; c'était chaque jour
deux ou trois déclarations nouvelles. Je n'ai pas
sans doute besoin de vous dire comment elles
étaient reçues ; mais il est tant de nuances délicates à saisir ! on ne peut pas éconduire le grand
seigneur comme le président, ni le colonel comme
le receveur-général des finances. Vous sentez,
Monsieur, un colonel ! Mais brisons là-dessus ;

il faut d'ailleurs vous laisser un peu d'admiration pour votre grimacier. — C'est vous seule, Madame, désormais que je veux admirer.

« Que serait-ce donc si vous m'aviez vue au moment fatal qui me rendit veuve ! Je perdis un mari qui avait toute mon estime; et comme un malheur ne vient jamais seul, le colonel venait de partir pour sa garnison. J'exprimerais mal aujourd'hui..... Cependant, puisque vous l'exigez, voici à peu près..... — Admirable ! Madame, admirable ! je tombe à vos genoux. — Monsieur, vous avez cinquante ans, j'en ai...... Le temps des bonnes grimaces est passé pour tous les deux. »

Je rentre chez moi, absorbé dans mes réflexions; mes yeux étaient enfin dessillés. Que de temps perdu auprès de mes bouffons grimaciers ! J'avais acquis, il est vrai, un assez joli talent d'amateur; mes grimaces avaient presque autant de réputation que celles de mon ami le docteur ***; mais quelle honte pour moi de n'avoir cherché qu'un vain et puéril amusement dans l'étude d'un art qui offre à l'observateur un si vaste sujet de méditation! Dès ce moment je dis adieu à mes pauvres grimaciers; je savais où trouver leurs maîtres. Les grimaciers de la cour (sous-entendu de ce temps-là) valaient mieux que ceux de la rue; leurs grimaces étaient plus amusantes, et

surtout plus instructives : c'était déjà avoir profité que de savoir s'y plaire.

Je fis ma première expérience sur M. le comte***.
Depuis long-temps sa conduite et son langage
étaient une énigme pour moi. Il n'avait jamais
cessé de vanter les charmes d'une noble indépendance, et il était alors retenu toute la journée
au château des Tuileries pour un service encore
plus pénible qu'honorable. Lui, qui naguère me
parlait si souvent des droits des nations, ne me
parlait plus que des droits de l'empereur. Jadis
sa philosophie avait proscrit avec dédain tous les
titres, toutes les décorations, qui n'étaient à ses
yeux que les jouets d'une vanité ridicule; et il
venait d'être fait comte, et je voyais briller sur la
poitrine du philosophe une petite brochette de
croix. Voilà, me dis-je, un sujet bon à observer :
je ne me trompais pas.

Quel grimacier! Il me suffisait de le regarder
pour savoir quel vent soufflait au château. L'empereur avait-il paru gai au lever, la gaieté la plus
vive, la plus folle animait la physionomie de
M. le comte, et tout ce qui l'entourait était heureux; Sa Majesté avait-elle l'air inquiet et soucieux, aussitôt d'épais nuages obscurcissaient le
front du courtisan, dont l'humeur était alors tellement fâcheuse que, malgré la bonté de son
naturel, il vous eût volontiers battu, pour mieux

imiter l'empereur, s'il n'avait craint la récipro-
cité; enfin son visage exprimait toujours avec
une étonnante fidélité toutes les passions, tous
les mouvemens de l'âme du maître.

Voici quelque chose de plus fort. J'allai voir
M. le comte; il était au lit, se plaignant d'un catarrhe violent qui le suffoquait, et en effet il
.parlait et respirait avec une extrême difficulté;
son visage était d'une pâleur mortelle, tous ses
traits semblaient décomposés. Ces symptômes
effrayèrent le médecin, qui fit trois visites dans
la journée, et annonça le soir que M. le comte ne
passerait pas la nuit. Le docteur revint le lende-
mains, et ne trouvant plus son malade, il vanta
la certitude de son pronostic. «Je l'avais bien dit,
je ne me trompe guère. » Le malade était parti le
matin pour aller faire au château son service ac-
coutumé. Or, voulez-vous savoir d'où provenait
ce catarrhe qui le suffoquait la veille? L'empereur
avait toussé.

Ayant rencontré M. le comte sur le boulevard,
au commencement d'avril 1814, je m'avisai de
lui demander des nouvelles de la santé de l'empereur : « Mon ami, me dit-il, il n'y a plus d'empereur; *vive le roi!* Je l'ai toujours porté dans
mon cœur.» Au moins le portait-il alors sur sa
figure; M. le comte était rayonnant, c'était plaisir de le voir.

Survint l'ouragan du 20 mars : c'était là que j'attendais mon grimacier de cour. Le cas était embarrassant : l'empereur était revenu; mais si le roi allait revenir à son tour! M. le comte prit deux visages, ou, si vous aimez mieux, deux moitiés de visage : l'une, celle qui était tournée du côté des Tuileries, exprimait une joie, un contentement vraiment indicibles; l'autre, celle qui regardait Gand, offrait tous les signes de la douleur la plus amère; on y voyait cependant percer un rayon d'espérance. Cette grimace, on le sait, est le chef-d'œuvre de l'art : c'est de toutes les grimaces la plus difficile; elle exige une contorsion de visage qui la rend extrêmement pénible; mes grimaciers ne la faisaient jamais que pendant cinq minutes, M. le comte la fit cent jours de suite, et il était prêt à recommencer.

Si je voulais maintenant passer aux grimaces de notre temps, tous les partis, je crois, pourraient m'en offrir. Je trouverais des grimaciers libéraux qui parlent d'égalité, mais ne veulent l'égalité qu'en dessus; qui parlent de fraternité, mais qui vendraient leurs frères à bon marché si on voulait les leur acheter; je trouverais des grimaciers royalistes, qui... Chut, il ne faut pas tirer sur les siens; l'ennemi en profiterait.

Du 9 avril 1821.

DIALOGUE

ENTRE

UNE JEUNE DAME ET UN VIEUX JOURNALISTE.

Un écrit clandestin n'est pas d'un honnête homme.
GRESSET, *le Méchant*.

La jeune dame. Avez-vous lu un ouvrage infâme qui vient de paraître?

Le journaliste. Son titre, s'il vous plaît?

La jeune dame. PETITE CHRONIQUE DE PARIS.

Le journaliste. Je me propose d'en rendre compte incessamment.

La jeune dame. Et qu'en direz-vous?

Le journaliste. Ce que j'en pense.

La jeune dame. Pensez-en beaucoup de mal, je l'exige.

Le journaliste. Que ne penserait-on pas pour vous plaire! Je vais sur-le-champ me mettre à la besogne, et demain matin, si vous le permettez, j'aurai l'honneur....

La jeune dame. Ne prenez pas cette peine-là, je ne serai pas chez moi. Mais il n'importe, faites votre article; point de pitié, mordez jusqu'au sang, emportez la pièce : je n'en demande pas davantage.

Le journaliste. Vous me demandez bien peu ; mais il est quelquefois bien difficile de concilier ses devoirs avec ses affections... Décidément , vous ne serez pas chez vous demain matin ?

La jeune dame. Très-décidément, je n'y serai pas.

Le journaliste. Avant tout, Madame, un journaliste doit la vérité à ses lecteurs, et vous sentez que ma conscience....

La jeune dame. Votre conscience, vos devoirs ! ne parlez pas de cela ; la conscience ! un journaliste ! Dans tous les cas, le libelle que je vous dénonce est abominable, et vous pouvez le condamner sans craindre de blesser cette conscience si tendre, si délicate.

Le journaliste. L'auteur est un homme d'esprit.

La jeune dame. C'est un impertinent, un indiscret surtout, qui dit beaucoup de choses qu'il devrait taire.

Le journaliste. Et qui en passe sous silence beaucoup d'autres qu'il devrait dire. C'est de sa discrétion que je me plains.

La jeune dame. Expliquez-vous, je vous prie.

Le journaliste. Si la censure des livres existait encore, je croirais qu'elle a passé par là. *Petite Chronique :* le titre est bien choisi ; on victime les petits, on épargne les grands. Apparemment que ces derniers n'ont ni travers ni ridicules ; ils sont parfaits.

La jeune dame. Je vous reconnais là. Il faudrait, pour vous plaire, livrer à votre malignité des hommes en crédit, des préfets et des directeurs-généraux.

Le journaliste. Pourquoi pas des ministres ? Mais trève à toutes ces plaisanteries ; revenons à notre *Chronique.* Je vous avoue que j'y trouve d'assez bonnes malices, des épigrammes.

La jeune dame. Sans aucun sel.

Le journaliste. Point d'humeur ; elles sont agréablement tournées : malheureusement c'est de l'esprit perdu. A qui d'abord en veut-on ? A des individus de fort peu de conséquence, à des gens de lettres.

La jeune dame. Eh bien !

Le journaliste. Est-ce que ces gens-là valent une épigramme ? Faute de mieux, on s'en amusait autrefois ; mais aujourd'hui leurs prétentions, leurs rivalités, leurs querelles même ne nous intéressent guère. Il peuvent se battre, se déchirer à belles dents, ce qui leur arrive assez souvent, on ne prend même pas la peine de les regarder ; il n'y a plus dans tout cela matière au plus léger scandale. Or, je ne connais de bonnes chroniques que les chroniques scandaleuses.

La jeune dame. On s'occupe donc bien peu

aujourd'hui de littérature et de ceux qui la cultivent ?

Le journaliste. Jugez-en vous-même. Je me promenais dernièrement au Palais-Royal : vingt ouvrages nouveaux, et notamment un poëme épique, étaient symétriquement rangés sur les étalages des libraires ; pas un curieux ne daignait s'arrêter, tandis qu'une foule immense environnait un turbot, à la vérité magnifique, que Mme Chevet venait d'exposer aux regards des amateurs. Qu'en pensez-vous ? Je conviens que le turbot était de fort belle apparence.

La jeune dame. Plaisantez-vous, à votre tour ?

Le journaliste. Je parle très-sérieusement. Tel est l'esprit d'un siècle plus gourmand que littéraire, et qui préfère le turbot de Mme Chevet à un poëme épique de M....

La jeune dame. C'est, en ce cas, un fort vilain siècle.

Le journaliste. Je ne dis pas qu'il soit beau ; le voilà, je ne l'ai pas fait.

La jeune dame. Si du moins l'auteur de la *Chronique* avait eu quelques égards pour des littérateurs distingués ! mais il verse le ridicule jusque sur l'Académie : c'est vouloir ne rien respecter.

Le journaliste. Il y a donc encore une Académie française ? Qu'en dit la *Chronique ?* ce passage m'est échappé de la mémoire.

La jeune dame. L'auteur nous reporte aux *prix décennaux*. Il rappelle les jugemens qu'en vertu d'un ordre très-exprès l'Académie française a prononcés sur les ouvrages les plus remarquables de ce siècle, et ne les rappelle que pour rire au nez des juges; ainsi, quand l'Académie se repose on se moque d'elle, et quand elle travaille on s'en moque davantage, sans doute pour l'encourager. Ah! si j'étais à sa place, on ne m'y rattraperait plus; je me reposerais si bien, que je ne finirais pas même le *Dictionnaire*.

Le journaliste. Parlez bas; si elle vous entendait, elle voudrait peut-être suivre votre conseil, et nous en souffririons : on ne se hâte déjà que trop lentement. Ne vous a-t-on pas dit que la langue avait le temps de vieillir pendant qu'on faisait son Dictionnaire? et ne prenez-vous pas cette vérité pour une épigramme? Le sujet est usé, on n'en peut plus rien tirer : j'en suis fâché pour l'auteur de la *Chronique*. Si Bachaumont, dont il continue les *Mémoires secrets*, parle souvent de l'Académie, c'est qu'alors elle tenait un peu plus de place dans l'opinion; ses *séances publiques*, ses *prix*, ses *élections* surtout étaient autant d'événemens : nous en causions jusqu'à la fin de la semaine. Mais il n'en va plus ainsi aujourd'hui, et M. Comte tout seul fait plus de bruit que tous les académiciens ensemble; les quarante fauteuils vaqueraient à la fois, que ce phénomène, assurément fort triste, serait à peine remarqué.

La jeune dame. Faut-il que j'excuse encore les traits qu'il dirige contre les comédiens? Direz-vous aussi que ces Messieurs sont des gens de peu de conséquence?

Le journaliste. Dieu m'en garde! Ce n'est seulement que devant la loi que les auteurs et les comédiens sont égaux; mais que voulez-vous, Madame? dans ce siècle d'indépendance, on dit la vérité aux rois de théâtre, et on prétend que cela les relève du péché de paresse.

La jeune dame. Et les *anecdotes galantes?* Quelle horreur! quel oubli des bienséances! attaquer l'honneur des femmes! Quand on touche à cela, Monsieur, dites qu'il n'y a plus rien de sacré sur la terre.

Le journaliste. Mais je n'ai rien vu.

La jeune dame. Vous n'avez rien vu! Et « cette « petite actrice qui a fait en quelques soirées une « si grande fortune! » Vous n'avez rien vu!

Le journaliste. Ce n'est pas un scandale.

La jeune dame. Et cette autre, qui, au moment où elle était attendue sur la scène, monte en voiture avec un compagnon de voyage, et fouette cocher : vous n'avez rien vu!

Le journaliste. Ce n'est pas un scandale, c'est un de ces événemens que notre état de civilisation rend assez ordinaires; plus le siècle se perfectionne, plus il est difficile de nous scandaliser. Je conviens toutefois que l'auteur a ici un très-grand tort.

La jeune dame. Vous êtes donc enfin de mon avis?

Le journaliste. Un tort vraiment inexcusable. Il laisse tous les noms en blanc : or, médire ainsi, c'est ôter à la médisance tout ce qu'elle a de piquant. Vous accusez la *Chronique* d'indiscrétion; elle n'est que trop discrète à ses dépens et aux nôtres. Observez encore qu'elle arrive bien tard. Pourquoi ne paraît-elle pas tous les huit jours? Le scandale doit être servi chaud. Que nous veulent donc encore ces deux héroïnes de Rodez et d'Alby? n'en sommes-nous pas fatigués depuis long-temps? Mme Manson, en ne l'envisageant que sous le rapport de la critique, est aussi usée que l'Académie française.

La jeune dame. Terminons; ce n'est pas tout cela qu'il faut reprocher à l'auteur de la *Chronique*. Vous direz, s'il vous plaît, qu'il est triste en sa gaieté.

Le journaliste. Je mentirais.

La jeune dame. Que cela ne tienne. Vous ajouterez que ses plaisanteries sont assez fades.

Le journaliste. Je trahirais ma conscience.

La jeune dame. Encore sa conscience! Brouillez-vous avec elle ou avec moi.

Le journaliste. Mais, bon Dieu! quel mal vous a donc fait cette *Chronique?* Vous prenez la défense de l'Académie?

La jeune dame. Dont je me soucie fort peu.

Le journaliste. Des comédiens?

La jeune dame. Dont je me soucie encore moins.

Le journaliste. De la vertu des actrices?

La jeune dame. Dont je ne me soucie pas du tout. Mais l'auteur de la *Chronique* m'a personnellement offensée.

Le journaliste. Aurait-il dit que votre roman...

La jeune dame. Il n'a osé. Mais vous connaissez Verseuil : c'est un jeune homme charmant, de la tournure la plus agréable, qui chante et danse à ravir, et dont les opinions politiques sont excellentes; il a fait jouer cet été une petite pièce, un chef-d'œuvre.

Le journaliste. J'assistais à la première représentation.

La jeune dame. Vous avez sifflé peut-être?...

Le journaliste. Non; mais d'autres ont sifflé pour moi.

La jeune dame. Jamais on ne vit pareille injustice. Le parterre, les loges, toute la salle était remplie des ennemis de l'auteur.

Le journaliste. Pourquoi n'avait-il pas fait assurer le succès de sa pièce?

La jeune dame. Mlle *** faisait sa rentrée ce jour-là même; elle avait enlevé tous les applaudissemens, il n'en restait pas un seul sur la place; et le pauvre Verseuil?... Mais il ne s'en souvenait plus, et voilà qu'une maudite *Chronique* renouvelle sa douleur et la mienne. Ce pauvre Verseuil!

Le journaliste. Le trait est abominable; un jeune homme d'une tournure agréable, et qui pense bien!

La jeune dame. Vous me promettez donc de le venger?

Le journaliste. Vous pouvez y compter.

La jeune dame. Ce pauvre Verseuil!

Mardi, 23 février 1819.

AIMEZ-MOI UN PEU MOINS

ET DONNEZ-MOI UN PEU PLUS.

> On peut dire de bien des gens qu'ils sont
> amis jusqu'à la bourse.
>
> Mercier, *Tableau de Paris.*

Voilà ce que pourrait dire un prince âpre à l'argent, et qui préférerait nos écus à notre amour. Mais Louis-Philippe a de plus nobles sentimens, et il tient un tout autre langage. Je suis sûr que plus d'une fois depuis quinze jours il a dit : Qu'on me donne moins et que je sois aimé davantage. Il n'est pas intéressé. Quelques millions de plus ou de moins, que lui importe? Pour lui, sa liste civile n'est pas là; il la voit dans nos cœurs et non pas dans nos poches.

S'il en est ainsi, comme personne n'en doute que je sache, la discussion de ses honoraires n'a pas été pour lui une affaire d'argent. Toutefois, malgré son désintéressement, les longs et violens débats auxquels elle a donné lieu n'ont pas dû lui paraître très-agréables. Vous avez vu avec quelle obstination cette gauche et cette droite ont voulu ébrécher sa dotation, et, si vous me permettez de le dire, lui tailler les morceaux. Les enragés carlistes l'auraient traité avec moins de rigueur; du moins savent-ils, eux, que lorsqu'on fait un roi, il faut le doter convenablement. Il est vrai que tous les opposans, M. Cabet en tête, ont très énergiquement protesté de leur dévouement à la royauté citoyenne; tous ont dit qu'ils l'aimaient plus que personne, et Dieu me garde de mettre en doute la sincérité de leurs protestations! Mais si le roi-citoyen n'en était pas aussi convaincu que moi, faudrait-il s'en étonner? D'ordinaire, l'amour a une manière différente de se manifester; c'est à d'autres signes qu'on le reconnaît.

On marchande moins avec un prince qu'on aime; on ne le fait pas attendre si long-temps quand on règle son compte. Il y a mieux: plus il est désintéresé, plus on se montre généreux; et si, par un rare accident, il est exemplairement économe, loin d'argumenter de son économie pour lui donner moins, on y trouve au contraire une raison très-puissante pour lui donner davantage, parce qu'on sait bien que celui-là ne jettera pas son argent par les fenêtres. L'opposition, qui l'aime si fort, aurait-elle craint, en lui donnant quelques millions de plus, d'en faire un dissipateur, un prodigue, enfin de gâter son bon naturel? C'est un danger contre lequel nous devons être très-rassurés : on ne quitte pas à soixante ans ses bonnes habitudes.

Est-ce donc ainsi qu'on vote une liste civile ?
Ces choses-là tirent tout leur prix de la grâce et
de la célérité avec lesquelles on les fait. Puis
douze palais et quatorze millions; pouvait-on
demander moins pour représenter dignement,
comme le rapporteur de la commission l'a très-
bien dit, l'imposante majesté du peuple français ?
Moi, j'ai cru un instant qu'après avoir entendu
le rapport si lumineux, si puissamment raisonné
de M. de Schonen, la chambre allait voter la liste
civile par acclamation. La révolution de juillet
devait bien cette politesse au roi qu'elle a fait, et
qui s'est si généreusement dévoué pour ne pas la
désobliger; mais il en a été tout autrement : l'opposition prend plaisir à prolonger une discussion
qui aurait dû être terminée en cinq minutes;
elle tient le plus long-temps qu'elle peut la
royauté sur la sellette, et l'interroge sur faits et
articles; elle a disputé pied à pied tous nos palais, et ce n'est qu'avec beaucoup de peine et en
se tenant bien serrés, que, sur douze, les centres
sont venus à bout de lui en arracher neuf, jusqu'à ce petit pavillon de Meudon qu'elle voulait séparer de Saint-Cloud, comme s'il n'en
était pas aussi inséparable que les deux Tria-
nons le sont de Versailles, que Bagatelle l'est
du bois de Boulogne et Compiègne de Fon-
tainebleau ; comme si on pouvait concevoir

Saint-Cloud sans Meudon, ou Meudon sans Saint-Cloud !

Puis, que de propriétés ils ont distraites de la liste civile qui les réclamait, et qu'elles n'auraient point du tout incommodée ! N'ayant plus que neuf palais, où logera-t-elle ses employés, dont le nombre, quoique réduit autant que possible, sera encore assez considérable ? M. de Schonen a eu raison de le demander ; il fallait abandonner quelques hôtels.... *Qu'elle en loue !* a crié une des cent soixante-quatre voix de l'opposition. Hé bien ! elle en louera ; mais il eût été, ce me semble, beaucoup plus aimable de la dispenser de cette obligation, et en lui donnant de très-beaux biens à administrer, de lui épargner tous les frais d'administration. C'est une galanterie que je lui aurais faite très-volontiers ; et puisqu'il est reconnu que ses neuf palais ne lui suffisent pas, j'y aurais ajouté au moins neuf hôtels pour loger tous ses employés et ses trois cents chevaux à 1,000 écus d'entretien par cheval.

Non, jamais, depuis qu'on donne des listes civiles aux rois, on n'en a vu une aussi disgracieusement votée ; et vraiment je ne sais ce que je ferais si j'étais à la place de celui à qui on l'offre ; je crois que, dans un moment d'humeur, l'envie me viendrait de la refuser. Mais l'humeur est une mauvaise conseillère : le roi-citoyen prendra un

arti plus sage, et en faveur du fond il pardon-
era la forme; il ne voudra pas d'ailleurs offen-
er par un refus une chambre dont, il faut le
lire si on veut être juste, la majorité s'est bien
conduite; vous n'avez aucun reproche à lui faire
ni sur les palais, ni sur le chiffre. Ce n'est pas la
aute du juste-milieu s'il n'a pas donné plus;
euillez donc l'excuser un peu.

Après tout, ce peu est honnête; avec lui et
'apanage d'Orléans, que M. Dupin a si vigou-
eusement défendu contre la logique de M. Mauguin, la dotation immobilière sera, je ne dis pas
magnifique, mais du moins tolérable; et le roi,
e le sais, ne s'en plaint pas; il est si facile à con-
enter! Mais les amis du château, car le château,
quel que soit celui qui l'occupe, a toujours beaucoup d'amis, se plaignent avec une grande amer-
ume : les trois palais qui nous restent, surtout
Rambouillet, qui est d'un si bon rapport, les
couchent au cœur. On serait porté à croire, quand
on les entend, que chacun de ces palais retirés
de la liste civile est un vol qu'on leur a fait.
Puis, si vous voulez le savoir, ils ne conçoivent
pas, eux, une royauté sans douze palais. « Trois
palais de moins! me disait ces jours derniers, en
regardant le ciel, un de ces Messieurs, trois palais de moins! à quoi donc ces gens-là songent-
ils? où veulent-ils nous conduire? Trois palais de

moins! c'en est fait de la monarchie! Il ne reste plus qu'à proclamer la république. Trois palais de moins!.... » Il n'en revenait pas. Cet ami du château était vraiment fort amusant, et je suis sûr que Louis-Philippe, s'il l'eût entendu, n'aurait pu lui-même s'empêcher de rire, ce qui ne lui arrive guère depuis que la révolution de juillet l'a promu au grade de roi-citoyen.

Cependant on tenait ailleurs un langage bien différent; on croyait que c'étaient trop de palais pour un roi populaire, et que deux, décemment meublés, l'un d'hiver, l'autre d'été, devaient lui suffire. Depuis le commencement de cette importante discussion, j'ai assisté à toutes les séances de la chambre, et j'ai entendu d'étranges choses dans les tribunes. A chaque palais que le roi gagnait et que nous perdions : « Encore celui-là? me disait avec humeur un de mes voisins dont le chapeau ciré m'avertissait de me tenir sur mes gardes; encore celui-là! en aura-t-il assez? vous verrez qu'ils les lui donneront tous, et qu'il ne nous en restera pas un seul. O révolution de juillet! ton roi a-t-il donc besoin de tant de palais? « — Je conviens, lui dis-je, qu'il en faudrait « moins à un président. — Oui, reprit-il vivement « et en frappant sur son chapeau ciré: on ne « lui en donnerait qu'un seul pour toutes les sai- « sons, et il s'en contenterait; mais patience! tôt

« ou tard ou en viendra là : les rois s'en vont, les
« présidens arrivent! » J'eus beau inviter cet imprudent voisin à se taire, ou du moins à parler
plus bas, il n'en tint aucun compte et continua
toujours sur le même ton. Vous ne serez donc
pas surpris d'apprendre que le voisin au chapeau ciré vient d'être signalé à l'autorité comme
un des principaux complices du gros bourdon de
Notre-Dame, contre lequel, sans songer aux difficultés de l'exécution, M. Gisquet a décerné vendredi dernier un mandat d'amener.

Le chiffre! le chiffre! quand y arriveront-ils?
Le plus tard qu'ils pourront, soyez-en sûrs: c'est
un plaisir pour eux de nous le faire attendre. Et
ce chiffre, quel sera-t-il? bien mesquin, j'en ai
peur! M. de Schonen est descendu à quatorze
millions; c'est peu de chose : eh bien! ils crient
déjà comme si la royauté les écorchait; vous
verrez qu'ils en rabattront. Huit millions, dira
un des 164; six, dira un autre; un troisième n'en
voudra donner que quatre... Courage, Messieurs,
courage! vous défendez bien votre argent. Mais
que ne faites-vous mieux encore? que ne mettez-vous votre royauté en adjudication au ra-
bais? Les soumissionnaires ne manqueront pas :

Il s'en présentera, gardez-vous d'en douter.

Je vois déjà arriver, par la diligence de Stras-

bourg, une douzaine de princes allemands avec
leur soumission cachetée. Il y a tel de ces petits
princes qui ne va en carrosse que dans les jours
de grande fête, et qui, pour un million, se char-
gerait de soutenir l'éclat et la splendeur de notre
trône national, et de représenter la majesté du
peuple français. Mais comment serait-elle repré-
sentée? La représentation, je le crois bien, serait
digne du petit prince; mais serait-elle digne du
grand peuple? car nous sommes bien grands depuis nos barricades...

C'est une leçon, et je saurai en profiter si jamais on songe à me faire roi. Ne vous récriez
pas : la supposition, par le temps qui court, n'est
pas aussi absurde que vous pourriez le croire..
Quand les peuples sont fous, qui ne peut pas espérer ou craindre d'être roi? Si donc on s'adresse
à moi, je ferai sur-le-champ régler mes honoraires : il me faut tant! c'est mon dernier mot. Si
cela ne vous convient pas, laissez-moi à mes
douces habitudes, et allez cherchez ailleurs votre
roi, ou plutôt votre esclave. Comme ils seraient
pressés, ils diraient : Tope. Pas la moindre chicane,
pas la plus légère difficulté : on m'aimerait si fort
ce jour-là, qu'on accepterait toutes mes conditions, et qu'on en passerait par tout ce que je
voudrais. Les royautés par la grâce du peuple ont
leur lune de miel; et c'est pendant cette lune,

même au commencement de son premier quartier, que le roi élu doit demander sa liste civile. Il y a dans ces affaires-là, comme disent les jurisconsultes, péril dans la demeure. Vous voyez ce qu'on a gagné à attendre : dix-sept lunes ont été comptées depuis la douce lune de miel; on s'en aperçoit.

Chut! chut! attention!... Voilà le chiffre! le voilà ce chiffre si long-temps et si impatiemment attendu; le voilà! On y est enfin arrivé; on va le fixer! que Dieu en soit loué! Quatre membres de la commission, sur huit, ont demandé quatorze millions; les quatre autres, douze millions cinq cent mille francs; mais quelques députés, moins généreux, ont proposé des chiffres bien inférieurs. Quel ordre suivra-t-on dans la délibération? Commencera-t-on par le chiffre le plus élevé, ainsi que les convenances l'exigent? Une partie de la chambre demande que l'on commence par le plus bas; et j'ai craint un instant que la royauté ne fût, à sa honte et à la nôtre, criée à quatre millions; mais la majorité ne l'a pas permis, et nous l'approuvons fort, nous autres carlistes, que, suivant son impolitique et sotte habitude, M. Casimir Périer, qui craint apparemment de ne pas avoir assez d'ennemis, a encore une fois calomniés dans cette séance. Vous connaissez le résultat de la délibération : le

chiffre a été fixé à douze millions; il n'est pas
gros; la chambre aurait pu faire mieux; mais les
temps sont bien durs; et après tout, avec douze
millions, le petit revenu des biens de la couronne,
le petit apanage d'Orléans, le petit domaine
privé..., on pourra vivre, et même donner de
temps en temps des fêtes et des bals au juste-
milieu, qui aime à danser, pendant que les 164
délibèrent sur les moyens de le faire sauter.

Comme défenseur de la couronne de juillet, je
dois l'avertir que dans cette discussion, très-pé-
nible pour elle, ses principaux serviteurs l'ont
fort mal servie, et que s'ils continuent, elle fera
bien de les casser aux gages. On l'aurait moins
chicanée sur ses palais et leurs dépendances, elle
aurait peut-être sauvé Rambouillet, si un très-
jeune ministre, qui n'a encore que très-peu de
barbe au menton, n'avait pas blessé l'orgueil
d'une altière opposition en se servant d'une expression fort imprudente, d'autres diraient fort
impertinente, qui depuis 1830 est rayée de notre
vocabulaire constitutionnel. Est-ce que M. de
Montalivet n'a pas poussé l'irrévérence jusqu'à
nous qualifier de *sujets* de Louis-Philippe, qui
ne voit en nous que des concitoyens, des camarades! Et M. Casimir Périer, son précepteur, ne
l'a-t-il pas approuvé, lui qui, pour cette faute,
aurait dû le mettre en pénitence, ce qui eût

étouffé un très-fâcheux incident! On prétend qu'au lieu des étrivières qu'il méritait, le ministre-enfant a reçu des félicitations au château. J'en suis fâché pour le château, on en médira.

L'opposition, qui a le cœur bien placé, en a été indignée; et pour l'apaiser, voici venir M. le garde des sceaux, qui, croyant apparemment que la simarre couvre toutes les sottises, soutient que le roi étant *la loi vivante*, nous sommes ses *sujets*, et que nous ne pouvons pas nous en défendre. *La loi vivante!* on aurait pu le dire de Louis XIV; mais entre Louis XIV et Louis-Philippe il y a quelque différence: il ne faut pas les confondre. Le premier avait seul toute la puissance législative; le second n'en a qu'un tiers: les deux autres tiers sont à nous. Il peut refuser sa sanction aux lois décrétées par nos chambres, et ce droit que nous lui avons donné est fort beau; mais il a ses dangers; et si le roi-citoyen veut m'en croire, il n'en usera qu'avec une très-grande sobriété : c'est un conseil, non de sujet, mais d'ami, que je lui donne.

Je ne l'ai pas rêvé : ces gens-là, je ne m'en souviens que trop bien! ont proclamé en 1830 la souveraineté nationale. Ils ont posé en principe qu'il n'y avait plus en France d'autre souverain que le peuple; or, de ce principe il suit, comme ils l'ont encore dit, que le roi est notre manda-

taire, notre délégué, et ils veulent aujourd'hui
que malgré lui je sois sujet! Le sujet de mon délégué! n'est-ce pas lui plutôt qui serait le mien?
Je connais un logicien qui n'aurait pas de peine
à le prouver et le prouverait très-bien.

Cela vous apprendra, messieurs les doctrinaires,
à poser des principes dont votre esprit nuageux
n'aperçoit pas les conséquences : vous vous en
repentez aujourd'hui; mais il est trop tard, et
voilà que, pour vous en mieux faire repentir,
164 députés repoussent avec toute l'énergie dont
ils sont capables une qualification qu'ils croient
injurieuse à leur dignité, et vous déclarent fière-
ment qu'ils ne sont et ne veulent être les sujets
de personne. Cette imposante minorité me fait
peur: c'est que de 164 à 221 il n'y a pas très-loin;
une petite défection nous y conduirait.

Les hommes du juste - milieu en sont tout
étourdis; ils demandent ce que c'est qu'une
royauté sans sujets, quel nom il faut lui donner?
Ma foi! je n'en sais rien : c'est à ceux qui l'ont
faite à la baptiser; ne l'ont-ils pas appelée la
meilleure des républiques? Eh bien! va pour la
meilleure des républiques, sauf le respect que je
dois aux autres.

Du 15 janvier 1832.

MOURIR POUR CELA!!!

La raison n'agit point sur une populace.
RACINE, *la Thébaïde*.

Un jeune homme de juillet fut très-dangereu-
sement blessé dans une des trois fameuses journées : toute l'habileté, tous les soins des hommes
de l'art ne purent le sauver, il mourut vers la fin
du mois suivant; et j'ai lu dans un journal cher
aux républicains, *la Tribune*, que la veille de sa
mort ce jeune brave disait souvent et avec une
profonde douleur : « *Mourir pour cela !* » En vain
ses amis, ses compagnons de barricades cher-
chaient-ils à le distraire de cette affligeante pensée, il répétait toujours : « *Mourir pour cela !* »
Toutes ses illusions étaient détruites; une triste
réalité les avait remplacées. Il voyait la révolution de juillet, qu'il avait arrosée de son sang,
produire des résultats fort différens de ceux qu'il
en avait attendus; il le voyait, et regrettait amè-
rement de *mourir pour cela*. Le peuple seul, le
peuple en veste avait fait cette belle révolution,
et quelques ambitieux en recueillaient seuls tous
les fruits; des hommes qui, pendant qu'on se fu-
sillait dans les rues, s'étaient prudemment tenus

à l'écart, venaient de sortir de leurs retraites, et avides, non de gloire, mais de places et d'argent, ils partageaient le butin, bonne curée pour ces vautours politiques. On avait vaincu sans eux, et déjà, suivant l'énergique expression du journal que j'ai cité plus haut, *ils pillaient la victoire*. Le jeune brave de juillet ne pouvait s'en consoler : *Mourir pour cela !* il ne cessait de le dire; ce furent ses dernières paroles.

Plus grande, n'en doutez pas, plus profonde eût été sa douleur, plus vifs ses regrets, s'il avait pu prévoir quelles lois peu populaires seraient faites dans la session qui venait de s'ouvrir. Il avait sous le chevet de son lit le programme de l'Hôtel-de-Ville, et entre autres articles on y lisait ce qui suit : *Loi municipale, loi électorale sur le principe le plus large de l'élection; pas de cens d'éligibilité* : M. de Lafayette ne l'entendait pas autrement. Mais cette promesse, que les vainqueurs assurent leur avoir été faite lorsqu'ils étaient encore armés jusqu'aux dents, comment a-t-elle été tenue ? Quand on le sait, on excuse un peu leur mauvaise humeur; on est obligé de convenir avec eux que ce n'était pas la peine de *mourir pour cela*.

Peu respectueux envers le souverain, les libéraux, avec lesquels les patriotes ne veulent plus aujourd'hui qu'on les confonde, ont bien osé dire :

Tu es trop ignorant, trop abruti pour qu'on puisse sans danger t'abandonner la gestion de tes affaires; il faut que tu laisses dormir ta souveraineté et que tu restes encore un siècle ou deux en tutelle; ils le lui ont dit, et moi, fraction du souverain, j'en ai été, je l'avoue, fort humilié. Ils se sont tellement défiés de notre instruction et de nos lumières, qu'ils ne nous ont pas même jugés capables de nommer un maire de village, et pourtant ce n'est pas un bien gros fonctionnaire qu'un maire de village : si du moins il nous avaient laissé la nomination de l'adjoint! mais je crois que nous ne l'avons pas.

Puis, quelle part nous ont-ils donnée dans l'élection de ceux qui se disent, on ne sait trop pourquoi, nos représentans? Vous venez de le voir : le cens électoral a été fixé à deux cents francs; or, on compte en France trente-deux à trente-trois millions d'habitans, et dans les élections qui viennent d'avoir lieu on a compté cent mille électeurs présens. Nos députés, nos 221, bien convaincus que ce principe d'élection était le meilleur, du moins pour eux, ont craint d'en adopter un moins étroit, moins limitatif. Je croyais que M. de Lafayette proposerait de l'élargir un peu, mais je m'abusais; il a trouvé qu'il était déjà bien assez large, et il lui a donné sa boule blanche. *Et toi aussi, Brutus!* qui s'y serait attendu? Tu

ne te souvenais donc plus ce jour-là du programme de l'Hôtel-de-Ville : *Loi électorale sur le
principe le plus large de l'élection?* Tu l'avais
donc oublié ?

Enfin, grâce au cens d'éligibilité, il y a, dit-
on, pour chaque député à nommer deux éligibles ; qu'aucun des deux ne vous convienne,
peu importe : il faut choisir l'un ou l'autre, et
vous pouvez vous trouver dans la nécessité de
charger de la défense des intérêts du pays un idiot
à qui vous ne donneriez pas sans trembler vos
dindons à garder. Supposons maintenant, et cette
hypothèse n'a rien d'étrange, supposons qu'une
partie des éligibles, peu sensible aux honneurs
de la députation, croie avoir mieux à faire que
de venir passer la moitié de l'année à Paris; alors,
à quelques exceptions près, on vous renverra
toujours les mêmes députés, et après eux leurs
enfans arriveront; ainsi le droit d'hérédité, qui
est perdu et bien perdu pour la première chambre, sera, à cause du petit nombre des éligibles,
dévolu à la seconde. Vous aurez des pairs à vie
et des députés héréditaires; nouvelle aristocratie
qui, plus fière et plus hautaine que l'ancienne,
vous la fera bientôt regretter. Ah! si notre jeune
héros de juillet l'avait prévu, n'aurait-il pas dit
encore plus souvent et plus douloureusement :
Mourir pour cela!

C'est dommage que le peuple profite si difficilement des leçons que l'expérience semble se plaire à lui donner; il saurait, car il est aujourd'hui bien payé pour ne pas l'ignorer, que les révolutions lui sont toujours funestes, et que les hommes qui se servent de ses bras pour les faire, occupés uniquement de leurs intérêts personnels, ne songent guère aux siens : la dernière devrait suffire pour le convaincre de cette vérité. Qu'y a-t-il gagné? que n'y a-t-il pas perdu? Qu'il rapproche les années qui ont précédé ce terrible événement de celle qui l'a suivi; d'un côté quelle prospérité, de l'autre quelle misère! Que le peuple compare et qu'il juge!

Nos ministres ont voulu que le premier jour du glorieux anniversaire fût consacré à la douleur : c'est une idée très-heureuse; nous avons tant de sujets de nous affliger! tant de pertes à déplorer! Oui, ce sera un jour de deuil, non seulement pour les familles de ceux qui ont péri dans le combat, qui sont *morts pour cela*, mais encore pour toutes les classes de la société que la révolution de juillet a plus ou moins appauvries, pour la France entière, dont les maux ne touchent pas à leur terme, et qui pourrait dire aussi : *Mourir pour cela!* Ce jour, je le conçois; mais je ne puis pas m'expliquer ceux qui le suivront. On se réjouira; et de quoi? Les ministres voudraient-ils

bien avoir la bonté de nous le dire? Il est difficile de se réjouir quand on souffre; et qui donc,
si on excepte les amis du budget, ne souffre pas
aujourd'hui?

Qu'à l'époque de leur anniversaire l'attention
publique se reporte vers les fameuses journées,
rien de plus naturel; je ne m'étonne même pas
qu'on demande encore par qui elles ont été faites.
Cette question n'est pas aussi singulière que vous
le pensez; les héros du lendemain ont été si nombreux! Imaginez-vous qu'il y a eu, après la victoire, cent fois plus de vainqueurs que de combattans; l'honneur d'avoir renversé en trois jours
une monarchie de plusieurs siècles semblait si
beau, que chacun le revendiquait. S'il n'est pas
resté aux 221, assurément ce n'est pas leur faute;
car, au ton qu'ils prenaient dans les premiers
jours de leur session, nous aurions pu croire
qu'il leur appartenait. La France, à les entendre,
leur avait tant d'obligations qu'elle ne pourrait
jamais leur témoigner assez de reconnaissance :
ils l'avaient sauvée; mais c'étaient, il faut en convenir, des vainqueurs bien peu modestes. Avec
quelle insolence ils parlaient des vaincus! Quels
outrages ils prodiguaient à de hautes infortunes!
Et pourtant ce qui caractérise la véritable bravoure, c'est la modération après la victoire: mais
apparemment ces gens-là ne le savaient pas, et

vêtus de la peau du lion, ils laissaient échapper un petit bout d'oreille qui les trahissait, mais qu'à ma honte j'avoue n'avoir pas aperçu.

Quoi qu'il en soit, comme les vaincus veulent connaître leurs vainqueurs, un jour que j'avais du temps à perdre, c'était, s'il m'en souvient, le 4 ou le 5 août, je fus curieux d'assister à une de leurs séances, et pour être mieux placé, je me rendis de bonne heure au palais Bourbon. Je croyais trouver parmi ces braves 221 beaucoup de blessés de juillet, les uns le bras en écharpe, les autres la tête ceinte d'un bandeau, quelques uns marchant appuyés sur des béquilles, et tous encore couverts d'une noble poussière. Mais en les voyant entrer dans leur salle, quel fut mon étonnement! pas un d'eux n'avait reçu une égratignure. Ces gaillards-là étaient tous frais et dispos; ils escaladaient leurs banquettes comme d'autres avaient escaladé le Louvre, que les Suisses, s'ils n'avaient pas reçu l'ordre étrange de l'abandonner, auraient si bien défendu.

Voilà, me disais-je, d'heureux combattans: ils doivent bénir leur étoile; les balles les ont tous épargnés. Peut-être la garde royale, les ayant reconnus dans la mêlée, aura eu la politesse de ne pas tirer sur eux. En vérité, la garde royale a été beaucoup trop polie, et si jamais j'ai le plaisir

de la revoir, je lui en dirai deux mots.... Je ne
savais alors qu'en penser, et ce n'est que beaucoup plus tard que j'ai appris que ces combattans
n'avaient pas combattu, et qu'ils s'étaient tenus
à une distance respectueuse des balles et même
de la bombe. Que faisaient-ils donc pendant que
vos gens se battaient? L'histoire parlementaire
des 27, 28, 29 et 30 juillet, que vient de publier
un des rédacteurs de la *Tribune*, pourra vous
l'apprendre. On y trouve de bien curieuses révélations; mais comme elles sont peut-être indiscrètes, je les laisse sous la responsabilité de celui
qui a bien voulu nous les faire. Je n'aime pas les
procès; j'ai été nourri, comme M. Chicaneau,
dans la crainte de Dieu, des huissiers et des pro-
cureurs-généraux. Au reste, le révélateur n'a pas
besoin que je sois son garant; il parle comme
témoin; il est, lui, je le sais, un vrai combattant
de juillet. Enfin, il peut dire : J'étais là, et moi,
très-certainement, je n'y étais pas.

Le 27, réunion des députés chez M. Casimir
Périer. « Messieurs, dit M. Dupin, *en quelle qualité
sommes-nous ici?* » Plusieurs voix : « En qualité de
députés. — *C'est*, reprend M. Dupin, *ce que je
conteste*; ne sortons pas de la légalité... » L'avis était
sage; les uns l'appuient fortement, les autres le
combattent. On parle d'or; mais on ne conclut
rien, et on se sépare sans être sorti de la légalité.

Le 28, on se réunit chez M. Audry de Puyra-
veau; il fait chaud dans Paris; le peuple se bat
avec courage dans les rues et sur la place de
Grève; la réunion des députés s'en ressent; elle
est plus vive et plus animée; quelques jeunes
gens se présentent. « Nous sommes, disent-ils,
« vainqueurs sur certains points, mais vaincus
« sur d'autres. Il n'y a ni drapeau, ni ralliement,
« ni unité; mettez-vous à la tête du peuple. »
M. Mauguin ne demande pas mieux; il est tout
prêt à prendre un fusil; mais le plus grand nombre ne partage pas sa belliqueuse ardeur, et on
reste encore ce jour-là dans la légalité.

Le 29, nos députés se réunissent chez M. Laffitte, et voilà les bonnes nouvelles qui arrivent.
*Le peuple a pris possession de l'Hôtel-de-Ville,
que la garde royale a évacué pendant la nuit...
Le peuple est maître du Louvre... Le maréchal
Marmont se retire sur Saint-Cloud. Tout est fini;
il n'y a plus rien à craindre. On peut se compromettre, le danger est passé : c'est pour les
hommes prudens le moment de le braver.* Le
peuple avait vaincu : on sortit à la fois de la
peur et de la légalité.

Une commission municipale, composée de
cinq députés, s'installe à l'Hôtel-de-Ville, et bientôt arrive de Saint-Cloud une députation char-
gée de proposer des arrangemens dans l'intérêt

de la famille de Charles X. La royauté se rendait; on ne voulut lui accorder aucune capitulation : *Il est trop tard*, répond-on; et pourtant les conditions qu'elle offrait auraient concilié tous les intérêts, tous les droits et même toutes les prétentions : on pouvait en les acceptant épargner bien des maux à la France. Il était encore temps : pourquoi faut-il qu'on ait dit : *Il est trop tard?* Fatale réponse! nous la payons cher!

Puisqu'il est trop tard pour se sauver, comment va-t-on se perdre? C'est aux vainqueurs à en décider; leur volonté sera la loi des vaincus. Que veulent-ils donc? qu'ils le disent s'ils le savent. On les a entendus crier *vive la charte!* mais les amans de la charte ont brisé à l'Hôtel-de-Ville le buste de son auteur; il est donc permis de douter de la sincérité de leur amour. D'ailleurs, d'autres cris se faisaient entendre : ici on criait *vive la république!* et là *vive Napoléon II!* Le bel accord! d'un côté le bonnet de la liberté, de l'autre une couronne impériale : choisissez; mais ni l'un ni l'autre ne vous conviennent.

La république peut être dans les vœux d'une jeunesse ardente qui oublie que nous sommes à Paris, et qui se croit à Athènes ou à Rome; mais la France entière la repousse; il faut donc y renoncer. Quant à Napoléon II, qui vaudrait mieux, qu'il vive le plus long-temps qu'il pourra! D'abord, est-il à la disposition de ceux qui l'appellent? Puis, s'il arrivait, ne nous donnerait-il pas pour son joyeux avènement une guerre avec nos voisins, sans excepter l'Angleterre, notre si bonne amie? Quoi qu'il en soit, on voit qu'alors nos vainqueurs aux bras nus, comme dit l'auteur, ne s'entendaient guère. S'entendent-ils mieux aujourd'hui? devine si tu peux.

Pendant qu'on criait dans les rues, ailleurs on délibérait, et les délibérans voyaient le salut de la France, non, comme nos jeunes étudians, à Athènes ou à Rome, mais à Neuilly-sur-Seine. Je laisse ici parler l'auteur, en me réservant la liberté de le contredire si son avis n'est pas le mien : « M. Laffitte, dit-il, était depuis deux « jours et deux nuits en correspondance avec le « duc d'Orléans. Il avait soutiré toute la force « morale du gouvernement... Il prenait ou faisait « prendre de grandes mesures... Il joua serré; il « joua bien, et il gagna la partie; mais il y a « ruiné sa maison... » Celui qui nous fait ces révélations est, j'en suis sûr, de très-bonne foi; mais je crains qu'il n'ait été mal informé. M. Laffitte assez fort, assez puissant, assez habile joueur, si l'on veut, pour donner, en ruinant sa maison, un roi à la France! A peine le croirais-je si je l'avais vu. L'élu du peuple, comme on l'a si bien appelé, serait l'élu d'un banquier! il en serait honteux et moi aussi.

« Le duc d'Orléans était alors au Palais-Royal, « et ne cessait de dire, c'est l'auteur mal informé « qui parle : *Je suis républicain ; je l'ai toujours* « *été!* Il partit bientôt pour aller à l'Hôtel-de- « Ville se montrer au peuple et se faire reconnaî- « tre par le général Lafayette... Le duc étant ré- « publicain, c'est toujours l'auteur qui parle, « dut être content, car le cri de *vive la républi-* « *que!* lui arrivait de tous côtés...» Qu'est-ce à dire? Louis-Philippe avait-il donc besoin d'être reconnu par M. de Lafayette? Les provisions qu'il avait dans sa poche auraient-elles été nulles si le général eût refusé de les sceller? Dans cette supposition, si on veut l'admettre, nous devons de grands remercîmens à M. de Lafayette : c'est de tous les souverains du premier ordre celui qui a reconnu le premier notre royauté citoyenne, que Dieu veuille avoir en sa sainte et digne garde!

Notre historien est, vous l'avez déjà deviné, du parti des mécontens, de ce parti qui grossit tous les jours : l'état où il voit la France lui donne de très-vives inquiétudes. Enfin il croit que nous sommes bien malades; et sur ce point je suis fort de son avis; mais le remède qu'il voudrait appliquer à nos maux ne les guérirait pas; il

pourrait même les rendre incurables. J'en ai,
moi, un meilleur; mais je ne le propose pas,
M. de Lafayette dirait : *Il est trop tard!* et d'autres diraient peut-être : *Il est trop tôt!*

Du 18 juillet 1831.

PROJET

DE SOUMETTRE

LES CHIENS, LES CHATS ET LES OISEAUX

A UNE TAXE PERSONNELLE.

> Quand ma partie a-t-elle été réprimandée?
> Par qui votre maison a-t-elle été gardée?
> Quand avons-nous manqué d'aboyer au larron?
> Témoin trois procureurs, dont icelui Citron
> A déchiré la robe. . . . .
>
> RACINE, *les Plaideurs*.

Honneur et reconnaissance à ces écrivains dont
la brillante imagination a le don de tout convertir en or, et qui, après avoir payé notre arriéré
d'un trait de plume, tiennent encore des trésors
en réserve au fond de leur écritoire, pour les besoins imprévus! Aimez-vous les surprises agréables? Additionnez toutes les sommes que les projets de ces hommes de bien vont faire entrer dans

1.   19

nos coffres, vous trouverez plus de milliards que vous ne pourriez en employer. Maintenant, vende ses rentes qui voudra, moi je garde les miennes.

Le *citoyen de Montargis* n'est cependant pas très-généreux, il n'a que soixante-quinze millions à notre service : c'est bien peu, et encore devons-nous craindre qu'il n'ait, comme beaucoup de ses confrères les chercheurs d'impôts nouveaux à établir, oublié de tenir compte des non-valeurs qui seront, je l'en avertis, fort considérables. Que nous veut-il avec ses chiens, ses chats et ses oiseaux? Une taxe sur les chiens!!! Je ne rappellerai pas, pour intéresser en leur faveur, les heureuses qualités dont le ciel les a doués; j'aurais dit à d'autres juges : Honorez la fidélité là où elle semble s'être réfugiée; j'aurais cité encore une fois ce mot touchant : *Qui m'aimera?* Mais ces financiers ont le cœur dur; ce n'est pas du sentiment, c'est de l'argent qu'il leur faut. Eh bien! sur ma parole, les chiens ne leur en donneront pas : on sera obligé d'exempter de la taxe ceux qui sont utiles; or, c'est le cas du plus grand nombre.

Vous dites que la morale reprend son empire, qu'aujourd'hui le bien d'autrui ne tente guère, et que la différence du tien et du mien est assez généralement sentie : qui en doute? Cependant vous conviendrez qu'il est encore des circonstances où la crainte du dogue fortifie singulièrement le respect pour la morale, où un bon chien prête aux bons principes un appui nécessaire. Il y a sans doute moins de voleurs qu'autrefois ; on n'a même presque pas volé depuis vingt-cinq ans ; mais on trouve encore de ces gens distraits, qui, par mégarde, prennent votre poche pour la leur, et entrent chez vous croyant entrer chez eux. Si les lois punissent ces distractions, les chiens, maréchaussée domestique, font encore mieux, ils les préviennent : ayez donc ensemble de bonnes lois et de bons chiens. Vous savez que, si bien qu'elle fasse, l'autorité ne peut pas tout voir ; allez-vous, par une mesure irréfléchie, la priver d'agens utiles, qui lui sont d'autant plus précieux qu'ils ne lui coûtent rien, et ne cherchent pas, comme certains surveillans d'une autre espèce, à la tromper par des rapports mensongers ?

L'auteur croit triompher en demandant à quoi servent les *bichons* et les *carlins*, les *mopses* et les *griffons* : ce sont eux qui m'inquiètent le moins ; on sait à qui ils appartiennent. Le financier de Montargis apprendra que, même en finances, il est dangereux d'avoir les femmes contre soi. Sa question est impertinente. A quoi servent les bichons ?

Si des chiens nous passons aux chats, mille difficultés se présentent que je crois insurmontables. Les chats ! l'auteur du projet y songe-t-il ?

Les chats! viendrez-vous à bout d'en déterminer le nombre? Il est immense; vous auriez plus tôt fait de compter les souris. Or, qui ne voit déjà que le traitement de vos *censeurs* de chats, car vous seriez bien obligés d'en créer, absorberait une forte partie de votre impôt sur les chats? inconvénient qui, au reste, existe ailleurs, mais auquel on est convenu de ne pas faire attention.

Observez encore, je vous prie, que tous les chats ne sont pas domiciliés; il s'en faut : un grand nombre suit l'esprit du siècle, et prétend jouir sur les toits et sur les gouttières de la plénitude de ses droits, espèce d'indépendans d'autant plus à ménager que ce sont eux qui ont les meilleures griffes. Trouvez donc les maîtres de ces chats sans aveu, que l'amour de la liberté a depuis long-temps affranchis; essayez de prouver que tel chat *marron* est mon chat et n'est pas celui d'un autre : il n'y a point d'inquisition en France, et vous allez l'établir !

M. *** a si bien senti la force de ces objections, qu'il n'a pas même cherché à les résoudre; comme tous les faiseurs de projets en finances, ne pouvant défaire le nœud, il l'a coupé; et afin de s'épargner les frais et la fatigue d'un recensement nécessaire, il nous a tous portés sur son budget pour un chat. Certainement je ne paierai pas.— Vous paierez. — Je n'ai pas de chat. — Ayez un chat, vous ne pouvez vous en passer, les souris sont incommodes. — Cela vous plaît à dire; il me plaît à moi de les préférer aux chats. — Ridicule. — Eh bien! au lieu de taxer les chats, taxez tous les ridicules, et vous n'aurez pas besoin d'autres impositions.

Il y a lieu d'espérer que, si ce projet est renvoyé à la commission du budget, elle en fera justice, ainsi que de beaucoup d'autres qui ont tous un air de famille, quoique le ridicule en soit moins saillant; elle est trop sage pour ne pas sentir qu'un impôt ne doit frapper que celui qui possède, et que là où il n'y a point de chats, le roi perd ses droits sur les chats. Quelle folie d'ailleurs, lorsqu'on a la ressource si simple et si commode des centimes additionnels; quelle folie, de vouloir ajouter un chat à ma contribution personnelle qui, sans lui, est déjà assez forte!

M. *** croit peut-être avoir ici l'honneur de l'invention; qu'il se détrompe. M. le chevalier Roger proposa, il y a quelques année, cet impôt bizarre qui, si on l'adoptait, ferait crier, aboyer et miauler tant de monde. D'autres encore ont placé les chats dans leur chapitre *voies et moyens;* mais quoiqu'un impôt à créer, par une raison que je ne veux dire qu'à ceux qui paient, ne déplaise jamais généralement, tous ces hommes habiles, comme M. ***, qui vient après eux, n'ont

fait que de la bouillie pour les chats : l'impossibilité de l'exécution a frappé les bons esprits, qui
d'ailleurs ont été effrayés des conséquences ; car
il ne faut pas se le dissimuler, c'est moins pour le
trésor public qu'en faveur des rats et des souris que
plaident ces imprudens avocats ; le jour où les
deux chambres rendraient le décret qu'ils sollici-
tent, serait la Saint-Barthélemy des chats, et
alors..... Mais rassurons-nous, les chats ont des
amis puissans et ne manqueront pas de défenseurs : les femmes seront encore ici pour la bonne
cause ; en est-il une seule, pour peu qu'elle tienne
à ses habitudes, qui ne croie son honneur intéressé à ne pas souffrir qu'on la prive de son chat,
ou qu'on le soumette à la capitation ? Quel est donc
le crime de ces pauvres animaux que les amateurs
d'impôts poursuivent avec tant d'acharnement ?
Sauf quelques coups de griffe, souvent encore
bien mérités, je ne vois pas, dans les reproches
qu'on leur adresse, de quoi en fouetter un, et,
à plus forte raison, de quoi soumettre tous les
chats à une *taxe personnelle* : mesure impolitique, cruelle et dangereuse, qu'il faut écarter
comme toutes celles qui ont pu lui servir de
patron.

Il ne tiendrait qu'à moi d'être dupe de l'intérêt
que l'auteur semble porter aux oiseaux ; il s'indigne d'abord de l'odieuse captivité à laquelle

nous les condamnons. Fort d'une érudition qu'un perroquet habile pourrait bien lui avoir fournie, il cite les pères de l'Église et les philosophes de nos jours qui ont tonné avec le plus de force contre l'arbitraire des cages; autorités d'autant plus imposantes ici, que sur d'autres points elles sont rarement d'accord.

M. *** s'adresse ensuite aux zélés partisans de la liberté, et leur reproche très-durement de ne la vouloir que pour eux et leurs amis, comme si les chardonnerets et les pinsons n'avaient pas des droits aussi imprescriptibles que les nôtres, quoiqu'ils ne publient point de brochures pour les soutenir. Voilà pourtant le danger de reconnaître certains principes : on en exige aussitôt l'explication; on vous presse sur les conséquences...... Mais si nous rendons la liberté aux oiseaux, qu'en feront-ils? ne pourront-ils pas en abuser? prévenons l'abus en les tenant en cage.

C'est sur quoi l'auteur a compté pour établir son impôt; mais il trouvera ici tous les obstacles que j'ai signalés plus haut; car, de l'aveu de nos meilleures têtes en finances, les oiseaux ne sont pas une matière plus imposable que les chats. Où les trouver? comment les atteindre? Vos Argus n'auront pas assez d'yeux; vos contrôleurs arriveront toujours trop tard : l'alerte est donnée; vite, on se met en mesure. Déjà serins et linotes ont disparu ; les merles montent au grenier et les sansonnets descendent à la cave : s'il est des intérêts avides, on trouve pour les déjouer des ruses innocentes.

Vous croyez que les contribuables seront leurs propres accusateurs et se trahiront par leur ramage. Vous les connaissez mal : l'horreur du fisc les rendra plus discrets. A l'approche de l'oiseau de proie, tous les chants cesseront, et la pie elle-même, avertie du danger, saura se taire. Enfin, si je me prive de l'objet imposé, je me soumets de droit à votre imposition. Arrivez donc, j'ouvre ma cage ; la taxe et l'oiseau s'envolent ensemble. Voilà un impôt bien assis.

Cependant il faut de l'argent : *hors des finances, point de salut,* c'est le refrein de l'auteur. En ce cas, cherchez un autre moyen d'augmenter vos recettes. Les perroquets parlent bien, mais il ne vous sauveront pas : je gage que M. le chevalier H*** est de mon avis.

Du 23 février 1818.

MÉMOIRES

MÉLANGES HISTORIQUES ET LITTÉRAIRES,

PAR LE PRINCE DE LIGNE.

> On reconnaît dans ses ouvrages le grand
> seigneur, le brave soldat, le philosophe ai-
> mable, l'homme du monde et le galant
> chevalier.
>
> PROPIAC.

Le premier de ces deux volumes est spécialement consacré à l'art militaire; et qu'en dirai-je,
pauvre tacticien que je suis? Il faut, autant que
possible, éviter un grand ridicule : je ne veux
pas ressembler à cet impertinent philosophe qui,
quoiqu'il fût versé dans l'art de la guerre un peu
moins que *la pie* de M. de Turenne, ou même
qu'un des mulets du prince Eugène, osait cependant en parler devant un des plus illustres généraux de l'antiquité, devant Annibal, et qui en
fut si bien rabroué, que cette leçon doit encore
aujourd'hui servir à d'autres.

Le prince de Ligne, sans être un Annibal, sans
même avoir jamais eu de commandement en
chef, était du moins un homme du métier. Ce

qu'il dit de *l'ordre profond* et de *l'ordre mince*
prouve que tous les deux lui étaient très-fami-
liers. Quant à moi, j'avoue à ma honte que je
n'ai l'honneur de connaître ni l'un ni l'autre. Le
prince de Ligne a fait avec une grande distinction douze campagnes très-sérieuses dans les
armées autrichiennes; moi je n'en ai fait que
deux ou trois pour rire dans la garde nationale,
ce qui, quoi qu'on en puisse dire, est un peu différent. Il a servi sous les célèbres feld-maréchaux
Lansdon et de Lascy, et moi sous M. le marquis
de Lafayette. L'école, dira-t-on, était bonne.—
Vous le croyez? sérieusement? Hé bien! c'était
donc l'écolier qui ne valait rien : je vous assure
que sur cet article mon amour-propre est de bonne
composition.

Au reste, quoique le troisième volume des
Mélanges historiques du prince de Ligne soit
principalement destiné aux militaires, ceux que
de paisibles habitudes ont toujours tenus comme
moi à une distance respectueuse des coups de
fusils, et qui en leur vie n'ont vu d'autre feu
que celui de leur cheminée, pourront néanmoins
en lire un bon nombre de pages non sans quelque plaisir. Ce n'est pas que les sujets que l'auteur y traite soient forts attrayans; il s'en faut
bien; mais quels efforts n'a-t-il pas faits pour en
sauver l'aridité! Bons mots, traits piquans, épi-

grammes, anecdotes, il n'a rien épargné, pas même les jeux de mots; car il paraît qu'il les aimait beaucoup, et même qu'il n'était pas très-difficile sur le choix.

Ainsi, l'homme des salons et des boudoirs reparaît sous la tente, et vous retrouvez souvent dans le général le spirituel courtisan des cabinets de Versailles et de Trianon.

Je crois qu'on n'a jamais écrit sur l'art terrible de la guerre et sur tout ce qui y tient, soit de près, soit de loin, avec autant de grâce et de légèreté. Polybe est plus profond, je veux le croire, mais il est certainement moins aimable. C'est dommage que Frédéric n'ait point chargé le prince de Ligne de rédiger *ses Instructions* à ses généraux; elles en seraient, je ne dis pas plus instructives, que nous importe à nous autres civils? mais à coup sûr beaucoup plus gaies.

La gaieté est une des premières qualités que le général-prince exige de ses officiers; il leur recommande surtout d'être bien gais le jour d'une bataille, afin qu'ils puissent mettre tous leurs soldats en belle humeur. Le précepte est bon à suivre: nos gens n'en auront que plus de plaisir à se battre; on ne s'en tuera pas moins, mais on se tuera plus gaiement, et pour notre aimable prince c'est l'essentiel.

J'aime moins ce qu'il dit sur les punitions à infliger aux soldats, quoique je sache tout l'intérêt qu'il leur portait. La discipline de ce beau régiment des *trabans* de la garde impériale, dont il était le colonel, devait être bien rude! Il insiste fortement sur l'emploi des *verges*, et le croit excellent pour la santé : « Elles font, dit-il, *circuler « le sang*. » Si c'est une plaisanterie, je ne la trouve pas à sa place, et il aurait fallu la réserver pour une meilleure occasion ; si l'auteur parle sérieusement, ses principes d'hygiène militaire, ses moyens qu'il recommande pour entretenir la santé du soldat et *faire circuler le sang* me paraissent un peu sévères, et je n'aurais pas voulu, malgré leur brillant uniforme, être un de ces *trabans*.

Le *bâton*, dont l'honneur tient lieu chez nous, lui semble *admirable* ; mais il veut qu'on l'emploie avec discrétion et seulement quand le cas le requiert. Comme il était aussi brave que spirituel, et qu'il maniait aussi bien l'épée que l'épigramme, il exempte de ce honteux châtiment les soldats qui se battent en duel, excepté toutefois ceux qui s'y prennent gauchement et *sans grâce ;* car, aux yeux de l'aimable prince, la grâce répare tout : malheur à ceux qui en manquent! Cependant il veut bien convenir que les *maladroits à l'exercice* « ne sont pas toujours tout-« à-fait dans le cas d'être *assommés*. » J'approuve fort cette modération : assommer ces pauvres maladroits, cela serait bien dur! il faudrait même, autant que possible, s'arranger pour ne pas les estropier. Les peines, comme le dit Beccaria, doivent être proportionnées au délit; puis il n'est pas encore démontré qu'estropier les soldats soit un moyen infaillible de les rendre plus adroits à l'exercice.

Quant aux *raisonneurs*, point de pitié pour eux; les coups de bâton ne doivent pas leur être épargnés; et, règle générale, « il vaut mieux, « dit le prince de Ligne, tout en convenant que « cela *est vilain à détailler*, en donner *beaucoup* « *et rarement, que peu et souvent.* » Mais enfin combien à la fois? on aime à savoir sur quoi on peut compter : *cent*, voilà la dose que prescrit le prince de Ligne dans son hygiène militaire, et je la trouve fort honnête ; je soupçonne même qu'après l'avoir congrûment administrée, on ne doit pas être souvent obligé de recommencer : les raisonneurs doivent moins raisonner, au moins pendant quinze jours.

Au reste, j'ai grand soin de le remarquer, cette partie des œuvres du prince de Ligne ne nous concerne pas; ce n'est point à nous que ces *fantaisies militaires* sont adressées; ce n'est point à nous, qu'un pareil langage révolterait, qu'il dit : *Où le sentiment finit, le bâton commence ;* c'est à l'armée autrichienne ; et sans doute qu'après avoir fait douze campagnes avec elle, il devait connaître mieux que nous et les besoins de cette armée et le régime le plus convenable à son tempérament moral.

Ne nous dit-il pas qu'elle se compose de vingt nations différentes? Or, je le demande, si, comme tout me porte à le croire, si parmi ces nations il y en a quelques unes pour lesquelles le bâton, qui nous est à bon droit si odieux, soit une institution salutaire et bienfaisante, et qui la préfèrent à toute autre, on aurait, suivant moi, bien tort de vouloir les en priver : il ne faut pas, puisqu'elle est de leur goût, leur ôter cette douceur constitutionnelle.

Voilà pourtant, et le prince de Ligne a raison de s'en plaindre, voilà ce que les philosophes de ce pays-ci ne veulent pas comprendre. Quelle manie est la leur! Ces régénérateurs des nations, sans tenir aucun compte de la différence de leurs mœurs, de leurs usages et de leurs habitudes, prétendent les soumettre toutes aux mêmes lois et aux mêmes institutions, au lieu de les laisser se gouverner à leur guise et selon leurs goûts respectifs; ce qui serait beaucoup plus sage, et, pour me servir de l'expression qu'ils ont créée, plus *éminemment* philosophique.

Si un de ces beaux esprits réformateurs voyait

un caporal croate donner vingt-cinq coups de bâton (la dose est légère) à un soldat de sa nation, il ne se contenterait pas, comme moi, de l'inviter à frapper plus doucement, il crierait, comme M. Robert, dans *le Médecin malgré lui* : *Holà! holà! holà! c'est une infamie de battre ainsi un soldat!* Mais il serait bien étonné si le battu lui disait, comme la femme de Sganarelle : « Je veux qu'il me batte, moi. De quoi vous mê- « lez-vous? est-ce là votre affaire? Voyez un peu « cet impertinent qui veut empêcher les capo- « raux de battre leurs soldats! » Je le lui demande : que répondrait-il? On dit cependant que les philosophes ont réponse à tout.

Les choses, je l'espère, n'en resteraient pas là ; et ce serait un spectacle vraiment fort instructif de voir le caporal battant et le soldat battu, pour lui apprendre à ne plus s'ingérer dans des affaires qui ne sont pas les siennes, tomber l'un et l'autre sur notre pauvre philosophe, et graver sur ses épaules, en caractères très-lisibles, cette grande vérité politique : *Quand le bâton est dans les mœurs d'un peuple, il faut le laisser dans ses lois.* La leçon serait bonne ; et ne dites pas qu'elle coûterait trop : une vérité de cette importance doit être pour nous un peu plus chère que les épaules d'un philosophe.

Général au service d'Autriche, le prince de

Ligne met l'armée autrichienne au-dessus de toutes les armées du monde. Il aurait pu, ce me semble, excepter celle qui l'a si souvent vaincue; mais ne le chicanons pas sur cette petite *fantaisie militaire*, que le patriotisme excuse, et qui ne peut tirer d'ailleurs à conséquence; ne craignons même pas de louer une armée que les plus grands revers n'ont jamais découragée, et que, malgré d'épouvantables désastres, nous avons vue constamment reparaître pleine d'espoir et d'ardeur sur les champs de bataille : telle s'est montrée l'armée autrichienne pendant un quart de siècle. Vous avez pu la vaincre; mais, pour me servir d'une mauvaise expression de vos bulletins, il vous a été impossible de la *démolariser*. C'est pourquoi, si le *Moniteur* veut bien le permettre, j'aurai toujours pour elle, sauf les droits de la nôtre, une considération très-distinguée.

L'auteur parle aussi de l'armée française; mais comme ses observations datent de loin, elles ont perdu tout leur prix. Les abus qu'il signale ont disparu depuis long-temps, et c'est le cas de dire : *Nous avons changé tout cela.* Le prince de Ligne aurait dû s'en apercevoir lorsque nous sommes allés à Vienne; visite militaire, que ses compatriotes, qui, il est vrai, n'étaient pas seuls, ont eu la politesse de nous rendre en 1814; car les armes sont journalières, et tôt ou tard les vain-

queurs et les vaincus changent de rôle. Il n'en
devrait pas falloir davantage pour nous dégoûter
à jamais de ces brillans fléaux, de ces monstres
de gloire qu'on appelle conquérans.

Je m'étais promis de ne pas dire un mot de ce
troisième volume, ni des *Mélanges militaires* du
prince de Ligne, et je m'en souviens un peu tard;
mais du moins les hommes de l'art n'auront-ils
pas à me reprocher d'avoir chassé sur leurs terres
et empiété sur leurs droits. Je n'ai touché à aucune des questions qu'il n'appartient qu'à eux de
juger; car le bâton du caporal n'est pas exclusivement de leur ressort. Le volume suivant est
bien plus de mon goût; j'y revois l'auteur à Versailles et à Paris, où je l'aime mieux qu'à Bel-
grade ou dans les environs, en présence de ces
Turcs qu'il trouve *si bêtes*, quoique, si je m'en
souviens bien, ils n'aient pas été cette année-là
aussi *bêtes* que de coutume, ce qu'il savait beaucoup mieux que moi, et ce qu'il aurait remarqué
s'ils n'eussent pas été Turcs : Persan, passe; mais
est-il permis d'être *Turc?* Le prince de Ligne l'aurait volontiers demandé.

Je trouve au commencement du volume quatrième de ses *Mélanges* un *fragment* très-piquant
sur les *Mémoires* de Casanova, fameux aventu-
rier italien, fils d'une mauvaise comédienne de
Venise et d'un père qui jusqu'à présent a gardé

1.   20

le plus strict incognito. Ces mémoires n'avaient pas encore été publiés, et le prince de Ligne regardait comme une bonne fortune d'en avoir entendu la lecture; car, malgré toute sa perspicacité, il croyait que « leur cynisme les empêcherait de voir le jour. » Cependant ils l'ont vu, et s'il n'y a nul obstacle, je pourrai en parler un jour. Ils renferment un grand nombre d'aventures vraiment extraordinaires, ajoutées à quelques actions équivoques et à quelques traits de cette adresse que les gens grossiers appellent toujours escroquerie. Quoi qu'il en soit, si la vie de ce héros ne fut pas très-édifiante, le prince de Ligne nous apprend que du moins « il la finit très-noblement devant Dieu et devant les hommes. » Voici ses dernières paroles : *J'ai vécu en philosophe, et je meurs en chrétien.* Cela est très-beau assurément; mais si Casanova a vécu en philosophe, il faut qu'il y ait des philosophes de bien des espèces, sans parler de celle des sages de la Grèce, qui étaient tous les sept de vrais fous, à en croire notre aimable prince, à qui je ne dis pas encore adieu.

Le prince de Ligne était né moqueur : c'est un défaut que je lui pardonne volontiers, puisque ses *Mélanges*, parsemés d'épigrammes, n'en sont que plus agréables à lire; mais il faut convenir qu'il

ne choisit pas toujours très-judicieusement le
sujet de ses plaisanteries. A quoi, par exemple,
songe-t-il de chercher à égayer ses lecteurs aux
dépens des petits princes souverains de l'empire
germanique? comme s'il pouvait lancer contre
eux un seul trait qui ne le blessât lui-même
très-grièvement; d'ailleurs, par le vilain temps
qui court, nous ne sommes pas déjà trop disposés
à respecter les Altesses de cette taille. Que sera-ce
donc si elles sont les premières à se moquer de
leur petite stature, et de la lieue carrée que par
courtoisie on appelle leur principauté?

Je ne sais à quelle occasion le prince de Ligne
nous apprend dans ses *Mélanges* qu'un de ces
souverains en miniature, qui demeurait dans son
voisinage, étant un jour fort en colère contre son
fils, le chassa de ses États, et lui ordonna d'en
sortir dans un *quart d'heure*. Le terme était court,
cependant il suffit. Le banni n'eut pas même besoin, pour exécuter l'ordre qui lui avait été donné,
de mettre son cheval au trot. L'anecdote, vraie
ou fausse, est assez gaie; mais ne dirait-on pas
que le conteur était, lui, une des plus grandes
puissances de l'Europe, qu'il avait au moins plusieurs provinces sous sa domination? Je n'ai
point vu ses États, j'ignore combien il fallait d'en-
jambées pour les traverser; mais des personnes
bien informées m'ont assuré qu'ils ne s'étendaient

pas très-loin, et qu'avec un de nos cantons on ferait aisément trois principautés tout aussi importantes que la principauté de Ligne. Il y a mieux : s'il faut lès en croire, le prince de Ligne et le voisin dont il se moque auraient pu sans sortir de leur capitale se toucher dans la main. Or il me semble que lorsqu'on a des Etats si exigus, on ne devrait pas plaisanter sur les petits princes ses confrères.

Au reste, si sa principauté n'avait pas une grand étendue, le prince de Ligne, je le rappelle ici à son éloge et à la honte de quelques autres, voulut du moins la rendre utile à la bonne cause. « Monseigneur, dit-il un jour à l'un des frères de « Louis XVI, voici un écrit par lequel je donne « ordre de vous recevoir dans mon petits pays « d'empire, où personne ne peut en donner que « moi. Allez-y avec tous vos émigrés, et sautez le « lendemain dans Mariembourg, qui n'en est qu'à « une demi-heure. Si on sait en France que vous « avez une place, on vous fera bientôt maître du « royaume. » Et à quelle époque était-il si noblement inspiré? c'est lorsque des princes plus considérables fermaient aux victimes de la révolution française l'entrée de leurs Etats, et faisaient planter sur leurs frontières ces poteaux insolens où l'on lisait : *Il est défendu aux vagabonds et aux émigrés de passer outre.* L'histoire le dira.

Je n'examine pas si tous les émigrés auraient pu tenir et respirer à leur aise dans les Etats du prince de Ligne, si son projet était exécutable, si enfin il suffisait à nos princes de sauter dans Mariembourg pour qu'on les crût maîtres du royaume. Tout cela me semble au moins fort douteux; mais la proposition du prince de Ligne n'en honore pas moins son caractère. Il est beau, très-beau de voir un si petit prince montrer tant de générosité, quand de plus grands en montraient si peu et craignaient plus de perdre leurs Etats que l'honneur.

On raisonne toujours, et on déraisonne encore davantage sur la révolution : chacun l'explique à sa guise et l'impute à des causes plus ou moins éloignées; celui-ci à la Ligue, celui-là à la Fronde... Le prince de Ligne, lui, et vous le reconnaissez là, s'en prend d'abord aux maussades changemens opérés dans les mœurs et le ton de la bonne compagnie vers la fin du XVIII° siècle. « Jamais, « dit-il, on ne fut moins aimable à la cour ni « moins joli en hommes et en femmes qu'en 1786. « Plus de galanterie, plus de grâce, plus d'élé- « gance, plus d'envie de plaire; les femmes sans « toilette, les hommes crottés...... » Enfin cette haute société, que le prince de Ligne avait vue autrefois si aimable et si brillante, n'était plus reconnaissable. Il ne rencontrait partout que des gens ennuyés et encore plus ennuyeux. On avait gâté son Versailles et son Paris, et c'était à ses yeux le présage certain de la révolution qui nous menaçait. *Plus de grâce, plus d'élégance, plus d'envie de plaire; les femmes sans toilette, les hommes crottés...* tout était perdu, on ne pouvait plus en douter.

D'ailleurs, mais ceci est plus sérieux, ce n'est plus l'homme de cour, c'est l'observateur qui juge son époque. Le prince de Ligne voyait les classes de la société qui avaient le plus d'intérêt à soutenir le gouvernement se liguer contre lui; il voyait des gens de robe « *s'applaudir le soir d'une impertinence qu'ils avaient faite le matin à la royauté;* » il voyait de soi-disant gens d'esprit, « ou *gens de guerre qui n'en savaient guère,* » se croire Anglais parce qu'ils récitaient des lieux communs sur la liberté et les abus. « Combien de fois, ajoute-t-il, ne leur ai-je pas dit au foyer de la Comédie-Italienne : Laissez là ces grandes gazettes en longueur, que vous ne savez pas lire; que vous font Pitt et Fox qui se moquent tous les jours de votre anglomanie ? » Il avait beau dire et crier, nos anglomanes qui, faute d'agrémens, voulaient être profonds, ne l'écoutaient pas. C'était un sage au milieu d'une bande de fous; ces jeunes gens de quarante et même de cinquante ans, qui n'avaient lu si long-temps que Gentil-

Bernard, lui citaient Montesquieu qu'ils lisaient alors, quoiqu'il leur fût très-expressément défendu de le comprendre.

Voilà, suivant le prince de Ligne, une des causes principales de la révolution française : Voilà, ainsi qu'il l'observe, comment « la bonne compagnie faisait de la république sans le savoir. » Hélas! que savait-elle cette bonne compagnie? Il faut espérer du moins que l'expérience l'a bien corrigée, et qu'une leçon qui lui a coûté si cher n'a pas été perdue pour elle. Si cependant elle n'en avait pas profité; si elle était encore en 1828 telle que le prince de Ligne l'a connue en 1786; si on parlait dans ses salons comme au club de la *rotonde;* si on y répétait le soir toutes les belles choses que nous lisons le matin dans les feuilles libérales !..... Mais cela ne peut se supposer, et quoiqu'on me l'ait pourtant bien assuré, je n'en veux rien croire : la bonne compagnie serait aussi par trop bête.

Il faut convenir que les *Mélanges historiques* du prince de Ligne renferment des révélations au moins fort indiscrètes : il en est quelques unes dont je ne sais que penser. Devons-nous donc croire avec lui que certaines dames de la cour de ce temps-là ne sont pas tout-à-fait innocentes de la révolution? Ces dames, à ce qu'il prétend, négligeaient les soins de leur toilette pour lire les mémoires des économistes contre les pigeons et les lapins : elles voulaient réformer l'Etat, et caquetant du matin au soir contre des abus qui nourrissaient leurs familles, elles faisaient aussi, elles, de la république sans le savoir; et devinez pourquoi? Les amans qu'elles voulaient prendre n'étaient pas encore maréchaux, et il n'y avait qu'une révolution qui pût expier une si criante injustice. Leur souveraine elle-même n'était pas à l'abri des traits de leur médisance : il est vrai qu'elle avait à leurs yeux un tort bien grand, et qu'elles ne pouvaient, j'en conviens, lui pardonner. Le prince de Ligne observe « qu'elle les écrasait toutes par la beauté de son teint et de son port de tête. *Ces petites femmes*, dit-il ailleurs, mécontentes de n'avoir pas été aussi belles que la reine au bal charmant du dernier hiver, allaient en s'en retournant clabauder contre la prodigalité de la cour et le désordre des finances. » L'accusation est bien grave; mais est-elle fondée? Ces *petites femmes* sont-elles aussi coupables qu'il veut nous le faire croire? Il nous dit qu'il a tout vu de près; mais a-t-il bien vu? S'il en est ainsi, ce que je suis loin de vouloir garantir, nous avons un chapitre à ajouter à l'histoire des grands et funestes événemens produits par les petites femmes.

Le prince de Ligne rend souvent hommage aux

vertus de la reine et aux aimables et heureuses qualités dont le ciel l'avait douée. La bonté, comme il le prouve, était le trait le plus marquant de son caractère. Croiriez-vous qu'elle ne voulut jamais qu'on poursuivît les coupables auteurs des pamphlets publiés contre elle? C'est en vain que le prince de Ligne l'engagea souvent à les faire punir : elle s'y refusa constamment. « En vérité, Madame, lui dit-il un jour, je crois que vous êtes de moitié dans les profits de ces coquins-là; » elle sourit, et ces coquins-là purent continuer impunément leur infâme métier. On l'accusait de ruiner la France par ses prodigalités, et le prince de Ligne nous assure qu'elle dépensait moins qu'une femme de chambre de favorite. « La reine, dit-il, recevait six cents louis le premier de chaque mois, et les employait si bien à donner, que le quinze elle n'avait plus un écu. Je l'ai vue emprunter un jour vingt-cinq louis dans son antichambre, où chaque valet de pied lui donna ce qu'il avait pour une pauvre malheureuse qui était venue se jeter à ses genoux. » Voilà comment elle *dévorait les trésors de l'État*, et comment elle nous ruinait. On ne s'étonne pas qu'avec une si grande facilité à obliger, elle ait fait des ingrats; mais le prince de Ligne ne les nomme pas et se contente de les *maudire* : j'imiterai donc sa discrétion. Il en est, au reste, qui sont si connus et si honteusement fameux que, lorsqu'on veut peindre l'ingratitude, ce sont eux aussitôt que l'on regarde. Le fardeau de la reconnaissance leur parut si pesant, que, dès les premiers jours de la révolution, ils n'eurent rien de plus pressé que de s'en débarrasser, et on vit ces hommes tant protégés par la reine, et si peu dignes de l'être, aller se placer dans les rangs de ses ennemis et la punir de ses bienfaits par leurs outrages.

J'aime à voir le prince de Ligne réfuter tous les reproches qui ont été faits à cette princesse infortunée, et la venger noblement de toutes les calomnies dont elle a été l'objet. Il est difficile, après l'avoir lu, de ne pas prononcer avec lui « qu'il n'y a que les gueux qui aient pu en dire du mal. » L'expression est peut-être un peu dure; elle a, j'en conviens, plus d'énergie que de noblesse; mais l'auteur ne pouvait en trouver une qui caractérisât mieux les misérables qu'il a en vue dans cette partie de ses *Mélanges.* D'ailleurs c'est un Allemand; il ne parle point par périphrases : il se sert toujours du mot propre, et nomme enfin chaque chose par son nom.

On croit assez généralement que notre révolution est, du moins en partie, l'ouvrage des philosophes du siècle dernier; mais le prince de Ligne, qui préfère souvent un paradoxe piquant à une vérité commune, n'est point de cet avis. Il ne veut pas absolument que nous disions : « La philosophie a fait la révolution. » Si elle ne l'a pas faite, du moins on ne peut nier que ses doctrines ne lui aient bien préparé les voies et n'aient disposé les esprits à l'accueillir favorablement lorsqu'elle arriverait. Le prince de Ligne pouvait-il donc l'ignorer? « J'ai vu, dit-il, dans cette « révolution, de grands seigneurs qui se sont faits « roturiers, des roturiers qui se sont faits grands « seigneurs, et je n'y ai pas vu un seul philoso- « phe. » Il y en avait pourtant, et même plus d'un. Mon intention, en le remarquant, n'est pas de nuire aux prétentions très-légitimes des grands seigneurs qui se sont faits roturiers, et surtout à celle des roturiers qui, tout en prêchant l'égalité absolue, ont eu l'esprit de se faire grands seigneurs. La révolution doit beaucoup aux uns et aux autres, principalement aux derniers; mais ne doit-elle donc rien aux philosophes?

Le prince de Ligne nous accorde qu'ils ont *frisé* des systèmes trop hardis. « Et certes, ajoute- « t-il, ils n'ont pas eu raison; mais ils ne croyaient « pas qu'on les prendrait au mot. Ils ont été dans « leurs écrits comme ces jeunes mousquetaires « qui cassaient autrefois des vitres dans les rues « de Paris. »

Non, les philosophes n'étaient pas aussi étourdis qu'il plaît au prince de Ligne de le supposer.

Quand Diderot, d'Alembert, et les commensaux de bon appétit du baron d'Holbach *frisaient* des systèmes trop hardis, *ces mousquetaires* philosophes savaient fort bien que tôt ou tard on les prendrait au mot, et qu'alors nous n'en serions pas quittes pour un peu de tapage et des vitres cassées. Il y a mieux : ce beau triomphe de la raison humaine, la révolution, est clairement annoncé et prédit dans leurs écrits, et je suis fort étonné que le prince de Ligne ne l'y ait pas aperçu, et que les conséquences des systèmes que *frisaient* les philosophes aient pu échapper à sa sagacité. On le pardonnerait à un sot; mais dans un homme d'esprit qui se pique d'avoir tout vu, et même de très-près, cela est vraiment inexcusable.

Au reste, quoique dans le grand procès de la révolution française le prince de Ligne mette les philosophes hors de cause, il ne les aime pas davantage. Vingt passages de ses *Mélanges* ne nous laissent aucun doute à ce sujet. D'abord la plupart d'entre eux l'ennuyaient mortellement, et de tous les crimes, c'est celui qu'il pardonnait le moins. Il savait d'ailleurs ce que Frédéric pensait de ces gens-là. « Il m'a souvent parlé, dit-il, de ses amis les impies, et les méprisait fort. » Cela prouve que Frédéric les connaissait bien. Le prince de Ligne déclare ailleurs « qu'il enverrait très-volontiers au diable les âmes d'une centaine de philosophes. » Or, il est bien reconnu que les âmes qu'on envoie ordinairement au diable ne sont pas celles dont on fait le plus de cas : on ne lui donne pas ce qu'il y a de meilleur en ce genre.

Quant à Voltaire, le prince de Ligne, qui ne s'en cachait pas, l'aimait fort, et même il l'aimait tant, qu'il voulait beaucoup de mal à ses ennemis. « Je déteste Gilbert, dit-il, parce qu'il déteste Voltaire. » C'était cependant un grand impie que ce Voltaire! Sans doute; mais celui-là n'était pas si ennuyeux que les autres, et le prince de Ligne pardonnait tout apparemment à un impie qui l'amusait. Il fait un éloge pompeux d'un poëme que je n'ose nommer, et qu'il savait par cœur. Ce poëme lui paraît *admirable*, et il est même convaincu que la lecture n'en est pas du tout dangereuse; cependant il regrette que Voltaire n'ait pas été prêtre; car alors, suivant lui, au lieu d'un Bossuet, nous en aurions deux.

Il faut que j'en convienne, on trouve dans les *Mélanges* du prince de Ligne des jugemens bien étranges et des idées bien bizarres; c'est un livre qu'on aurait pu, sans lui faire aucun tort, intituler : *Raison et Folie*. Je le prouverai encore mieux dans un troisième article.

Un jour, c'était, si je ne me trompe, le jour

où nous lui volâmes sa petite principauté, le prince de Ligne rêva qu'il n'était plus un prince pour rire, mais le souverain d'un grand empire, et qu'il avait, comme le roi de France, vingt-cinq millions de sujets bien comptés. Pour lui quelle fortune! Je crois que, s'il m'en venait une pareille en dormant, je me réveillerais fou, mais fou à lier. Je ne suis donc pas surpris que pendant son règne le grand Selrach ed Engil (anagramme de Charles de Ligne) ait fait tant de sottises : les meilleures têtes en tourneraient.

Pour son début, il déclara la guerre à un de ses voisins; il voulait que l'Europe sût qu'il n'était pas d'humeur trop endurante. D'ailleurs c'est un plaisir de grand prince qu'il n'était pas fâché de se donner; mais bientôt il s'en dégoûta, et jugeant sans doute, comme certains politiques de ce temps-ci qui rêvent, eux, tout éveillés, que les armées sont inutiles pendant la paix, et qu'on peut très-bien s'en passer, il licencia la sienne et ne voulut plus avoir que des miliciens. Voilà vraiment un royaume bien gardé ! Sa Majesté du moins ne négligeait point ses finances; je vois même, en lisant son *Utopie* ou son plan de gouvernement, que, de toutes les parties de son administration, c'était celle qu'elle soignait le mieux. Elle levait un impôt d'un ducat sur chacun de ses sujets, et son mode de perception était à

la fois si ingénieux et si simple qu'il n'exigeait
pas de percepteur; elle avait donc congédié tous
les employés des recettes publiques, en leur disant qu'elle n'avait besoin de personne pour l'aider à manger son budget, et qu'elle le mangerait
bien toute seule : était-elle gourmande!

Or, voici comment les choses se passaient : je
prie nos grands économistes de vouloir bien y
faire attention. « Il y avait dans chaque paroisse
un coffre de fer ou chacun venait déposer sa capitation.... Un receveur général allait avec un
mulet ramasser toutes ces capitations et les portait dans le grand coffre du roi, » qui touchait
ainsi 25 millions de beaux ducats, compte rond.
Le pauvre homme! C'était pour ce temps-là un
très-joli rêve, et je crois que si l'illustre amie du
prince de Ligne, Catherine *Legrand*, comme il
l'appelait si bien, avait eu un trésor aussi considérable, déduction faite de toute charge, il lui
aurait fallu tous les jours à son déjeuné un nouveau pachalick, et elle n'aurait probablement
pas laissé à un de ses petits-fils l'honneur de
chanter un *Te Deum* dans la mosquée de Sainte-
Sophie, grande et belle entreprise qui fournira à
l'histoire des pages fort brillantes, si elle peut venir à bien.

On ne cesse de vous vanter les gouvernemens
à bon marché, et dernièrement encore M. l'abbé

de Pradt, qui a de l'esprit cependant, s'est fâché
comme un sot, et a jeté, non pas son froc, mais
son costume de député aux orties, parce que
nous avons ri lorsqu'il nous a offert pour modèle
les républiques du sud de l'Amérique, et principalement sa chère Colombie, qu'il a raison d'aimer plus que les autres, puisqu'elle lui a accordé
une pension de 15,000 francs; mais ces gouvernemens à bon marché, dit-on, me paraissent à
moi de gros dépensiers, quand je les compare à
celui du prince de Ligne qui, s'ils eussent été à
son école, leur aurait donné de belles leçons d'é-
conomie. Ce n'est pas lui, quoiqu'il eût bien des
millions dans son coffre, et qu'il fût aussi riche
que la Colombie est gueuse, ce n'est pas lui qui
aurait fait des pensions de 15,000 francs aux publicistes de mauvais humeur. Recevant beaucoup,
il s'était arrangé pour n'avoir presque rien à dé-
penser; il n'avait, comme on l'a déjà vu, ni généraux, ni soldats à payer. Faisant seul toutes
ses affaires, il se passait de ministres, de conseillers d'Etat et même de secrétaire. N'ayant rien à
démêler avec les cours étrangères, il ne leur en-
voyait pas d'ambassadeurs; pourtant, comme il
importe qu'un souverain sache ce qui se passe
chez ses voisins, il avait trouvé un moyen sûr,
infaillible, de pénétrer les secrets de tous les cabinets. « Je lisais, dit Sa Majesté, les gazettes de

temps en temps, » et voilà pourquoi elle était toujours si bien informée.

Les charges principales de la couronne étaient supprimées : plus de grand-maître, plus de grand-chambellan, plus de grand-maréchal, plus de.... On ne connaissait à la cour que trois grands-officiers, un grand-médecin, un grand-juge, « qui faisaient sans cesse l'un et l'autre des tournées dans les États de Sa Majesté pour empêcher qu'on ne brouillât, soit la santé, soit les affaires de ses sujets, » et le mulet du receveur général : encore ce dernier, malgré la haute importance de ses fonctions, n'était-il pas trop exigeant; il coûtait certainement beaucoup moins que le grand-pensionnaire de la pauvre Colombie. Qu'en dites-vous, fameux économistes de nos jours? êtes-vous enfin contens? Il vous faut des réformes, des suppressions.... que sais-je, moi? vous croyez qu'un État n'est jamais mieux servi que lorsqu'il n'a pas de serviteurs; hé bien, le prince de Ligne, quand il était roi, a-t-il assez réformé? a-t-il assez supprimé?

Vous voulez qu'on perçoive sans frais un budget de plus d'un milliard, mais vous ne nous dites pas comment cela peut se faire. Aucun de vous, pas même votre maître à tous, M. J.-B. Say, qui s'en pendra de désespoir, n'a songé au *mulet du receveur-général.* C'est le prince de Ligne qui l'a trouvé, et qui, quoiqu'il n'ait rêvé, lui, que vingt-quatre heures, a su faire une utopie encore plus folle et plus *économique* que les vôtres.

Vous n'aimez pas le faste des cours. Cette pompe, dont la royauté ne peut se passer chez nous, vous importune, et peu touchés de ses avantages, vous ne songez qu'à ce qu'elle coûte. Il faut enfin, pour vous être agréable, qu'un grand monarque vive aussi bourgeoisement qu'un petit marchand de la rue Saint-Denis. Le prince de Ligne aurait bien fait votre affaire; c'était un roi sans façons et qui n'aimait pas la cérémonie. « On ne me saluait, dit-il, qu'une fois par jour, » encore cette politesse n'était-elle pas de rigueur. Les libéraux s'en dispensaient, et Sa Majesté n'y faisait pas attention; elle tenait peu à l'étiquette, et avait mis toute sa représentation en son grand coffre de fer.

Je ne vois ici qu'une petite observation à lui faire : il me semble qu'un roi qui avait si peu d'officiers et d'employés à payer, qui gouvernait et administrait à si peu de frais, aurait pu se contenter d'un budget moins considérable, et au lieu d'un ducat de capitation, n'exiger qu'un florin. Le mulet du receveur général était, j'en conviens, une très-heureuse conception, et nos savans économistes ne manqueront pas d'en faire leur profit; mais Sa Majesté le chargeait un peu trop.

Que faisait-elle donc de son argent? vous le saurez. Amie des plaisirs, elle l'employait à bien s'amuser et à bien amuser les autres. Tous les jours de l'année étaient à sa cour des jours de gala; chez lui, du matin au soir, la nappe était mise : « Il y avait, dit-il, dans mes antichambres « vingt tables bien garnies, où se plaçaient ceux « et celles qui le voulaient. Chère délicieuse, « bals, concerts, comédie, opéra. » Le peuple n'était pas oublié; il trouvait dans les jardins de Sa Majesté « tout ce qui pouvait le divertir, « jeux, chansonniers, grimaciers, danses et guin- « guettes, » où il buvait et mangeait aux frais du prince. Je présume que ce bon peuple, satisfait sur cet article important, se montrait moins exigeant sur beaucoup d'autres : pouvait-on lui donner une constitution plus conforme à ses besoins et surtout à son appétit?

Tel était l'état de la cour, d'autres diraient de la royale courtille du prince de Ligne : on devait s'y plaire, à moins qu'on ne s'y ennuyât de s'y amuser. Mais son plan de gouvernement, qui, j'en conviens, est assez gai, n'avait-il pas quelques inconvéniens? Si, pendant que ses sujets valsaient, un voisin ambitieux, un Attila, un Buonaparte, eût envahi ses États, comment les aurait-il défendus? Il n'avait pas d'armée, et ses milices nationales ne valaient pas de vieilles moustaches : Sa Majesté ne pouvait l'ignorer; mais en changeant de condition, le prince de Ligne n'avait pas changé de caractère : c'était, si je le connais bien, un roi capable de dire : Régner est bon, se divertir est meilleur; si je perds mon royaume, au moins le perdrai-je gaiement!

Pour l'instruction des rois ses confrères, le prince de Ligne rappelle, dans son *Utopie*, les sages ordonnances qu'il rendit pendant son règne. Il en est une qui m'a paru mériter une attention toute particulière : « Voici, dit-il, ce que je fis « pour les mœurs. » C'est un point bien important, et un roi si sage n'avait garde de le négliger : voyons donc ce qu'il fit pour les mœurs.

On ne s'y attend pas. « J'ordonnai, c'est Sa « Majesté qui parle, j'ordonnai que les jeunes « gens des deux sexes eussent *la plus grande li-* « *berté*, afin de se mieux connaître. » Cette idée n'est venue à l'esprit d'aucun moraliste; elle appartient en propre à Sa Majesté, qui s'en applaudit beaucoup, et qui nous assure qu'elle eut sur les mœurs de son peuple la plus heureuse influence. Je le crois sans peine : sa recette était si bonne! Liberté pleine et entière aux jeunes gens des deux sexes, et ordre aux mamans de fermer les yeux et de ne rien voir.

En accordant cette grande liberté aux jeunes gens des deux sexes, notre législateur espérait, comme il nous l'a dit, qu'ils se connaîtraient assez « pour ne pas se tromper en se mariant; » mais il en arriva tout autrement : il se commit bien des erreurs, et bientôt on ne vit plus que de mauvais ménages; tant il est difficile de ne pas se tromper en se mariant!

Quand Sa Majesté fut bien convaincue de cette grande vérité, elle permit, et toujours dans l'intérêt des mœurs, de se marier *trois fois*, mais pas davantage, parce que, comme elle l'observe fort bien, « il n'est pas vraisemblable qu'on se « trompe toujours; » d'ailleurs, lorsqu'on a été trompé trois fois, il faudrait être bien sot pour s'exposer à l'être une quatrième; un galant homme doit en rester là. Sa Majesté avait donc fait assez pour les mœurs; elle avait même fait plus pour elles que Diderot; car ce philosophe, dans ses *Lois d'éducation*, où il s'attache à combattre tous les préjugés favorables à la *morale vulgaire*, ne permet de se marier que deux fois : or était-il nécessaire de dépasser Diderot? Le prince de Ligne n'aurait-il pas pu se contenter de le suivre?

Quoi qu'il en soit, mes lecteurs peuvent maintenant se former une juste idée de son *Utopie*, et s'ils trouvent que, sous quelques rapports, elle ressemble à beaucoup d'autres qu'on nous donne aujourd'hui, mais plus sérieusement, qu'ils

n'en soient pas étonnés; ainsi que les beaux esprits, les rêveurs ne peuvent pas manquer de se
rencontrer.

Ce prince était-il bien éveillé quand il composa certain fragment intitulé: *de la Manière de
lire et d'écrire l'Histoire?* je n'en suis pas très-
sûr. On trouve, j'en conviens, dans ce fragment
des vues très-judicieuses; mais pourquoi l'auteur
veut-il que le professeur d'histoire, ou *le maître
à lire*, comme il l'appelle, cache soigneusement
à son élève, jusqu'à *vingt ans*, « toutes les hor-
« reurs dont les hommes célèbres se sont souil-
« lés? » Pourquoi lui recommande-t-il si fortement de parler de César ou d'Auguste, sans
citer leurs proscriptions, et de s'appesantir sur
Titus et Trajan, en glissant sur Néron et Cali-
gula? « C'est de quoi, dit-il, faire détester la
« nature soi-disant humaine. » J'en suis bien fâché, je voudrais que cette nature soi-disant humaine fût un peu plus aimable; mais la voilà
telle que les passions l'ont faite; et puisqu'on a
dans la vie tant d'affaires à traiter avec elle, il
importe très-fort de la connaître de bonne heure,
et de ne pas être trompé sur son compte. D'ailleurs, qui ne voit qu'après avoir appris l'histoire
suivant la méthode du prince de Ligne, la première chose qu'un jeune homme de vingt ans
aurait à faire, ce serait de la rapprendre? Son

maître à lire lui aurait été moins utile que son maître à danser. Au reste, je regrette fort que le prince de Ligne, qui enseigne si bien comment l'histoire romaine doit être écrite, ne se soit pas chargé de l'écrire lui-même; il aurait fait un bel ouvrage, et on y lirait des choses bien curieuses. On y apprendrait, par exemple, que « c'est peut-« être une légèreté de Catilina, une chanson, « une épigramme, qui a porté Cicéron à se dé-« clarer contre lui; » et que ce même Cicéron peut fort bien ne s'être jeté dans le parti de Pompée que pour se venger « d'avoir attendu « trop long-temps dans l'antichambre de César. » On y apprendrait, enfin, que Valérius Publicola « fut fort aise de trouver la mauvaise petite rai-« son de l'aventure de la *précieuse* Lucrèce pour « chasser les rois. » Tout cela est nouveau; personne ne l'avait encore remarqué : on ne trouve rien de semblable dans nos historiens; c'est qu'ils n'a-vaient pas lu les réflexions du prince de Ligne sur la *Manière d'écrire l'Histoire*. Ils ne savaient pas que les faits historiques les plus graves doi-vent être jugés avec cette légèreté et ce badi-nage. Si on eût dit à Rollin : *Vous n'y pensez pas! vous prenez trop au sérieux la drôle d'a-venture de la précieuse Lucrèce : c'est une plai-santerie; je suis bien aise de vous en avertir*, Rollin aurait été fort étonné; il ne trouvait pas, lui, que l'aventure fût si plaisante et si drôle; il n'y voyait pas le plus petit mot pour rire. Puis, Lucrèce *une précieuse!...* le bon Rollin aurait baissé les yeux. Il y a dans ces *Mélanges* du prince de Ligne un petit chapitre fort singulier qui a pour titre *le Débauché et le Libertin*. Quel éloge du débauché! que d'efforts, quelle dépense d'esprit l'auteur fait sans aucun intérêt personnel, pour nous prouver que le débauché n'est pas un libertin! « La débauche, dit-il, est « l'aristocratie du vice, et le libertinage en est « la démocratie. » Cela est assurément très-joli; mais son débauché, qui *a de mauvaises mœurs, qui est blasé sur ses orgies*, n'en est pas moins un vrai libertin. Quant à son libertin, ce n'est qu'un crapuleux: on ne peut pas l'appeler autrement. Le prince de Ligne nous assure qu'il a vu beaucoup de débauchés dans la *meilleure compagnie*, qui les goûtait fort. J'en suis bien fâché pour la meilleure compagnie, mais il se trompe sans doute; ce n'est pas là qu'il a rencontré *ses charmans débauchés;* c'est plutôt dans la société de Mme Dubarry, chez laquelle, avant qu'elle fût présentée à Versailles, remarquez-le bien, il soupait si souvent avec le chaste poëte Robbé.

1828.

MÉMOIRES DE RIVAROL.

> Les révolutions tuent les hommes, et
> la postérité les juge.
>
> BARNAVE, *allant à l'échafaud*.

Ces Mémoires, composés dès l'origine de nos troubles politiques, ne conduisent le lecteur que jusqu'aux funestes journées des 5 et 6 octobre, où, pour me servir de l'expression de l'auteur, Louis XVI fut supplié, *à coups de fusil,* de venir habiter la capitale; mais on ne peut les lire sans admirer l'esprit prophétique qui semble les avoir inspirés. La chute du trône, la sanglante anarchie, les fureurs de la multitude, le despotisme de ses chefs, enfin tous les fléaux qui tour à tour ont désolé notre pauvre France, y sont annoncés dans les termes les plus clairs. L'auteur y signale même, dans le lointain, la sinistre apparition du soldat farouche dont le joug devait plus tard nous faire mieux sentir le prix de l'autorité légitime. M. de Pradt, malgré les démentis formels que les événemens lui donnent tous les jours, ne cesse de nous vanter sa prévision politique. A l'entendre, il lit dans l'avenir tout aussi couramment que dans son bréviaire. Que dirait-il donc si, lorsque la révolution ne faisait que commencer, il en avait, comme Rivarol, prédit toutes les conséquences? Mais il n'a été donné qu'à quelques esprits privilégiés de voir de si haut et de si loin.

Malheureusement, à cette époque, on était sourd à la voix des prophètes, et Rivarol en fit la triste expérience; aucun parti ne voulut l'en croire. Les hommes même dont il plaidait si énergiquement la cause, et qu'il avertissait du danger de leur position, pleins d'une confiance que rien ne justifiait, ne furent pas les derniers à se moquer de ses prédictions, dont, il faut le dire, leur légèreté et leur folle présomption n'ont rendu l'accomplissement que trop facile.

Il serait inutile d'énumérer toutes les causes plus ou moins éloignées qui ont amené la révolution; Rivarol a le bon esprit de n'indiquer que celles qui lui paraissent avoir le plus influé sur ce grand événement, et met au premier rang les écrits des philosophes du XIX° siècle. « On leur « doit tout, dit-il; les philosophes ont appris au « peuple à se moquer des prêtres, et ceux-ci ne « sont plus en état de faire respecter les rois, « source évidente de l'affaiblissement des pou- « voirs. » Cette opinion est celle de tous les esprits réfléchis, et il faudrait pour la combattre ne pas connaître cette foule d'écrits tant prônés encore aujourd'hui, où la religion était insultée avec impunité, et où, pour détruire plus facilement les institutions établies, on sapait dans l'opinion des peuples ce qui, dans tous les temps, a été considéré comme leur principal appui. Le trône ainsi attaqué ne pouvait manquer de s'écrouler, eût-il même été plus solidement affermi et entouré des plus habiles défenseurs. C'est par les doctrines que les États se perdent ou se conservent, et vos philosophes le savaient bien. Mais depuis un demi-siècle, les hommes appelés à diriger les affaires de notre bonne et vieille monarchie semblaient l'avoir complètement oublié.

Dieu lui-même alors n'était pas inviolable: quelques philosophes, pour en finir avec lui, l'avaient supprimé; d'autres, plus adroits et plus dangereux, voulaient bien par courtoisie lui permettre d'exister; mais faisant de sa place une véritable sinécure, ils lui défendaient de se mêler des affaires de ce monde, et le croirait-on? les ouvrages qui renfermaient ces doctrines anti-sociales circulaient librement dans toute la France! Il y a mieux : plusieurs, nous pouvons le prouver, étaient imprimés dans la capitale, sous les yeux et avec l'approbation de l'autorité, complice stupide des hommes qui avaient juré de la renverser. On voulait périr.

On devine bien que dans les écrits que je rap-

pelle ici les rois n'étaient pas traités avec beaucoup de révérence et en vérité ils auraient eu
bien mauvaise grâce de s'en plaindre : leur devait-
on plus d'égards qu'à celui par qui ils règnent ?
Il fallait bien encore, puisqu'on en voulait à la
monarchie, il fallait, pour arriver au but qu'on
se proposait, soulever toutes les passions de la
multitude contre une classe privilégiée sans laquelle Montesquieu, que les libéraux, si cela leur
plaît, peuvent taxer d'aristocratie, soutient qu'*il
n'y a point de monarchie ;* les mêmes écrivains se
gardèrent bien d'y manquer.

Parasites des grands qu'ils détestaient, ils ne
trouvèrent pas de couleurs assez noires pour
peindre ces monstres féodaux qui leur donnaient
si bien à dîner, ces cruels oppresseurs qui leur faisaient obtenir de si bonnes pensions. La France,
à les entendre, était peuplée d'esclaves, de serfs
attachés à la glèbe, et d'ilotes cent fois plus malheureux que ceux de Lacédémone. Ils le répé-
tèrent si souvent et de tant de manières différentes, que le peuple finit par les croire, et ne
reconnut son erreur que lorsqu'il vit que la nouvelle *liberté* qu'on lui avait donnée ne valait pas
son ancienne *servitude,* et que pour lui la tyrannie n'avait commencé qu'à dater du jour où
l'on avait solennellement déclaré qu'elle était
abolie, car c'était, convenons-en, un assez bon

tyran que celui dont la volonté suprême fléchis-
sait devant le *veto*, souvent très-peu fondé, d'une
poignée de gens de robe, dont, avec un peu de
fermeté, il eût été si facile de modérer les or-
gueilleuses prétentions. Nous avons vu mieux depuis ; et si la leçon ne nous avait pas coûté si
cher, il faudrait remercier Buonaparte de nous
l'avoir donnée : grâce à lui, nous savons aujour-
d'hui ce que c'est qu'un tyran.

L'auteur de ces Mémoires croit encore, et avec
raison, que la vanité est une des causes qui ont
eu le plus d'influence sur la révolution française,
quoique, depuis Richelieu, la noblesse ne fût
plus qu'une *agréable chimère.* « Cependant, ob-
« serve Rivarol, les bourgeois la jalousaient tou-
« jours ; les gens d'esprit et les gens de finances
« la trouvaient insupportable ; la plupart la trou-
« vaient même si insupportable, qu'ils finissaient
« par l'acheter. » Cela étant, de quoi donc se
plaignaient-ils ? Est-ce du prix qu'elle leur coûtait ? Ce prix était fort modéré ; jamais, que je sache, dans aucun pays, on n'a été noble à meilleur compte qu'en France avant la révolution.
Le gouvernement était si court d'argent, que,
pour s'en procurer, il avait mis *l'agréable chimère* à la portée non-seulement des gens de finances, mais encore des gens d'esprit.

Toutefois, il manquait quelque chose à la sa-

tisfaction des parvenus : c'était le temps, qui
n'était pas, comme le parchemin, à la disposition du gouvernement. Ils étaient *nobles* : point
de difficulté sur ce point; on ne pouvait contester leur noblesse; ils venaient de la payer, et ils
avaient pris quittance. « Mais nos rois, dit très-
« spirituellement Rivarol, guérissaient de la ro-
« ture à peu près comme des écrouelles, à condi-
« tion qu'il en resterait des traces. » D'abord, la
noblesse des siècles précédens traitait peut-être
avec trop peu de considération les anoblis du
dix-neuvième. Mais j'en suis d'autant plus surpris, que j'ai vu, sous Buonaparte, des nobles
de 1804 regarder de très-haut et appeler *hommes*
nouveaux les nobles de 1808, qui s'en vengeaient
sur ceux de 1812. Dans les affaires de cette nature,
les dates sont importantes.

Ajoutez qu'avant la révolution, comme aujour-
d'hui, l'opinion, plus forte que le conseil du
sceau, répugnait à placer sur la même ligne les
descendans de Turenne et ceux de Turcaret, et
se plaisait à opposer l'utile préjugé de la naissance
à l'insolence des richesses. Ce n'était donc pas
assez de vendre la noblesse à ceux qui voulaient
l'acheter, il aurait fallu leur vendre aussi des
aïeux et des souvenirs historiques; mais on n'y
avait pas songé. Et de là cette jalousie que la noblesse excitait, malgré tous les efforts qu'elle

faisait pour se populariser ; car on n'a pas oublié que, dans les dernières années qui précédèrent la révolution, elle avait l'air d'aspirer à descendre.

Les ennemis de Rivarol, ceux surtout que son talent et sa causticité désolèrent, ont prétendu que la cour le payait pour écrire contre la révolution. L'éditeur de ces Mémoires, M. Berville, à qui il appartenait de le venger glorieusement de cette imputation, se contente d'observer « qu'elle ne paraît pas suffisamment motivée. » Vraiment, je le crois bien. Elle est, il fallait le dire, d'une absurdité palpable, et pour s'en convaincre, il suffit de lire ces Mémoires. Quand on voit avec quelle amertume l'auteur se plaît à relever toutes les fautes, ou, car il appelle chaque chose par son nom, toutes les sottises de la cour, on est du moins forcé de convenir que, si cette cour le payait, il gagnait bien mal son argent.

La preuve ne se fera pas attendre. « Depuis « long-temps, dit Rivarol, non sans quelque exa- « gération, le cabinet de Versailles était pour les « lumières fort au-dessous du moindre club du « Palais-Royal ; la postérité aura peine à croire « tout ce que le gouvernement a fait et tout ce « qu'il n'a pas fait : il y a eu comme *un concert* « *de bêtises* dans le conseil. » Je le demande, est- ce là le langage d'un écrivain stipendié par la cour ? Paie-t-on les gens pour qu'ils vous fassent

de pareils complimens? Je crois connaître assez
la tournure d'esprit de Rivarol pour pouvoir assurer que si le conseil où il dit « qu'il y a eu
comme un concert de bêtises » avait été assez
bête pour lui offrir n'importe quels témoignages
de sa reconnaissance, il n'aurait pu s'empêcher
de dire : Messieurs, il n'y a pas de quoi.

On doit la vérité à ses amis; mais je ne sais si
Rivarol n'abuse pas un peu de cette maxime,
quand il parle des hommes de son parti, et spécialement de l'honorable et courageuse minorité
qui alors, sans espoir de la sauver, défendait la
monarchie expirante. On en jugera par cette épigramme à deux tranchans, que je trouve dans
une de ses notes, et que je crois pouvoir lui attribuer :

> Dans l'auguste assemblée il est sûr que tout cloche ;
> La raison? chacun l'aperçoit :
> Le côté droit est *toujours gauche*,
> Et le gauche n'est jamais droit.

Je n'ai point, en citant cette épigramme, le
dessein d'en faire l'application aux circonstances
présentes; Dieu m'en garde! Toutefois, si les
royalistes, que leur dépit associe aujourd'hui à
leurs ennemis de tous les temps, s'obstinaient à
persister dans une alliance qui ne peut leur être
que funeste, on serait bien obligé de croire que

l'expérience les a peu instruits, et qu'ils sont encore bien *gauches*.

La notice qui précède ces Mémoires offre un phénomène bien rare; c'est peut-être la première fois qu'on voit un éditeur déprécier l'ouvrage qu'il publie. M. Berville, que je soupçonne d'être un peu plus libéral que Rivarol, veut bien convenir qu'on rencontre fréquemment dans les Mémoires de cet écrivain des rapprochemens ingénieux, des observations fines; que le style, toujours élégant et clair, a souvent de la chaleur, et quelquefois de l'énergie. Mais il ajoute aussitôt que « malheureusement ces qualités sont ternies par l'esprit de dénigrement qui perce à chaque page. » Je lui en demande bien pardon; mais je n'ai aperçu nulle part cet esprit qu'il a, lui, aperçu à chaque page. L'a-t-il trouvé dans les reproches que Rivarol adresse à l'Assemblée constituante? Le temps les a tous confirmés.

La France demandait à ses représentans une constitution également favorable à l'autorité royale et à la liberté publique. Que firent-ils? Infidès à leurs mandats, comptant le roi pour *rien*, ils voulurent que le peuple fût *tout*, ou plutôt ils voulurent être *tout* par le peuple. Rivarol observe très-judicieusement que « le peuple est un souverain qui ne demande qu'à manger, et que S. M. est fort tranquille quand elle digère. »

1.   22

Aussi nous avons vu que jamais les factieux ne proclamaient sa souveraineté que pour régner en son nom.

Rivarol ne voit dans la première de nos dix à douze constitutions qu'une démocratie armoriée d'une couronne. Le diadème royal lui paraît avoir été remplacé par la cocarde tricolore; il soutient que nos premiers législateurs n'ont fait de Louis XVI que le secrétaire-greffier de leurs hautes puissances.... Tous les bons esprits ne jugent pas différemment aujourd'hui l'œuvre de nos constituans; et ce qui répond à toutes les objections, c'est l'exemple de ce qui naguère s'est passé en Espagne. Les cortès, qui avaient aussi, elles, une vieille monarchie à démolir et un roi à dégrader, ont cru ne pouvoir arriver plus sûrement à ce but qu'en copiant à peu près mot pour mot notre constitution de 91; et en effet je les aurais bien défiés de faire pis.

11 octobre 1824.

LA
CONTEMPORAINE EN MINIATURE.

> Une femme honnête doit ressembler
> aux académies de province, qui ne font
> jamais parler d'elles.
>
> Voltaire, *Pensées diverses.*

Puisqu'on nous a donné il y a quelque temps
Mme *la comtesse de Genlis* en miniature, on
ne pouvait pas décemment se dispenser de faire
le même honneur ou la même galanterie, si vous
l'aimez mieux, à la *Contemporaine*; ce sont, leur
peintre a raison de le dire, les deux femmes les
plus célèbres de notre époque; mais j'observe
que, pour parvenir à ce haut degré de célébrité,
elles n'ont pas pris le même chemin. Toutes les
deux sans doute étaient fort jolies et fort aimables; elles veulent bien l'une et l'autre en convenir; mais la Contemporaine avait un cœur plus
impressionnable; elle était beaucoup plus aimante, plus sujette aux humaines faiblesses : le
moyen de douter d'une vérité qu'elle a si nette-
ment démontrée !

Mme de Genlis, comme vous le savez tous,
n'a pas failli, n'a pas même bronché une seule

fois : elle l'assure, et l'on doit l'en croire. C'est
vraiment un spectacle fort édifiant de la voir, dans
sa jeunesse qui a duré si long-temps, accueillir
avec une froide indifférence les nombreux adorateurs dont elle est environnée, et même se croire
insultée par les hommages qu'ils lui rendent...
Amans infortunés ! je les plains.... ils ont dû bien
souffrir ! La Contemporaine, elle, n'est pas si sau-
vage. Celle-là ne se plaît pas à faire des malheureux ; vous la trouvez presque toujours aussi
bonne qu'elle est belle ; mais, disons-le, sa bonté,
qu'elle a poussée un peu trop loin, a eu pour elle
de très-fâcheuses conséquences. Vous êtes effrayés
et du nombre et de l'énormité des fautes qu'elle a
commises, et que pour sa pénitence elle s'est crue
obligée de révéler à l'univers entier : c'est à faire
dresser les cheveux sur la tête. Toutefois, remar-
quons-le à la honte d'un siècle qui aime mieux,
à ce qu'il paraît, être scandalisé qu'édifié, les Mémoires de cette grande pécheresse ont eu un
succès prodigieux qui a passé les espérances de
M. Ladvocat, leur éditeur. Trois éditions qui se
sont succédé en très-peu de temps ont à peine
satisfait tous les amateurs, tandis que les Mémoires de la vertueuse comtesse sont restés à la
première et n'iront pas plus loin ; mais aussi
pourquoi n'a-t-elle pas eu, comme la Contemporaine, de tendres faiblesses à nous raconter ? Pour-

quoi a-t-elle été si sage? cela ne réussit pas aujourd'hui.

On ne trouve pas qu'en abrégeant les Mémoires
de ces dames, en réduisant à un seul les huit
volumes que chacune d'elles a publiés, M. de Sé-
velinge en ait affaibli l'intérêt. Ces Mémoires,
beaucoup trop longs, avaient grand besoin d'être
raccourcis. D'abord, que de fadaises, que de pué-
rilités, que de détails insignifians on rencontre
dans ceux de Mme de Genlis! Je choisis un exemple
sur mille. Cette dame nous apprend qu'au retour
du sacre de Louis XVI, un prince, devinez quel
prince, lui envoya du pain d'épices de Reims.
Jusque-là, c'est fort bien, il n'y a rien à dire. Le
fait est important et devait être transmis à nos
neveux les plus reculés; il fallait que la postérité
sût qu'au retour du sacre un prince avait envoyé
à Mme de Genlis du pain d'épices de Reims : ce
sont des choses qu'il n'est pas permis de lui laisser
ignorer.

Mais était-il absolument nécessaire d'ajouter ce
qui suit : « Je mangeai deux nonettes, et j'eus la
colique. » Il me semble que cette puérile anecdote,
et bien d'autres que je pourrais citer, méritaient
peu d'être consignées dans des Mémoires historiques. L'intérêt que nous portons à la personne
de Mme de Genlis ne s'étend pas jusqu'aux indi-
gestions qu'elle a pu avoir il y a cinquante ans

et plus. Quand elle nous annonça qu'elle allait publier ses confessions en *présence du souverain juge*, nous attendions d'elle des révélations un peu plus piquantes ; elle le savait, et comme elle a toujours beaucoup de malice, c'est probablement pour se moquer de ses lecteurs et les punir de leur indiscrète curiosité qu'elle s'est accusée d'avoir, au retour du sacre, mangé deux nonettes qui lui donnèrent la colique. En vérité, si elle n'a que ce péché-là sur la conscience, elle est bien *belle devant le souverain juge;* mais encore une fois, nous attendions mieux. Venons aux Mémoires de la Contemporaine. L'opération que M. de Sévelinges leur a fait subir ne leur était pas moins nécessaire qu'à ceux de Mme de Genlis ; car, j'en demande bien pardon à l'auteur, mais je ne puis m'empêcher de dire qu'ils renferment aussi bien des minuties, bien des inutilités. C'est ainsi, je le sais, qu'on multiplie les volumes ; mais quand l'éditeur s'en félicite, les lecteurs n'ont, eux, que de trop bonnes raisons pour s'en plaindre. On veut bien permettre à la Contemporaine, qui a fait bravement le coup de fusil aux avant-postes de la grande armée, et qui a si long-temps *respiré la gloire,* de chanter les louanges de ses compagnons d'armes, et spécialement des généraux sous les ordres desquels elle a eu l'honneur de combattre ; mais elle pouvait, ce me semble,

se dispenser de nous dire, en parlant du général
Junot, qu'on appelait, s'il m'en souvient, le duc
d'Abrantès : « Sa supériorité au billard était tellement incontestable, que c'eût été s'exposer à
toute sa colère que d'avoir l'air d'en douter; c'est
à lui, le sait-on assez généralement, qu'est dû
l'instrument qui taille la queue sans ralentir la
partie. » Il faut, en vérité, n'avoir rien à dire à
ses lecteurs, pour les entretenir du *taille-queue*
du général Junot; ne voilà-t-il pas une belle découverte et un beau sujet d'éloges !

Ajoutez que la Contemporaine est une conteuse
éternelle; le sultan des *Mille et Une Nuits* lui
aurait dit souvent : Ma chère, c'en est trop, finis-
sez. Elle ne peut faire un pas sans trouver le sujet d'un épisode. Il y a dans ses Mémoires presque
autant d'historiettes que de chapitres, et elle
devrait elle-même remercier M. de Sévelinges
de les avoir supprimées toutes sans miséricorde :
elle n'y gagne certainement pas moins que nous.
Grâce à cette suppression, que le goût exigeait,
on ne la voit plus si souvent disparaître, et céder
sa place à des personnages subalternes que le lecteur se soucie fort peu de connaître; elle est
toujours en scène, et je n'ai pas besoin de vous
dire ce qu'elle y fait; ses étranges révélations ne
vous l'ont que trop bien appris. Je me borne
donc à signaler ici une nouvelle preuve du pro-

grès des lumières. Le piquant du scandale a succédé de nos jours au piquant du mystère.

Quant à ces descriptions de batailles, que le
judicieux abréviateur a également fait disparaître, on doit d'autant moins les regretter, qu'il
serait facile, au besoin, d'en retrouver les minutes
dans *le Moniteur*, ce fidèle dépositaire de nos
très-véridiques bulletins; puis, dans ces hauts
faits si longuement rapportés par la Contemporaine, il n'y a, convenez-en, de très-intéressant
pour nous que la part glorieuse qu'elle y a prise.
Songerait-on encore à la fameuse bataille d'Eylau,
si elle n'y avait point été blessée? Malheureusement, le coup de sabre du cosaque n'a pas laissé
de traces, et je suis sûr que la Contemporaine en
est encore plus fâchée que moi; elle a fait de
grandes choses, mais une balafre manque à sa
gloire. On a d'ailleurs remarqué que chez les héroïnes de cinquante ans, la nôtre est arrivée là,
cet agrément, quand il était bien placé, compensait
la perte de beaucoup d'autres. La Contemporaine,
on le sait, fut mariée de très-bonne heure, et elle
aimait son mari d'autant plus passionnément,
qu'avant de l'épouser il lui avait fait la politesse de
l'enlever. Cependant il est rarement question de
cet honnête homme dans les Mémoires de sa femme;
on ne l'y aperçoit que lorsqu'il s'agit de changer
de séjour. «Alors, comme l'observe le malin abré-

viateur, mention honorable lui est toujours ré-
servée dans l'énumération du bagage. » C'est que,
quoiqu'elle n'eût encore que quatorze ans, l'aimable Contemporaine, qui ne voulait pas perdre
de temps, avait déjà un amant, et malheureusement elle s'en était aperçu trop tard. « Lorsque
j'examinai, dit-elle, l'état de mon âme, j'étais
déjà perdue. » Elle fait sur ce premier de ses gros
péchés de fort sages réflexions; mais je regrette
qu'elles ne les ait pas faites plus tôt. Elles me
semblent aujourd'hui assez inutiles; la Contemporaine sait aussi bien que moi qu'à son âge les
rechutes ne sont plus à craindre.

Au reste, c'était moins sa faute, M. de Sévelinges aurait pu le remarquer, que celle de son
mari, qui s'occupait beaucoup des affaires publiques, et fort peu de celles qui le touchaient de
bien plus près. Une jeune femme de quatorze à
quinze ans, surtout quand elle est aussi jolie que
la Contemporaine devait l'être alors, ne se garde
pas toute seule. Cependant M. Van M.... n'était
jamais au logis; il passait sa vie dans les assemblées patriotiques, et, remarquez-le encore,
c'était le Charles Dupin de ce temps-là; on ne
voyait que lui à la tribune. Il y pérorait sur les
droits de l'homme, les libertés publiques; que sais-
je, moi? sur l'ordre légal et toutes ses conséquences.
Or, j'avoue que lorsqu'il arrive quelque fâcheux

accident de ce genre à ces beaux discoureurs, je
ne les plains pas : l'ordre légal l'exige; ils le mé-
ritent bien, c'est même une très-légère expiation
du long ennui qu'ils nous causent. Tout ce qu'il
y a de plus intéressant dans les Mémoires de la
Contemporaine se retrouve dans l'*abrégé* que
M. de Sévelinges vient d'en publier. Il s'est bien
gardé, par exemple, de supprimer les aventures
galantes et belliqueuses de l'héroïne. Il y a mieux :
loin de vouloir lui ôter un seul de ses amans, il lui
en donnerait volontiers, si elle pouvait en avoir besoin. Ainsi, quand elle nous apprend qu'elle a joué
souvent à colin-maillard et à la main chaude avec
M. Lucien Bonaparte, ces jeux enfantins, si chers
à l'innocence, le font malignement sourire; ainsi,
quand elle nous dit que M. Regnault de Saint-
Jean-d'Angely, qui avait l'honneur d'être son
maître de déclamation, la conduisait seule au
bois de Boulogne et à Saint-Cloud, M. de Sévelinges est tout prêt à demander si, dans ces promenades solitaires, on se bornait à déclamer des
vers de Corneille et de Racine : quant à moi, j'en
mettrais la main au feu. Et pourquoi donner des
amans à la Contemporaine? trouve-t-on qu'elle
n'en ait pas eu assez? D'ailleurs, quelle candeur!
quelle ingénuité dans ses aveux! Certes, si elle a
péché, ce n'est pas par défaut, mais bien plutôt
par excès de franchise; et après tout ce qu'elle

nous a dit, je ne vois pas ce qu'elle aurait pu vouloir nous cacher : quand on est tombé si souvent, deux ou trois chutes de plus sont bien peu de chose.

C'est depuis long-temps un point bien connu entre la Contemporaine et moi, qu'elle a beaucoup d'instruction et beaucoup d'esprit : M. de Sévelinges, lui, n'est qu'à moitié de cet avis. Ce n'est pas l'esprit qu'il lui refuse : il n'oserait; mais il trouve que son érudition historique est un peu légère. Dès qu'elle s'enfonce dans le passé, hommes et choses, elle confond tout; elle prend César pour Octave; elle attribue à un duc de Toscane ce qui appartient à un vice-roi de Naples; elle...... M. de Sévelinges, qui est trop curieux, lui demande encore pourquoi elle dit que Bianca-Capello, fille d'un noble vénitien, était d'une *naissance voisine du trône?* pourquoi elle l'a fait enlever de Venise en 1572, lorsque, depuis 1563, elle habitait Florence, lorsque déjà l'amant qui l'y avait suivie n'existait plus? pourquoi enfin il lui plaît de la marier avec *Ferdinand de Médicis*, successeur de *Cosme Ier*, lorsque ce Ferdinand fut au contraire son plus cruel ennemi? Ces fautes, et d'autres encore qu'il lui reproche, sont sans doute très-graves; mais est-ce à elle qu'il faut les imputer? On croit savoir qu'elle n'a pas seule composé ses volumineux Mémoires.

M. de Sévelinges lui donna trois secrétaires. Hé bien! mettons sur leur compte toutes ces erreurs historiques, sans en excepter; ils sont trop polis pour s'en plaindre, au moins publiquement. D'ailleurs, qu'ils y prennent garde, elle les casserait aux gages.

Il paraît que les trois secrétaires de la Contemporaine savent la géographie à peu près comme l'histoire. Notre critique les trouve du moins bien souvent en défaut. Diriez-vous que, lorsqu'ils la conduisent de Douvres à Londres, ils veulent absolument qu'elle se rafraîchisse à Worcester? Or, il est reconnu que cette ville est à quarante lieues au-delà de Londres. Mais voici mieux encore : la Contemporaine, dans la campagne de Russie, où, comme elle le dit, elle a plus d'une fois *máché la cartouche*, rencontre *en avant de Marienwerder*, son cher général N..., qui, après lui avoir fait subir une petite correction militaire dont elle avait besoin, est tenté de la jeter dans le Dniéper, et ce Dniéper était dépassé de deux cents lieues! Et les trois secrétaires de la Contemporaine ne le savaient pas! Car très-certainement ce n'est pas elle qui a commis une si grossière erreur; je n'en conviendrai jamais : j'ai dit qu'elle avait beaucoup d'instruction, et je n'en veux pas démordre.

Cet *abrégé* de ses Mémoires justifie parfaitement son titre : il est *très-critique*; quand on l'a lu, on est tenté de croire que notre héroïne, qui a tant couru le monde, n'a bien souvent voyagé qu'en songe; on ne sait plus que penser de toutes ces anecdotes qu'elle raconte dans ses *Mémoires*. M. de Sévelinges en révoque plusieurs en doute, et spécialement celles qui me plaisent le plus.

Jamais, suivant lui, M. le prince de T.... D. n'a mis de papillotes à la Contemporaine avec des billets de banque; ce prince le nie fort et ferme. Et si elle savait quelle grimace il fait quand on lui en parle! D'ailleurs, ces précieuses papillotes remontent à une époque où, dit M. de Sévelinges, il n'y avait pas encore de billets de banque. L'objection est spécieuse; et, pour la résoudre, j'ai besoin d'en causer avec la Contemporaine et ses trois secrétaires. On dit que l'un d'eux est membre de l'Institut; est-ce en qualité de géographe et d'historien?

1829.

LA FRANCE,

L'ÉMIGRATION ET LES COLONS.

Eh quoi! Mathan, d'un prêtre est-ce là le langage?
RACINE, *Athalie.*

Dès les premiers mois qui suivirent la restauration, un guerrier dont la France prononce le nom avec orgueil, plaidant à la chambre des pairs la cause sacrée du malheur, demanda que les émigrés, après de si longues et de si honorables souffances, reçussent enfin un dédommagement des pertes que la révolution leur avait fait éprouver. On sait que si ses vues généreuses n'ont pas été accomplies plus tôt, il n'en faut accuser que de déplorables événemens dont le souvenir n'est pas encore effacé.

Mais quelle voix s'élève aujourd'hui contre la réparation de la plus criante des injustices? C'est, voudra-t-on le croire, celle d'un archevêque, de M. l'abbé de Pradt! Peut-on ne pas s'étonner de voir le ministre d'un Dieu de paix et de charité attaquer une mesure qui doit avoir sur la paix publique une si heureuse influence, et en apaisant des plaintes trop légitimes, opérer enfin cette réconciliation des esprits que nos adversaires, j'aime du moins à le penser, désirent aussi vivement que nous?

Sûr d'être entendu, le noble guerrier a fait, en faveur des émigrés qu'il avait combattus, un appel à la justice et à la générosité nationale. Notre archevêque prononce, lui, contre les émigrés, ses anciens compagnons d'exil et d'infortune, ce terrible anathème dont la civilisation et une politique mieux entendue ont depuis longtemps, dans l'intérêt même des vainqueurs, adouci la cruelle sévérité. Malheur aux vaincus! *Væ victis!*

Après avoir retracé tout ce que les émigrés avaient souffert, tout ce qu'ils souffraient encore, M. le maréchal Macdonald disait alors à ses collègues : « Descendons, Messieurs, dans nos « cœurs pour juger de nos semblables; plaçons- « nous par la pensée dans la position que je viens « de décrire.... » C'est un langage bien différent que M. de Pradt tient aujourd'hui; il dit très- durement aux émigrés : « La révolution, que vous « menaciez de vos impuissantes épées, a triom- « phé; vous avez succombé dans une lutte iné- « gale. Vous connaissez les lois de la guerre; ce « n'est pas pour flatter qu'elle porte sur sa poi- « trine la tête épouvantable de la Gorgone. » Quel contraste! tous les lecteurs seront, je n'en doute pas, aussi frappés que moi.

Il est toujours pénible de plaider contre le malheur. L'ancien archevêque de Malines a senti que ce rôle convenait peu à son caractère; j'en juge par les précautions oratoires auxquelles il a recours en commençant son plaidoyer. Il a grand soin de vous avertir que tout dans cet ouvrage sera marqué *au coin de la sensibilité.* Vous ne savez pas combien le malheur des émigrés le touche, combien de larmes ils lui ont fait répandre. Il vous prie d'être convaincu que personne au monde ne souffre plus que lui à la vue de « ce genre d'infortune qui fait passer d'une « carrière d'honneur et de richesses, souvent em- « ployée à de nobles usages, à un *abîme de dou- « leur* : c'est un spectacle déchirant pour quicon- « que porte un cœur humain. » Enfin, M. de Pradt veut que toutes les *consolations* soient prodiguées aux émigrés : voyez donc comment le sensible prélat les console!

Il fait, j'en conviens, un magnifique éloge de la noblesse française, à laquelle, par parenthèse, il a fait l'honneur d'appartenir; il ne trouve pas d'expressions assez fortes, de termes assez pompeux pour la célébrer dignement. Mais là se borne tout l'intérêt qu'il lui porte : gloire et misère, voilà le lot qu'il lui fait; voilà tout ce qu'elle doit attendre de sa sensibilité. On conviendra avec moi qu'un cœur déchiré par le spectacle d'une grande infortune ne pouvait se soulager à moins de frais.

Si on adopte les conclusions de M. de Pradt, cette noblesse, dépossédée de ses biens, « sou- « vent, ainsi qu'il le dit lui-même, employés à « de nobles usages, » n'en recevra pas le moindre dédommagement; ces hommes, qu'au risque de déplaire à ses nouveaux amis, il regarde comme *l'élite de la nation*, ne sortiront jamais de *l'abime de douleur* où la révolution les a plongés. Alors quel prix veut-il qu'ils attachent à de stériles louanges et aux hymnes qu'il entonne en leur honneur? Plus de justice et moins de compli- mens, voilà ce que lui dira cette élite de la na- tion, qu'il chante fort bien, mais qu'il condamne à une éternelle misère. On croirait qu'à l'exem- ple des pontifes de l'antiquité, M. l'archevêque de Malines, avant d'immoler la victime, a voulu la couronner de fleurs. L'attention est délicate; mais il permettra aux émigrés de ne lui en tenir aucun compte.

On ne leur doit rien; leurs biens ont été léga- lement confisqués : telle est la thèse que M. de Pradt s'est condamné volontairement à défendre, et que j'ai à combattre. Ma tâche n'est pas aussi difficile qu'il le pense; mais il ne sera pas surpris si, dans une question si souvent agitée, et qui peut être regardée comme épuisée, je suis obligé

de répéter ce que tant d'autres ont déjà dit, et
de lui rappeler, mais à son éloge, ce qu'il a dit
lui-même dans un temps où il était encore plus
sensible qu'il ne l'est aujourd'hui à la fortune des
émigrés. Ses argumens ne sont pas nouveaux; les
miens ne le seront pas davantage.

L'Assemblée constituante avait, par un décret
solennel, aboli la confiscation; cette peine inique
et barbare était effacée de notre code, on ne pouvait plus l'appliquer dans aucun cas. Cependant,
au mépris de ce décret et des hautes considérations qui l'ont fait rendre, l'assemblée législative
confisque quelque temps après les biens de ceux
qui, usant d'un droit qu'elle appelait elle-même
le *droit le plus naturel de l'homme*, ont abandonné un pays où leurs jours étaient menacés.
En vain quelques exceptions lui sont-elle deman-
dées; elle n'en admet aucune : tous les émigrés
sont punis, et pas un seul n'est jugé.

C'est en vertu de cette confiscation que M. de
Pradt, à qui pourtant les confiscations font *horreur*, et qui prie le ciel à mains jointes de ne
ne point permettre « qu'il profère un mot en
« leur apologie, » prétend que les émigrés n'ont
droit à aucune indemnité. Que ne rentraient-ils
en France dans le délai que la loi leur avait assi-
gné? M. de Pradt peut-il le demander? En prenant ce parti, les émigrés n'avaient-ils aucun

danger à courir? Que ne rentraient-ils en France!
Quelques uns y rentrèrent à cette époque : qu'en
a-t-on fait?

M. de Pradt veut qu'on précise les époques. Il
affirme que jusqu'à la Convention, et même jusqu'au 10 août, « rien n'est arrivé en France qui
« compromît la sûreté des habitans. » Quoi! on
brûlait les châteaux, et M. de Pradt n'en croit pas
moins que la *sûreté* de leurs possesseurs était
suffisamment garantie! N'est-ce pas ici le cas de
lui dire à lui-même ce qu'il dit aux émigrés : « Il
« est des allégations que la pudeur devrait faire
« retenir et se garder d'exposer aux yeux du pu-
« blic. » Je renvoie l'avis à celui qui le donne. A
l'époque même où les émigrés étaient sommés
de rentrer en France, les crimes de la Glacière
et d'autres encore venaient d'être absous par
des législateurs à qui tout faisait un devoir de les
punir; et en vérité cette résolution n'était rassurante pour personne, surtout pour les émigrés.
Puis, quand les défenseurs de la patrie, armés de
piques, venaient à la barre de l'assemblée prêter
le serment de « purger la France des amis du
« roi, » ne disaient-ils pas à tout émigré et en
français très-intelligible : On te permet de rentrer en France; mais si tu y rentres, malheur à
toi! M. de Pradt l'aurait-il entendu autrement? Je
le mets un instant à la place des émigrés. Serait-il

rentré à cette époque? Très-certainement un homme d'esprit comme lui n'eût pas fait cette sottise. Qu'il n'espère donc pas trouver dans le délai purement dérisoire accordé aux émigrés un argument qui puisse valider la confiscation de leurs biens.

Les émigrés ont attaqué la France et sa constitution. C'est, aux yeux de M. l'ancien archevêque de Malines, un crime irrémissible, un cas réservé dont, malgré l'étendue de ses pouvoirs, il ne croit pas avoir le droit de les absoudre. « L'émigration pacifique, dit-il, est toujours permise; l'émigration hostile, jamais. » Admettons un instant ce principe, et raisonnons en conséquence.

Voilà du moins les femmes et les enfans tout-à-fait hors de cause; car je ne sache pas qu'ils aient attaqué la France et la constitution; Brissot, si je m'en souviens bien, Brissot, qui n'est pas suspect d'aristocratie, demanda à l'Assemblée législative une exception en leur faveur. M. de Pradt sans doute ne sera pas plus sévère; il ne voudra pas refuser ce que Brissot demandait.

Puis, les vieillards et les infirmes, celui qui n'a émigré que sous le règne de la Convention, et celui qui n'a émigré à aucune époque, mais que son coffre-fort ou sa *maison d'Albe* a fait ins-

crire sur la liste fatale.... Qu'a-t-on à leur reprocher? Quel est leur crime? Jamais émigration ne
fut plus pacifique. Abrégeons. Sur cent cinquante
mille émigrés, dix mille seulement ont pris les
armes. M. de Pradt doit donc, en vertu de son
principe, indemniser tout le reste.

Pourtant il n'en fait rien; la bonne logique,
dans cette occasion, lui coûterait trop cher. Il
distingue cinq émigrations; mais quand vient le
moment de compter avec elles et d'appliquer le
principe qu'il a posé, pas une seule n'obtient de
lui un sou d'indemnité; il n'a plus à leur offrir
que sa bénédiction épiscopale, dont elles peuvent
à toute force se passer. « C'est à l'émigration hos-
« tile, vous dit-il très-sérieusement, à indemni-
« ser les autres émigrations. » Ainsi ces dernières, malgré leur innocence qu'il reconnaît lui-
même, sont traitées dans son ouvrage comme
celle qu'il croit coupable : et voilà sa justice dis-
tributive !

Passons à l'émigration hostile. Je ne dirai point
à M. de Pradt : « Songez quels ont été ses chefs; »
il est dans cette cause des avantages dont je ne
veux pas user : je me bornerai à faire observer à
mon adversaire que l'histoire, s'il la consulte,
pourra lui offrir plus d'une émigration armée,
que la postérité a fait mieux qu'excuser, qu'elle
a exaltée. Dans les affaires de cette nature, c'est

le but qu'il faut considérer avant tout. Or, quel était celui de l'émigration que M. de Pradt accuse? Cette question nous conduit à une autre, dont la solution tranchera toute difficulté.

Louis XVI était-il libre à l'époque où cette discussion nous reporte? M. de Pradt soutient l'affirmative, et il en tire son argument le plus fort contre l'émigration. Dieu me garde de l'accuser de mauvaise foi! mais il paraît que les faits lui échappent de la mémoire. C'est avec bien plus de vérité, qu'à une époque moins éloignée des événemens, il disait dans le meilleur de ses écrits : «Louis XVI, prisonnier aux Tuileries, ne « régnait plus que sous le bon plaisir de ses geô- « liers. » La justification des émigrés est là; et quand M. de Pradt leur demandera pourquoi ils se sont armés, leur réponse sera facile, il vient de la leur dicter.

Quant à la guerre étrangère, qu'il les accuse encore d'avoir provoquée, à qui doit-elle être imputée? n'est-ce pas aux chefs de la faction qui régnait alors en France? Ils se sont vantés depuis d'avoir forcé Louis XVI à la déclarer, et on peut les en croire. Leurs intentions ne nous sont pas moins connues, puisqu'ils n'ont pas craint de les publier. «Ils voulaient la guerre, nous le tenons « d'eux-mêmes, pour perdre le monarque. » Eh bien! les émigrés la voulaient, eux, pour le sauver. De quel côté sont les coupables? J'attends que M. de Pradt me le dise.

A quoi bon accorder une indemnité aux émigrés? M. de Pradt assure que tous sont riches, et très-riches. « *La fidélité malheureuse*, dit-il, est « ce qu'il y a de plus *heureux* en France : qui « peut nier ce fait? » C'est moi, Monseigneur. Quelques émigrés ont recouvré une partie de leurs biens; mais combien pourrai-je en compter, dans nos provinces surtout, qui sont aujourd'hui dans un état fort au-dessous de la médiocrité? Vous n'avez eu ni bois, ni hôtels à leur rendre; ils ne possédaient plus qu'un modeste patrimoine, et à leur rentrée en France ils ne l'ont plus retrouvé : voilà ce que M. de Pradt devrait *savoir*. Faut-il donc, pour qu'il soit instruit de sa triste situation, que la *fidélité malheureuse* sorte de sa chaumière, et qu'elle aille demander l'aumône à la porte de son charmant castel auvergnat?

« Presque tous les confisqués sont morts, » nous dit-il. Qu'importe? les enfans doivent-ils subir la peine infligée au dévouement de leurs pères? Au reste, que M. de Pradt ne s'effraie point; l'indemnité à laquelle ces pauvres émigrés ont droit ne sera pas considérable, et peut-être en profiteront-ils moins que leurs créanciers. C'est un morceau de pain que je demande pour

eux à M. l'ancien archevêque de Malines; un
cœur déchiré par le spectacle d'une grande « infortune » peut-il donner moins?

Du 10 janvier 1825.

PHYSIOLOGIE DU GOÛT.

> Dis-moi ce que tu manges, je te
> dirai qui tu es.

« Je n'en crois rien. — Tout comme il vous plaira; je n'en suis pas moins sûr de ce que j'avance.
— Non, Thémis n'est pas si gourmande; vous
vous moquez. — Je parle très-sérieusement. —
Quoi! l'auteur de ces *Méditations de Gastronomie
transcendante!....* — Est, comme je vous l'ai dit,
un grave magistrat. — Peut-être un juge de paix.
— Mieux que cela. Il siérait bien à ces petits
juges de bailliage ou de canton d'être gastronomes
et d'aimer les bons morceaux! — Disons un juge
de première instance. — Mieux que cela, beaucoup mieux. — Serait-ce par hasard un conseiller de cour royale? — Encore mieux que cela. —
Vous verrez que ce sera un conseiller à la cour
suprême. — Oui, *suprême;* vous y êtes enfin. —

Son nom? je vous en supplie. — Je suis discret. Au reste, il vous est plus facile qu'à tout autre de le deviner. Vous connaissez toutes ces robes ? — Que trop; j'ai trois appels qu'elles vont juger. — Eh bien ! voici le signalement de l'auteur, tel qu'il vous le donne lui-même : *Je suis porteur d'un ventre proéminent.* — Je le trouverai; il n'y a pas beaucoup de ces ventres-là à la cour suprême. — Ces Messieurs sont donc en général de la *catégorie des allongés?* comme l'auteur les appelle. Mais poursuivons : *J'ai le bas de la jambe sec, et le nerf détaché comme un cheval arabe.* — Je tiens mon gourmand; c'est un de mes rapporteurs, c'est M.... — Arrêtez; ce secret n'est encore connu que de cinq cents personnes tout au plus, ne l'éventez pas. »

C'est la robe du magistrat gastronome qui l'a sans doute empêché de se nommer; elle est si majestueuse et si imposante ! Mais, après tout, lui manque-t-il de respect, en nous donnant des leçons de gastronomie? déroge-t-il à la gravité de ses fonctions, lorsqu'il se délasse à table des fastidieux travaux du cabinet? Nous sommes fort éloignés de le croire, et même nous regardons comme très-bien et très-utilement employés tous les instans qu'il a consacrés à l'étude importante de *l'Art de manger;* pouvait-il trouver un plus noble délassement?

Il faut avoir aujourd'hui le courage de tout dire; le moment est venu de proclamer de hautes vérités qu'un siècle éclairé est digne d'entendre. « La découverte d'un nouveau mets fait plus pour « le genre humain que la découverte d'une étoile.» C'est un des aphorismes que le professeur a placés en tête de son ouvrage, et où il a exprimé le suc des doctrines gastronomiques. N'en doutons pas, tous les bons esprits et tous les bons estomacs seront de son avis. Des étoiles! n'y en a-t-il pas assez là-haut? et quel profit en tirons-nous, ainsi que des savans qui les dénichent? L'utilité des cuisiniers ne peut être révoquée en doute, celle des astronomes nous paraît-elle aussi bien démontrée?

Qu'on y prenne garde, il y a loin de la gourmandise à la gloutonnerie. Que nous importe que le Dictionnaire de l'Académie les confonde? Il ne fait pas autorité dans cette matière; ses auteurs étaient aussi, eux, dans la catégorie des *allongés*. « Celui qui s'indigère, c'est un autre » aphorisme du professeur, celui qui s'indigère « ne sait pas manger. » Donc, M. M...et, à qui on a voulu faire une réputation de ce genre, ne la méritait pas; il *s'indigérait* quelquefois, et le gourmand, vraiment digne de ce nom, ne *s'indigère* jamais. Il a, comme notre professeur, le juste sentiment de ses forces et la conscience de son appétit; il sait jusqu'où il peut aller, et quand il y est arrivé, il s'arrête. Servez le café, le professeur a dîné.

Ses aphorismes sont suivis d'une biographie des médecins dont la Bresse a fait présent aux malades de ce pays-ci, depuis le docteur La Chapelle qui, dans le siècle dernier, guérissait comme par enchantement toutes les fluxions de poitrine avec du *beurre frais*, jusqu'à M. Richerand, praticien très-distingué de notre époque, mais qui a un grand défaut dont il doit chercher à se corriger : il *mange trop vite*; c'est le reproche que lui fait notre professeur, à qui je serais bien tenté d'en adresser un autre; j'aime trop les hors-d'œuvre. A quel propos vient-il nous parler de ses médecins de la Bresse? S'ils sont gourmands, comme il le pense, le sont-ils plus que leurs confrères? Mais ayons ici quelque indulgence; le professeur la sollicite d'une manière si touchante, que tout lecteur bien né ne peut la lui refuser. « J'espère, dit-il, qu'on pardonnera cette petite « digression à un vieillard qui, n'ayant oublié ni « son pays, ni ses compatriotes, n'a pu résister à « la tentation de leur élever un modeste monu- « ment. » Souffrez donc que le vieillard célèbre tout ce que la province qui l'a vu naître produit de bon, et qu'il prouve que la Bresse peut se glorifier de ses médecins presque autant que de ses poulardes, qui, au reste, malgré leur mérite, ont un grand tort à nos yeux, et que nous devrions vanter un peu moins, puisque malheureusement ce n'est pas nous qui les mangeons.

Notre professeur de gastronomie transcendante est vraiment universel; il est physicien, chimiste, physiologiste, et même, ajoute-t-il, un peu érudit. Vous vous en apercevrez facilement en lisant sa docte dissertation sur les six sens; je dis les *six*, car il doit se rappeler qu'il en a eu autrefois un sixième, tout aussi évident que les cinq autres. Je ne contesterai pas ce sixième sens du professeur; mais il conviendra qu'à soixante-quinze ans il faut qu'un magistrat ait une bonne mémoire pour se souvenir de si loin.

Quoi qu'il en soit, celui de tous ces sens auquel il attache le plus d'importance et dont il parle avec un attendrissement contagieux pour ses lecteurs, c'est le goût. Nous lui devons la plus douce de nos jouissances, ce *plaisir de manger,* « qui, dit le professeur, est de tous les temps, de « tous les âges et de toutes les conditions, qui « peut être répété trois fois par jour; ce plaisir, « le plus grand de tous, parce qu'en mangeant « nous éprouvons un certain bien-être indéfinis-« sable qui vient de la conscience instinctive; » ce plaisir enfin qui donne à l'homme une si haute idée de sa dignité, et le place à la tête de la créa-

tion; car, ainsi que le professeur le remarque
très-bien, l'homme seul est OMNIVORE. « La gour-
« mandise est son apanage exclusif; l'homme est
« le *grand gourmand de la nature.* » Qu'il en soit
fier, qu'il sente toute la noblesse de son être,
mais qu'il ne s'indigère pas, et qu'avant tout
il apprenne à manger, c'est ainsi qu'il remplira
ses glorieuses destinées.

L'art est beau, sans doute, mais il est plus difficile qu'on ne pense; beaucoup d'appelés, peu
d'élus. Les goinfres sont communs, les gourmands sont rares. Notre maître de gastronomie
revient souvent sur cette importante distinction.
Ceux-là, comme il l'observe dans une de ses plus
succulentes méditations, ceux-là ont plus de prétentions que de droits aux honneurs de la gourmandise, dont, « au sein de la meilleure chère,
« les yeux restent ternes et le visage inanimé. »
Tel n'est pas le vrai gourmand, tel n'est pas surtout notre professeur. Offrez-vous à ses regards
un gibraltar de foie gras de Strasbourg, ou un
coq vierge de barbezières truffé à tout rompre,
à l'instant vous voyez « se succéder sur sa phy-
« sionomie le feu du désir, la *radiance* de l'extase
« et le parfait repos de la béatitude. » Lui sert-
on, comme accompagnement, un vin généreux,
ne croyez pas qu'il le boive à plein verre, d'un
seul coup; c'est la méthode vulgaire : la sienne

est plus raisonnée ; il savoure son vin à loisir, il le boit à *petites reprises* ; enfin, pour me servir d'une vieille expression qu'il a très-généreusement rajeunie, il le *sirote*, de sorte « qu'à chaque « gorgée, quand il s'arrête, il a la somme entière « du plaisir qu'il aurait éprouvé s'il avait bu le « verre d'un seul trait. » Vous tous, jeunes novices dans l'art de manger et de boire, profitez de ces doctes leçons, et rendez grâce au magistrat qui vous enseigne de si belles choses.

La gastronomie ayant pris rang parmi les sciences, pourquoi n'avons-nous pas encore une académie de gastronomes ? Le professeur en témoigne un étonnement que partageront tous ses lecteurs ; car le besoin d'une académie gourmande est aujourd'hui bien généralement senti, et c'est peut-être de toutes les institutions la plus nécessaire. Mais quand cette académie sera créée, à qui en offrirons-nous la présidence ? Pour moi, puisque M. d'Aig.... n'est plus des nôtres, je ne connais personne qui soit plus digne de cet honneur que l'auteur des *Méditations* que j'annonce. Ne vient-il pas de prouver que rien de ce qui tient de près ou de loin à la gastronomie n'est étranger à ses études ? On dit ordinairement que le plus embarrassé est celui qui tient la queue de la poêle ; mais lorsque notre professeur la tient, lui, il n'en est pas, je vous assure, moins à son

aise. Sa *Théorie de la friture* me paraît préférable
à celle du *Cuisinier royal*; et si, comme il faut
l'espérer, nos artistes culinaires veulent bien en
faire leur profit, il pourra se vanter d'avoir élevé
en France l'art de frire à son plus haut degré de
perfection.

On ne frit pas mieux que le magistrat gastronome; la chose est démontrée. Personne encore
mieux que lui n'accommode le becfigue et le faisan; le becfigue que, s'il était un peu plus gros,
le professeur paierait aussi cher qu'un arpent de
terre dans les environs de Paris; le faisan, dont
la chair est *sublime* quand on attend pour la cuire
qu'elle soit arrivée «à son apogée de succulence. »
Des juges bien plus compétens que moi en ont
décidé comme vous allez voir.

Le professeur invita un jour à dîner quelques
magistrats de la cour suprême qui ont comme lui
le bon esprit de trouver dans les plaisirs de la
table une compensation naturelle des ennuis du
cabinet. Un faisan *étoffé* et accommodé suivant
sa méthode leur fut servi : ils délibérèrent; et il
remarqua que, pendant la délibération, « les nez
« de ces vénérables étaient agités par des mou-
« vemens très-prononcés d'olfaction, que leur
« bouche avait quelque chose de *jubilant*. Enfin,
« ajoute le professeur, après un examen conve-
« nable, le doyen articula d'une voix grave : Ex-

« CELLENT ! Toutes les têtes se baissèrent en signe
« d'acquiescement. » L'arrêt passa à l'unanimité ;
et cet arrêt, qui oserait l'attaquer ? c'est la section gastronomique de la cour suprême qui l'a
prononcé. J'invite notre professeur à soumettre
aux mêmes juges une question sur laquelle il
médite tous les jours, et qu'il craint, en songeant
à ses quinze lustres, de n'avoir pas le temps de
résoudre. Cette question est d'une grande importance ; il s'agit de savoir si « la chair du coq vierge
« est de plus haut goût que celle du chapon. »
Les avis sont partagés ; beaucoup d'arrêts contradictoires ont été rendus, les uns favorables au
coq vierge, les autres au chapon. Il nous importe
donc beaucoup d'apprendre ce qu'en pense le
comité de magistrats suprêmes qui a si bien jugé
le faisan du professeur : sa décision fera autorité
et fixera enfin notre jurisprudence gastronomique sur un point toujours controversé parmi les
docteurs en cuisine.

On demande encore à quel don précieux de la
nature quelques gourmands doivent l'heureux
privilége « de découvrir la saveur supérieure de
« la cuisse sur laquelle la perdrix s'appuie en dor-
« mant. » Cette seconde question, dont le professeur s'est aussi beaucoup occupé, n'est pas
moins importante que la première, et mérite
bien que pour la décider il convoque son « comité

« de magistrats suprêmes. » Ce serait une obligation de plus que nous aurions aux facultés olfac-
tives de ces nez vénérables, comme il les appelle.

L'auteur de la *Physiologie gourmande* nous
apprend qu'il est médecin amateur. Ses *Medita-
tions sur l'obésité*, la *maigreur*, les *alimens*, et
d'autres encore, ne peuvent laisser aucun doute
à cet égard. C'est donc à lui que j'envoie tous
ceux qui, en vertu de certaines prédispositions,
sont menacés d'entrer dans la catégorie des *obé-
ses;* il leur dira en leur montrant le sien, qu'il
peut présenter avec orgueil à ses amis et à ses
ennemis, il leur dira par quels soins, par quel
art on vient à bout de dompter et de fixer *au majestueux* les ventres les plus proéminens. Quant
aux femmes que la maigreur désole, parce qu'elle
nuit à la beauté qui leur est plus chère que la
vie, qu'elles ne consultent pas les médecins à di-
plomes. Mon médecin amateur les servira mieux;
car des expériences souvent réitérées, et toujours
avec succès, l'ont convaincu de cette consolante
vérité : *Les femmes ne sont pas plus difficiles à
engraisser que les poulardes.* Si ces dernières en-
graissent un peu plus vite, c'est que, plus do-
ciles, elles observent avec plus d'exactitude le
régime qui leur est prescrit, et que d'ailleurs
elles savent avec quelle impatience nous les attendons au rendez-vous.

1.   24

Ce n'est pas tout que de savoir manger et boire ; on demande quelque chose de plus au gourmand de bonne compagnie : on veut que, convive spirituel, il joigne l'art de plaire à celui de manger. Notre professeur peut encore être ici proposé pour modèle. Beau, même magnifique quand il dîne, il est charmant quand il a dîné. Le dessert est son triomphe. Aimez-vous les anecdotes ? il en a de très-gaies à vous raconter ; *ses Méditations gourmandes*, pour me servir d'une expression que le sujet excuse, en sont toutes farcies. Préférez-vous la chansonnette ? Le magistrat ne se fait pas prier, et, déposant la toge sénatoriale, il chante sur l'air du *vaudeville de Figaro* :

> J'ai quitté l'astronomie,
> Je m'égarais dans les cieux ;
> Je renonce à la chimie,
> Ce plaisir devient coûteux.
> Mais pour la gastronomie
> Je veux suivre mon penchant :
> Qu'il est doux d'être gourmand ! (*bis.*)

Le professeur devait son premier hommage à la gastronomie ; mais comme il est galant, il n'oublie pas l'amour :

> L'amour est un joli jeu,
> Jouons-le toujours un peu. (*bis.*)

Cela est très-bon à chanter ; mais je n'ai pas

besoin de dire au magistrat, qui est sage, et qui doit le savoir mieux que nous, qu'à son âge le joli jeu n'est pas sans danger. Il a fait, au reste, beaucoup d'autres chansons qui ne sont pas moins gaies, et qu'il a lui-même mises en musique; car il est, c'est lui qui vous l'apprend, « très-bon « musicien; » il n'y en a pas à la cour où il siége un de sa force.

L'ouvrage que j'annonce honore notre époque, et même un jour il suffira pour la caractériser. Nos neveux, en le lisant, diront : Siècle heureux, où un magistrat de la cour suprême, après avoir invoqué les lumières de Comus, faisait de la gastronomie transcendante le sujet de ses profondes méditations! Mais j'avertis notre professeur que nous ne le tenons pas quitte; il faut absolument qu'il nous dise enfin si la chair du coq vierge est de plus haut goût que celle du chapon. Le monde gourmand attend de lui la solution de ce grand problème.

Du 25 décembre 1825.

LE CODE DES FEMMES.

Les hommes doivent en grande partie les
avantages qu'ils ont sur les femmes à la différence de leur éducation. Celle des femmes
est frivole : on les occupe de bagatelles, on
ne leur apprend à connaître ni leurs devoirs
ni leurs droits, et si elles sont presque toutes
superficielles, c'est qu'on ne les a jamais ac-
coutumées à réfléchir.

Mlle DE SONNARY, *Pensées diverses.*

Une dame fort aimable, qui demeure dans mon
voisinage, me dit un de ces jours derniers :
« Les soirées commencent à devenir bien longues,
que vais-je lire pour les abréger? Je sais par cœur
toute ma bibliothèque. Trouvez-moi donc, Monsieur, je vous en prie, un ouvrage qui m'instruise
sans ennui, qui soit à la fois amusant et sérieux;
car vous savez que je n'aime pas les futilités. —
Madame, je connais d'anciens ouvrages qui réunissent les conditions que vous exigez. — C'est
un ouvrage nouveau que je vous demande. — Et
sur quel sujet?—Peu m'importe.—Vous aimez la
morale?—Ah! beaucoup, je vous assure; mais,
Monsieur, la morale, cela est bien sérieux. Que
vous en semble? — Voulez-vous des *Mémoires
historiques?*—Je n'en veux pas : ils mentent trop.

— Des romans? — J'en ai tant lus! puis à quarante ans, car ne croyez pas, gardez-vous-en bien,
ceux qui disent que j'en ai quarante-cinq, c'est
une atroce calomnie; à quarante ans, lit-on encore des romans? d'ailleurs on nous en donne
aujourd'hui de si bizarres! Pourquoi donc Mme de
Genlis n'en fait-elle plus?—Je vois, Madame, qu'il
ne me sera pas facile de remplir vos intentions.
Un ouvrage qui offre à la fois de l'instruction et
de l'agrément, et un ouvrage nouveau : je crains
fort de ne le pas trouver. Quoi qu'il en soit, je
vais le chercher.—Je l'attends ce soir. »

Quelle commission! me dis-je, quand je fus
seul, *ni Mémoires historiques ni romans.* Or, aujourd'hui paraît-il donc autre chose? Quant aux
livres de morale, il n'y faut pas songer; malgré
ses quarante-cinq ans, car elle les a, quoi qu'elle
en dise, les ouvrages de ce genre sont encore
trop sérieux pour ma voisine; que puis-je donc
lui donner? Oh! les femmes! les femmes! Tout en
faisant cette philosophique exclamation et d'autres encore que par respect pour le sexe je passe
sous silence, je m'acheminais vers le Palais-Royal,
et, arrivé là, je me souvins fort à propos qu'un
de mes amis, homme de sens et de goût, m'avait
parlé avec éloges d'un ouvrage récemment publié
par M. Guichard. J'en fis l'emplète, et après l'avoir
lu, je le portai bien vite à ma voisine qui m'at-

tendait avec impatience; mais à peine l'eut-elle
ouvert qu'elle le jeta sur la cheminée, et me dit
avec humeur:

« Voilà, Monsieur, une bien mauvaise plaisanterie. — Madame, je ne vous comprends pas. —
Quel livre m'apportez-vous? Un *Code des femmes!*
— Vous n'aimez pas les futilités. — Non, sans
doute, je n'ai de goût que pour les choses sérieuses; mais un livre de droit! un code, et que
m'apprendra-t-il? — Madame, il vous apprendra
en peu d'heures, et sans nulle fatigue, tout ce
qu'il importe à une femme de savoir pour être
en état de diriger elle-même ses affaires, de stipuler et de défendre ses intérêts dans toutes les
circonstances de la vie. — Monsieur, tout cela est
assurément bon à savoir; mais pour l'apprendre
quel ennui! — Madame, détrompez-vous : on ne
s'ennuie pas en lisant le *Code des Femmes* de
M. Guichard. — Pourtant, soyez sûr que je ne le
lirai pas. — Lisez-en au moins le premier chapitre,
c'est une grâce que je vous demande. — Est-il bien
long? — C'est le plus court. — Hé bien! je ferai
cet effort; mais voyez quelle est ma complaisance;
j'espère que vous n'en abuserez pas deux fois. »

Je ne manquai pas de retourner le lendemain
soir chez ma complaisante voisine. Elle venait de
se lever. « Sans reproches, monsieur, me dit-elle,
vous m'avez fait passer une mauvaise nuit. — Moi,

Madame?—Oui, vous-même; et M. Guichard, avec son *Code des Femmes*, m'a si vivement intéressée qu'il m'a été impossible de le quitter. Je craignais que le premier chapitre ne fût trop long, et l'ouvrage entier m'a paru trop court. Que ne l'ai-je connu plus tôt? j'aurais su *stipuler et défendre mes intérêts*, et je n'eusse pas perdu plus de la moitié de ma fortune; mais d'abord, vous le savez, les femmes ne veulent pas entendre parler d'affaires. Elles s'en rapportent entièrement à leurs maris, et, entre nous, le mien, dont je serais au reste bien fâchée de médire, était un sot; puis ces hommes d'affaires! ah! Monsieur, ce sont tous des fripons. — Madame, que dites-vous? il y a d'honorables exceptions, même en assez grand nombre.—Je ne les ai pas rencontrées; et comme ce malheur pourra arriver à d'autres, je voudrais voir le livre de M. Guichard dans les mains de toutes les femmes.

— J'en connais plusieurs, et Madame les connaît comme moi, qui se livrent à des études beaucoup plus difficiles, et qui conviennent bien moins à leur sexe; mais je ne veux pas les nommer. — Mme de E..., par exemple, qui court tous les matins à l'Observatoire pour y entendre M. Arago, ne manque pas une seule leçon de ce célèbre professeur, et ne parle plus que de je ne sais quelle comète qui doit passer en 1832 dans nos environs, et dont la queue pourra nous jouer un mauvais tour.—La pauvre femme, je l'ai connue fort aimable; mais aujourd'hui avec ses queues de comète elle est bien ridicule.

— Elle l'est moins cependant, beaucoup moins que Mme P., qui s'est jetée à corps perdu dans la politique, a transformé son salon en club, et n'y recevra bientôt plus que des députés du côté gauche. J'y ai rencontré la semaine dernière devinez qui, les deux Dupin, le savant et l'avocat, et on attendait MM. Pataille et Petou. Je demandai à Mme P... si elle comptait aller au bal de l'ambassadeur de...; elle me répondit que cela lui serait impossible, qu'il y aurait ce jour-là même chez elle une réunion de publicistes, et qu'on y discuterait la loi municipale. Quelle folie dans une femme! mais Mme P... en est déjà bien punie : la politique et l'esprit de parti l'ont furieusement enlaidie; son teint a perdu toute sa fraîcheur, elle est méconnaissable. Après la prochaine session, on ne pourra plus la regarder, et j'en serai bien aise, car elle était un peu trop fière de sa beauté. Ajoutez que son caractère n'est pas moins changé que sa figure. C'est aujourd'hui une très-méchante femme, une véritable peste qui médit de tout le monde, même de ses meilleures amies. Or, les médisantes, vous le savez, Monsieur, je les ai en horreur : ce sont mes bêtes noires.

— Je le sens, Madame, vous êtes si bonne, vous avez pour le prochain une charité si tendre ! —Mais Mme P... est plus folle encore que vous ne pensez : pendant qu'elle se mêle ainsi des affaires publiques, les siennes vont fort mal, et à force de discuter le budget de l'Etat, elle ne sait plus comment faire le sien ; tout chez elle est au pillage, et on dirait que tous les huissiers de Paris se sont donné rendez-vous à sa porte. Mais aussi pourquoi, au lieu de discuter la loi municipale, n'a-t-elle pas étudié le *Code des Femmes*? il lui aurait appris ce qu'elle devait faire et éviter pour ne jamais se trouver dans de pareils embarras : c'est un guide sûr ; en le suivant on ne doit pas craindre de s'égarer. Il nous conduit si bien ! et quel dommage pour moi, Monsieur, je le répète, qu'il ait paru si tard ! Toutefois il me sera encore d'une grande utilité : tutrice de ma fille, je connais mieux maintenant mes obligations et mes droits ; je sais même quelles précautions je dois prendre pour conserver la tutelle dans le cas où je me remarierais. — Madame, vous y pensez donc ? — De temps en temps ; vous songez qu'une veuve de trente-cinq ans, car lorsque je vous disais hier que j'en avais quarante, je voulais plaisanter... — Je n'ai pas été dupe, puisque je ne vous en donnais au plus que trente ; et même, si ce n'était chose convenue qu'une mère doit toujours être

un peu plus âgée que sa fille, on pourrait très-
bien croire... — Tout le monde me fait le même
compliment; mais vous, Monsieur, est-ce que
votre vie de garçon ne commence pas à vous paraître bien ennuyeuse? ne pensez-vous pas aussi
à vous remarier? — Comme vous, Madame, de
temps en temps; mais je suis bien vieux. — On
ne s'en aperçoit pas. Au reste, nous reviendrons
un jour sur ce sujet; il faut avant tout que je termine un maudit procès que la famille de mon
mari m'a intenté; cela ne sera pas long. J'ai trouvé
dans le *Code des Femmes* un argument péremp-
toire qui jusqu'à présent a échappé à la sagacité
de mon avocat. Ma cause, si on la plaide bien, est
imperdable; mais pourquoi, à l'exemple d'une des
clientes de M. Guichard, ne la plaiderais-je pas
moi-même? Monsieur, quel est votre avis?

— Madame, votre idée est excellente. Vous
plaideriez fort bien, et certainement vous seriez
écoutée avec plus d'attention et plus d'intérêt
que votre avocat. Quand c'est une jolie femme
qui plaide, ses juges n'ont pas envie de dormir;
elle sait bien les tenir éveillés. Je me rappelle
qu'une Grecque célèbre plaida un jour devant
l'aréopage, et appuya sa cause de si bons argumens et de regards si doux, si bénévoles, qu'elle
enleva tous les suffrages, et fit condamner sa
partie adverse à tous les intérêts, frais et dépens.

Cependant elle avait affaire à un tribunal qu'il n'était pas facile d'émouvoir : le plus jeune des conseillers avait quelques années de plus que le président de notre cour royale. Cet exemple, Madame, doit vous encourager. Votre cause offre peut-être quelques difficultés, mais elles ne vous arrêteront pas. Les femmes, lorsqu'elles veulent tant soit peu diriger leur esprit vers les affaires, sont très-capables de les entendre tout aussi bien et même mieux que nous. C'est une vérité reconnue depuis long-temps, qu'elles ont une sagacité exquise et une pénétration supérieure à celle des hommes ; du moins M. Guichard le dit.

— Il y a, Monsieur, de bien bonnes choses dans son livre. Oui, ce que dit là M. Guichard est incontestable ; vous ne sauriez le nier. Nous valons mieux que vous, cent fois mieux ; et cependant, voyez avec quelle indignité vos lois nous ont traitées. Qu'est-ce à dire ! « La femme doit obéissance à son mari ! » *Obéissance !* En vérité, Monsieur, votre code civil est d'une grande incivilité. *Obéissance !* On aurait dû au moins adoucir par une périphrase la dureté de cet article. *Obéissance !* L'expression me révolte, je ne puis la digérer ; mais vous, Monsieur, vous me paraissez bien calme..... Est-ce que vous ne partagez pas toute mon indignation ?

— Madame, je dis comme vous et comme le bonhomme Argant, dans *le Malade imaginaire* : « Voilà une coutume bien impertinente.» Mais la plupart des femmes trouvent heureusement le moyen de la corriger un peu ; elles laissent à leurs maris le gouvernement de *droit*, et prennent pour elles le gouvernement de *fait* ; or, vous conviendrez qu'ainsi amendé l'article qui vous blesse devient plus tolérable.

— Monsieur, bientôt vous verrez mieux encore : que sera-ce quand toutes les femmes auront lu leur *Code*; quand elles connaîtront comme moi les droits, les pouvoirs et les priviléges que vos législateurs n'ont pu s'empêcher de leur accorder ? Ce sont des armes que M. Guichard nous fournit, et certes nous saurons nous en servir. Oh ! le bon livre que le *Code des Femmes* ! Je le donnerai à ma fille ; je veux qu'avant quinze jours elle le sache par cœur. — Vous ne pouvez, Madame, lui rendre un service plus important. Si on voulait m'en croire, ce *Code* serait enseigné dans tous les pensionnats de demoiselles. L'auteur, ayant passé en revue les diverses situations où elles peuvent se trouver un jour, il ne serait pas facile d'abuser de leur ignorance ; elles sauraient, grâce à lui, éviter tous les piéges de la mauvaise foi. Sans doute, les maîtres de danse et de musique sont pour elles d'une grande utilité, il faudrait être bien barbare pour n'en pas convenir ; mais un professeur de droit n'est pas à dédaigner, surtout un professeur tel que M. Guichard. La jurisprudence serait fort aimable, si on nous l'offrait sous des formes aussi attrayantes. Vous avez vu, Madame, par quel artifice M. Guichard a su répandre des fleurs sur un sujet aride. Rien, dans l'ingénieuse fiction qu'il a employée, ne blesse la vraisemblance. En lisant ce *Code des Femmes*, on croit lire une histoire véritable ; on s'intéresse à tous les personnages que l'auteur met en scène.

—Qui le sait mieux que moi ! Cette *pauvre Eudoxie* m'a fait verser bien des larmes ; je suis si sensible. Elle aime un jeune homme doué des plus heureuses qualités, mais elle doit avoir une grand fortune, et bientôt arrive un ordre de l'empereur qui la force d'épouser un officier supérieur pour lequel elle a une aversion invincible. N'est-elle pas bien à plaindre ? Et que penser de cet imbécile de père qui adore sa fille et qui la sacrifie à la vanité ? On lui a promis une place de chambellan. Tenez, Monsieur, je vous en demande pardon, mais les hommes sont bien sots ; et on prétend que nous leur devons *obéissance !* Non, non, à eux d'obéir, à nous de commander. Je vous avertis, Monsieur, que je ferai insérer cette clause dans notre contrat de mariage.

— Dans notre contrat de mariage ! — Ne m'avez-vous pas dit, en me regardant, que vous songiez à vous marier ? — Il est vrai que..... — C'est une déclaration. Je l'ai parfaitement comprise. — Mais, Madame, votre procès? — Il est gagné si je plaide, c'est vous encore qui me l'avez dit. — Mais, Madame... — Je suis votre fait. Mon caractère est doux, je ne suis pas impérieuse, je ne suis pas jalouse, je ne suis pas médisante, je... — Mais, Madame... — Savez-vous bien, Monsieur, que tous vos *mais* m'impatientent. Quand finiront-ils ? — Mais, Madame, vous êtes si jeune ! — N'est-ce que cela qui vous arrête? hé bien ! je vais vous révéler un grand mystère; mais soyez discret. On ne dit ces choses-là qu'à un mari. J'ai quarante-cinq ans bien comptés. — Alors, j'y réfléchirai. — Non, toutes vos réflexions sont faites. C'est une affaire décidée. Mais je veux aller demain remercier M. Guichard de l'utile et agréable présent qu'il a fait aux femmes. Venez donc me prendre de bonne heure. »

1829.

RÉORGANISATION

DE

LA FACULTÉ DE MÉDECINE DE PARIS.

> Vernet, égayant ses figures,
> Par un trait délicat et fin,
> A fait de ses caricatures
> Les épigrammes du dessin.
> *Revue de l'an VI.*

Dieu soit loué, puisqu'on veut bien encore le reconnaître! Nous allons enfin avoir une bonne Faculté de médecine! M. le duc de Broglie vient de la réorganiser, et vraiment il était temps. Je suis même surpris qu'un gouvernement qui va quelquefois si vite, quand rien ne le presse, ait tant tardé à terminer cette importante affaire, car il y avait urgence. Les médecins s'impatientaient fort, leur bile commençait à s'échauffer; encore quelques jours, et l'empire hippocratique allait être en feu. Est-ce que M. de Broglie ne le savait pas?

Déjà plusieurs pétitions, couvertes d'imposantes signatures, avaient été adressées à la chambre des députés, et l'un des 221, le docteur

Thouvenel, avait promis de les soutenir vigou-
reusement, lui et tous ses amis.

Ajoutez que les réclamations des médecins,
déposées d'abord dans les journaux spécialement
consacrés à l'art de guérir, étaient bientôt re-
produites dans les feuilles politiques; elles trouvaient même des échos dans ces réunions populaires qui, depuis la dernière révolution, se sont
si officieusement chargées d'éclairer l'opinion publique. Pourquoi, disaient les amis de la liberté,
n'y a-t-on pas encore fait droit? Sommes-nous
donc si loin du mois de juillet qu'on ne s'en souvienne déjà plus? Qu'on y prenne garde! Il faut
que justice soit faite : on y veillera; les amis de la
liberté sont là.

Enfin le vœu des élèves en médecine était bien
connu; ils l'avaient, en partant, très-énergique-
ment exprimé. Si, à la rentrée des écoles, on avait
vu certains professeurs reparaître dans leurs
chaires, on les eût forcés à en descendre au bruit
d'une musique peu agréable ; le sifflet, grand
justicier, aurait décidé en un quart d'heure une
question si long-temps débattue dans les journaux. Les médecins nous l'annonçaient souvent
par l'organe de *la Lancette française*, confidente
de leurs plaintes, et ce n'était pas, suivant moi,
le plus faible des argumens qu'ils faisaient valoir à
l'appui de leur thèse. Il en est chez nous des pro-

fesseurs comme des ministres, ils sont perdus quand on les siffle.

Que voulaient donc ces médecins? Je vais le dire. Vous souvient-il qu'en 1822 le gouvernement réorganisa la Faculté de médecine, mit à la retraite plusieurs professeurs, la plupart septuagénaires ou infirmes, et, sans concours, donna leurs chaires à d'autres? Or, tout cela, prétendent les médecins, ne pouvait se faire en vertu d'une ordonnance; il fallait une loi. C'étaient en effet, convenez-en, de plaisantes gens que ces Bourbons! Parce que Buonaparte avait organisé l'Université à sa guise, nommé les membres du conseil d'instruction publique, le grand-maître.... sans faire confirmer cette organisation par une loi, les Bourbons croyaient, eux, avoir le même droit; ils s'imaginaient qu'une ordonnance royale valait un décret impérial, et que ce qui n'avait pas été contesté à l'usurpation devait être accordé à leur légitimité. Je le demande, n'était-ce pas de leur part une bien étrange prétention?

Quoi qu'il en soit, après les derniers événemens, cette ordonnance, qui était depuis long-temps un sujet d'irritation pour le corps médical, excita de violentes et presque unanimes réclamations. Il faut, dirent les médecins, qu'elle soit à l'instant abolie, et que tous les professeurs qui en ont été le fruit soient congédiés. Quoi! tout change au-

tour de nous, et nous ne changerions pas! On a
épuré la pairie, et on n'épurerait pas l'Ecole de
médecine! Seule, la Faculté resterait debout sur
les débris de la vieille monarchie que la dernière
révolution a renversée et réduite en poudre!
Mais gare le sifflet. On n'a pas obéi aux ordonnances du 25 juillet 1830; on n'obéira pas davantage à l'ordonnance tout aussi illégale du
21 novembre 1822. Encore une fois, gare le
sifflet.

Enfin, je dois en convenir, ce fut un *houra*
général contre la fameuse ordonnance : l'Ecole
de médecine et les lieux circonvoisins en reten-
tirent; le bruit arriva même jusqu'à l'hôtel du
ministre de l'instruction publique. S. Exc. qui,
fatiguée des travaux de la veille, reposait dans
son fauteuil, s'éveilla, m'a-t-on dit, en sursaut,
et sur-le-champ elle chargea une commission
d'examiner les plaintes des réclamans; puis elle
se rendormit.

Déjà, cependant, nos médecins commencèrent
à ne plus s'entendre. Les modérés se contentaient
de la révocation de l'ordonnance royale et du
renvoi des professeurs nommés par elle; mais
d'autres demandaient, eux, bien davantage : ce
n'était pas seulement une partie de la Faculté,
c'était la Faculté tout entière que, pour n'avoir
plus besoin d'y revenir, ils voulaient renverser.

Point de demi-mesures, disaient ces partisans du mouvement : toujours, en médecine comme en politique, elles nuisent plus qu'elles ne servent; point de replâtrage : édifions solidement, et avant tout commençons par faire table rase; profitons de la circonstance pour nous débarrasser des anciens comme des nouveaux professeurs ; que ces *vieilles gloires* de l'empire, qui nous sont aujourd'hui inutiles, se retirent et fassent place à de plus jeunes : c'est une *nécessité révolutionnaire*, une conséquence des trois grandes journées.

Ainsi parlaient ces énergiques docteurs; et si leur plan de réforme radicale eût été adopté, bon Dieu! qu'allions-nous voir! A la Faculté de médecine, comme ailleurs, on n'aurait tenu aucun compte des services rendus, des droits acquis, enfin des titres les plus légitimes. M. Dupuytren, le plus beau fruit des concours modernes, et d'autres professeurs très - recommandables auraient perdu leurs chaires, pour la plus grande gloire des trois grandes journées, quoiqu'elles n'eussent rien à démêler avec l'ordonnance qu'on attaquait. Mais heureusement pour la science et pour l'équité, des médecins en très-grand nombre ne virent dans cette prétendue *nécessité révolutionnaire* qu'une criante injustice, une monstrueuse ingratitude, et, chose qui étonne bien aujourd'hui, leur avis, quoique le plus sage, finit par prévaloir. La Faculté fut donc sauvée, au grand déplaisir de ceux qui voulaient la détruire radicalement pour mieux la régénérer; mais elle peut dire qu'elle l'a échappé belle : car si on en avait cru les amis du mouvement, c'en était fait d'elle et de ses vieilles gloires.

Autant de professeurs congédiés, autant de professeurs à nommer. Puis il faudra bien créer de nouvelles chaires, dont l'utilité est aujourd'hui généralement sentie, enfin nommer des professeurs - adjoints. Donc, beaucoup de places à donner, et celles-là du moins on ne les disputera pas aux médecins : elles leur appartiennent de plein droit, elles sont leur domaine. Quant aux emplois publics, il paraît qu'on n'en a point à leur service, et en vérité je ne sais pas pourquoi. «Dans un moment, dit un de mes docteurs, « où l'on voit les avocats surgir de tous côtés, « les médecins ne pourraient-ils pas trouver « place quelque part?» Sans doute; et on a d'autant plus tort de les oublier, qu'ils se sont très-bien montrés dans les fameuses journées; mais s'ils savent vaincre, ils ne savent pas apparemment profiter de la victoire. Qu'on lise ces longues colonnes du *Moniteur*, toutes remplies de nouvelles promotions, elles sont parsemées d'avocats : à peine y ai-je aperçu le nom d'un médecin. On a sans doute pensé que les médecins ne pouvaient pas quitter leurs malades; mais s'il y a des avocats sans causes, croyez-vous qu'il n'y ait pas de médecins sans malades? Hélas! il n'y en a que trop.

Comment procédera-t-on à la nomination des nouveaux professeurs? Seront-ils nommés par le conseil de l'Université? Oui, disaient quelques médecins; non, répondait la majorité; et je me range à son avis. Messieurs les conseilleurs de l'Université, qui sont peut-être malades, mais ne sont pas médecins, pourraient-ils apprécier les titres des candidats? Ils consulteraient, dit-on, la voix publique; mais je la connais cette voix publique, et surtout par le temps qui court je sais ce qu'elle vaut : ne voulez-vous faire que des sottises? consultez-la.

Le conseil de l'Université s'en rapporterait peut-être au jugement des médecins; mais si, comme un de leurs confrères l'a remarqué dans ces discussions dont je ne suis ici que l'impartial rapporteur, si « les médecins sont malheureusement envieux », si « les succès d'un confrère les irritent et les blessent », leur témoignage serait fort suspect. Enfin, il faut le dire, maintenant plus que jamais on se défie des choix de l'autorité. Il y a toujours, quand elle choisit, trop de chances pour la faveur; et, on le sait, la faveur

ne donne pas le mérite; il y a mieux : aujour-
d'hui elle ne le suppose même plus.

La présentation au ministre par les professeurs
de l'école aurait d'autres inconvéniens, aussi
presque tous les médecins la repoussaient-ils de
toutes leurs forces. Il y en avait même un, M. le
docteur R...x, qui la qualifiait d'*abominable*, et
qui soutenait qu'elle n'avait pour partisans que
« certaines nullités, déjà gorgées de faveurs, que
des intérêts de famille, la camaraderie ou des
engagemens personnels voulaient à toute force
faire entrer à l'école. » Pensez-en ce qu'il vous
plaira. Quant à moi, je soupçonne que si la présentation avait lieu, la médiocrité s'en trouverait
aussi bien que le talent. On me mande de l'étranger que, dans une Faculté de médecine où ce
mode est adopté, un professeur a *présenté* dernièrement deux sujets des plus minces, parce que
l'un lui était fortement recommandé par son
apothicaire, et l'autre par un de ces bons malades
qu'on serait fâché de désobliger. Ne parlons donc
plus de l'*abominable* présentation. D'ailleurs,
avec elle, ce serait encore le ministre qui choisi-
rait, et qu'il se le tienne pour dit, on ne veut
pas de ses choix; on craint les favoris du canapé.

L'élection directe venait ensuite. Il y avait des
médecins à qui elle plaisait fort; mais ils la vou-

laient appuyée sur de larges bases et à tout-à-fait
conforme aux principes de l'égalité. Non-seulement tous les médecins, mais encore tous les
élèves devaient y concourir, et ces derniers étant
les plus nombreux, ils eussent nommé leurs professeurs, ce qui du moins aurait eu le mérite de
la nouveauté. « Ce genre d'épreuve, disaient ses
défenseurs, est essentiellement libéral; il est de
plus à l'ordre du jour. C'est ainsi que nous faisons nos députés.» Aussi sont-ils très-bien faits;
rien n'y manque : mais il n'y a point ici de simi-
litude. Pour élire un député, il suffit qu'on sache
si le candidat est ministériel ou s'il ne l'est pas.
L'électeur qui sait cela, est aussi savant, aussi
éclairé qu'on peut le désirer; mais pour élire un
professeur de Faculté, il faut savoir quelque
chose de plus. Ce n'est pas l'opinion politique,
mais le talent du candidat que vous avez à juger.
D'ailleurs, on veut que rien ne puisse s'obtenir
par brigue, et avec l'élection la brigue aurait
beau jeu. Voyez vos colléges électoraux.

Toutefois l'élection avait quelques honorables
partisans, et notamment M. Broussais. Son fils,
le docteur Casimir, qui croyait bien dire, soutenait dans les journaux que les élections médicales
sauveraient la Faculté, comme les dernières élections politiques avaient sauvé la France. Ainsi
pensait probablement monsieur son père; mais

d'autres médecins avaient une tout autre opinion ; et comme les médecins dans leurs discussions se disent trop souvent des choses peu aimables, ceux-là, que je suis loin d'approuver, comparaient M. Broussais à un ancien médecin nommé Thémison, dont Juvénal (mais peut-être l'ignoraient-ils) nous donne une très-funèbre idée*. Puis, je lisais, dans *la Lancette française*, que « la réputation de M. Broussais était caduque, ou plutôt tombée dans l'esprit de ceux qui suivent attentivement les mouvemens de la science, et qu'on voyait ses deux élèves les plus distingués, les docteurs Roche et Boisseau, combattre sa doctrine physiologique, en proclamer l'insuffisance, et revenir à cet humorisme si dédaigneusement traité par leur maître. » Ainsi vont les choses en médecine : les systèmes changent tous les ans, et avec eux les méthodes curatives. Il n'y a que les maladies qui ne changent pas.

Voilà donc la doctrine physiologique de M. Broussais qui est reconnue insuffisante même par ses élèves, et voilà l'humorisme qui reprend faveur et qui regagne de jour en jour l'avantage qu'il avait perdu. J'en donne avis à mes chers confrères les malades, afin qu'ils sachent comment désormais on les traitera. Ils seront saignés

---

* *Quot Themison ægros autumno occiderit uno.*

beaucoup moins souvent. On les purgera et *repurgera* convenablement. Ombre du docteur Laennec, réjouis-toi! nous revenons au séné et à l'émétique.

Le concours! le concours! l'immense majorité des médecins le demandait, et d'un ton à ne pas être refusée. Sans lui, point de salut. Il existait autrefois: une loi l'avait établi; et dans les pièces que j'ai sous les yeux, on reproche à M. Royer-Collard de l'avoir fait supprimer. On l'accuse même «de n'avoir changé l'organisation de la Faculté que pour y introduire son frère. C'est, dit M. le docteur R...x, une tache sur une belle étoffe; mais c'est une tache.» L'accusation est grave; est-elle fondée? Il se peut que M. Royer-Collard, alors président de la commission d'instruction publique, ait demandé la suppression du concours; mais a-t-il eu les vues intéressées qu'on lui impute? A-t-il sacrifié une très-salutaire institution à l'amour fraternel? Il me répugne de le croire; et si le fait était prouvé, je baisserais les yeux pour ne pas voir une si vilaine tache sur une si belle étoffe.

Quoi qu'il en soit, le concours est, pour arriver au professorat, la voie la plus honorable, et les médecins le regardent aujourd'hui comme l'unique moyen d'échapper à la maligne influence de ce qu'ils appellent *les coteries du canapé.*

Avec le concours, point de chances pour la médiocrité; elles sont toutes pour le talent. Doute-
rait-on de l'impartialité du jury? Qu'on se ras-
sure; il sera impartial, non-seulement par devoir,
mais encore par amour-propre. La crainte d'être
sifflé le forcera à ne faire que de bons choix.
D'ailleurs le concours sera public, et la publicité
est toujours un frein puissant contre l'injustice.

La lice va donc s'ouvrir. Entrez-y, nobles
athlètes, mais armés de toutes pièces, car l'affaire
sera chaude. Vous aspirez au professorat : la place
est belle et honorable; mais il n'en est pas de
celle-là comme de bien d'autres, ce n'est pas
une préfecture, et pour l'obtenir vous serez
obligés de prouver que vous la méritez. Il vous
faudra combattre et vaincre. Enfin, elle ne pourra
être à vous que par droit de conquête.

Du 19 octobre 1830.

L'ART DE LA PÊCHE A LA LIGNE.

La ligne est un instrument où il
y a une bête à chaque bout.
ANCELOT, *l'Homme du monde.*

La pêche est-elle donc un amusement aussi innocent qu'on voudrait nous le persuader? Ce ne sont pas, au moins, les poissons qui le disent, et il n'y a pas une carpe assez sotte pour le croire, pas un goujon assez stupide pour convenir de l'innocence d'un amusement qui n'aboutit à rien moins qu'à le frire. L'homme est donc bien cruel dans ses plaisirs! La destruction semble être son passse-temps le plus agréable. La terre et l'air ne suffisent pas à sa fureur : il cherche des victimes jusque dans le sein des eaux, et fait sans déclaration une guerre aussi lâche qu'elle est injuste à de pauvres poissons qui ne lui disputent rien, qui ne demandent qu'à vivre en paix avec lui. Infortunés! je les plains bien sincèrement! Mais voilà comme nous nous amusons; voilà nos innocentes jouissances. En vérité, on ne peut y songer que le cœur ne saigne.

Il faut avouer cependant que ces poissons, si

cruellement persécutés, ont une chair délicieuse,
et que la cuisine aujourd'hui en tire un parti
admirable. Aussi leur cause devient plus difficile
à défendre, et se présente sous un jour moins
favorable lorsque l'avocat considère, et surtout
lorsqu'il goûte les sauces exquises et savantes
auxquelles on les accommode. Le moyen d'ailleurs de s'en passer? Sans eux, que ferez-vous du
vendredi? Dans les mets délicats qu'ils fournis-
sent à nos tables, il faudrait supprimer le ca-
rême, ou, chose étrange dans nos mœurs, faire
maigre par abstinence. Cela étant, n'imitons pas
ces politiques à courte vue qui invoquent sans
cesse des principes dont ils ne devinent pas les
conséquences, et qui sont ensuite fort étonnés
lorsqu'on les bat avec leurs propres armes; éloi-
gnons une sotte et ridicule compassion qui nous
coûterait cher. Il est beau sans doute d'être sensible, mais il ne faut pas que la gourmandise en
souffre : puisque, sans contredit, la cuisine est
aujourd'hui le premier des intérêts moraux, tout
ce qu'elle veut est bien, tout ce qu'elle com-
mande est juste. Les poissons ont tort, car on les
mange : plus ils sont délicats, plus ils sont coupables; et il y aurait conscience de leur faire
grâce, surtout depuis la découverte du court-
bouillon.

Une autre circonstance affaiblit encore l'intérêt

qu'on voudrait leur porter. Vous les croyez peut-
être d'un caractère doux et benin. Oh! vous les
connaissez peu : ils ne valent pas mieux que
nous; ils se traitent encore plus mal que nous ne
les traitons nous-mêmes : entre eux, ni paix ni
trève; ils sont toujours en guerre, et malheur au
vaincu! C'est comme chez nous : les forts oppri-
ment les faibles, les gros dévorent les petits,
jusqu'à ce qu'un ennemi plus puissant, un con-
quérant de meilleur appétit, les dévore à leur tour.
Or, puisque tel est le droit des gens, et qu'ils
sont arrivés à ce point de civilisation, je ne vois
pas de quoi ils peuvent se plaindre. Destinés de
toute éternité à être mangés, ne vaut-il pas
mieux qu'ils le soient par nous que par les gourmands de leur espèce? Ils y gagnent au moins
l'assaisonnement. Comptent-ils pour rien d'être
apprêtés avec art, et de faire l'ornement d'une
table splendide, où ils trouvent de dignes appré-
ciateurs de leurs qualités? Je ne puis croire qu'un
beau brochet soit insensible aux acclamations
dont tous les convives le saluent lorsqu'il entre
en scène : tous les cœurs bien nés aiment la
gloire!

A ces causes, et vu qu'il a été inventé autant
dans l'intérêt des poissons que dans le nôtre,
l'Art de la Pêche peut être regardé comme un
amusement innocent; mais il a ses règles, et qui

les ignore est presque sûr de perdre à la fois son temps, ses appâts et ses *hains;* cet art a ses difficultés, qu'il faut connaître, si l'on veut les vaincre. C'est, je crois, faire assez sentir les avantages du *Traité* que M. Cussac, l'un de nos pêcheurs à la ligne les plus distingués, vient de publier. Une étude sérieuse et approfondie de cet ouvrage, où rien d'essentiel n'est omis, et où vous trouvez ce que les anciens et les modernes ont dit de mieux sur la pêche, fera mordre à vos hameçons non-seulement la vile populace, mais les grands dignitaires de l'eau douce, voire même les esturgeons.

Du 16 octobre 1817.

TABLE.

Pag.

Notice sur la vie et les ouvrages de Colnet................ 5

La Rissoléide.................................... 19

Conseils à un ami.................................. 25

Holy-Rood....................................... 30

L'Anti-Doctrinaire................................. 41

Mon adhésion à la Déclaration de la *Gazette de France* du
28 mars...................................... 52

Almanach national pour l'année 1831.................... 65

Les Sociétés secrètes de France et d'Italie................ 78

Mémoires pour servir à l'Histoire de France sous Napoléon... 90

L'Art politique.................................... 96

Des Jésuites..................................... 107

De la Doctrine saint-simonienne....................... 118

Vie de Georges Washington........................... 139

Mémoires de l'Exécuteur des hautes-œuvres............... 146

Le Jour des Morts................................. 158

Coup d'œil sur la Médecine française au XIXᵉ siècle........ 168

Le Livre des Époux et des Femmes..................... 181

La Fin du dix-huitième Siècle........................ 189

Un an de la Vie de Louis-Philippe, écrite par lui-même..... 202

Vie politique, littéraire et morale de Voltaire............. 213

Mémoires sur les Cent-Jours.......................... 232

L'Art de la Grimace................................ 244

Dialogue entre une jeune Dame et un vieux Journaliste...... 256

Aimez-moi un peu moins et donnez-moi un peu plus........ 265

Mourir pour cela!!!............................... 277

Projet de soumettre les Chiens, les Chats et les Oiseaux à une
taxe personnelle.............................. 289

Mémoires et Mélanges historiques et littéraires, par le prince
de Ligne.................................... 297

Pag.

Mémoires de Rivarol.................................... 529

La Contemporaine en miniature........................ 339

La France, l'Émigration et les Colons................. 350

Physiologie du Goût.................................. 360

Le Code des Femmes................................ 372

Réorganisation de la Faculté de médecine de Paris......... 383

L'Art de la Pêche à la ligne.......................... 395

FIN DU TOME PREMIER.